World Classics Courses

{ 日本卷 / Japanese Volume }

# 世界名著大师课

柳鸣九　王智量　蓝英年——————— 主编

天地出版社 | TIANDI PRESS

图书在版编目（CIP）数据

世界名著大师课.日本卷／柳鸣九，王智量，蓝英年主编.—成都：
天地出版社，2021.7
ISBN 978-7-5455-6329-0

Ⅰ.①世… Ⅱ.①柳… ②王… ③蓝… Ⅲ.①文学欣赏—日本
Ⅳ.① I106

中国版本图书馆CIP数据核字（2021）第063090号

SHIJIE MINGZHU DASHI KE:RIBEN JUAN

# 世界名著大师课：日本卷

| | |
|---|---|
| 出 品 人 | 陈小雨　杨　政 |
| 作　者 | 柳鸣九　王智量　蓝英年 |
| 责任编辑 | 张诗尧 |
| 封面设计 | 今亮後聲HOPESOUND 2580590616@qq.com ·小九 |
| 责任印制 | 董建臣 |

| | |
|---|---|
| 出版发行 | 天地出版社 |
| | （成都市槐树街2号　邮政编码：610014） |
| | （北京市方庄芳群园3区3号　邮政编码：100078） |
| 网　　址 | http://www.tiandiph.com |
| 电子邮箱 | tianditg@163.com |
| 经　　销 | 新华文轩出版传媒股份有限公司 |

| | |
|---|---|
| 印　　刷 | 北京文昌阁彩色印刷有限责任公司 |
| 版　　次 | 2021年7月第1版 |
| 印　　次 | 2022年3月第2次印刷 |
| 开　　本 | 710mm×1000mm 1/16 |
| 印　　张 | 17.25 |
| 字　　数 | 219千字 |
| 定　　价 | 46.00元 |
| 书　　号 | ISBN 978-7-5455-6329-0 |

# 目录
## Contents

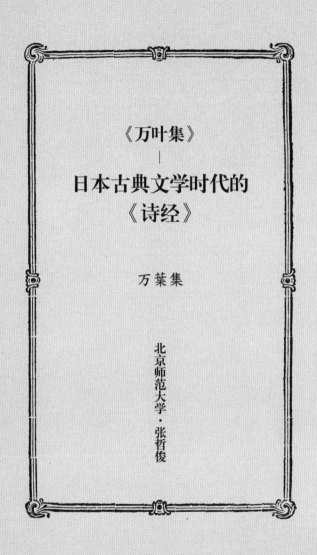

# 《万叶集》
—
# 日本古典文学时代的《诗经》

万葉集

北京师范大学·张哲俊

## 📖 作品介绍

　　《万叶集》是日本现存最早的和歌总集，享有"日本之《诗经》"的美誉。全集共二十卷，收入了日本7世纪前期至8世纪中期的四千五百多首和歌，包括杂歌、相闻歌、挽歌等主要和歌类型，内容涉及宫廷饮宴、狩猎行马、恋人赠答、挽悼亡人、旅途辛劳、自然风物、远古往事等题材。歌集的作者面非常广泛，上自天皇大臣，下至庶民百姓，署名和不署名的作者达五百多人。从总体看，歌集的风格遒劲质朴，体现了日本民族文学开创时期的生气。《万叶集》深受中国古典诗歌的影响，具有中国古典诗歌的意境和韵味，但其在很大程度上摆脱了汉诗的窠臼，运用日本民族语言，把不定型的古歌谣发展为定型的民族化、个性化的诗歌形式。它不仅是一部重要的日本古代和歌集，也是一部记录古代日本在中国唐文化影响下迅速发展的社会文化史。《万叶集》对日本后世文学的影响非常深远，也是研究日本古代社会的重要资料之一。

## ✒ 《万叶集》思维导图

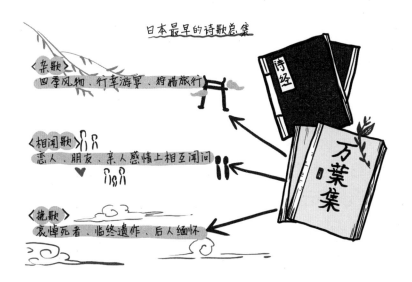

# 第一节
## 《万叶集》与日本和歌的一般形态

《万叶集》是一部和歌总集，它在日本历史与文化上的地位，类似于中国的《诗经》。

什么是和歌呢？

"和"是日本主要民族的名称，从"和歌"二字，大概能知道和歌就是用日语写的诗歌，日本古代的诗歌大体可分为两种，一种是用日语写的诗歌，叫和歌或者歌；还有一种是用中国的古代汉语写的诗歌，这种一般叫诗。显然，诗和歌是不同的。

和歌既然是用日语写的诗歌，如果不懂日语就需要翻译。现在国内有几种《万叶集》的译本，其中有完整翻译的译本，也有选译的译本。我推荐钱稻孙选译的《万叶集精选》，2012 年由上海书店出版社出版。

推荐这个译本的原因有二：一是你未必有时间阅读一部完整的《万叶集》；二是这个选译本的译文颇有诗歌的韵味。有的诗歌译本虽然译成了诗歌的形式，但读起来完全没有诗歌的意境。钱稻孙具有深厚的中日古典文学的修养，读他的译文，会给人阅读中国古代诗歌的感觉。

但译文毕竟是译文，无法避免与原文的差异。如果没有学过日语，就只能从译文中感受日本和歌的美，但这种感受总是受制于译文的语言与形态。钱稻孙的译文基本上采用了中国古代诗歌的形式，比较注重押韵，虽然精美，但这种形式与日文原文的形式不同。因为涉及日语发音问题，这里就不做过多解释了。

《万叶集》作为最早的日本和歌总集，共有二十卷，收入了四千五百多首和歌。其中有不少是有作者的和歌，也有一些是无名氏的作品。

这一部和歌总集为何叫《万叶集》呢？

对此学界有多种说法。一种认为这部书收录了数量很多的和歌，所以被命名为《万叶集》。"叶"字是指日文单词"言葉"，和歌是由无数的词语构成的，因而"万叶"就是汇集了很多词语或和歌的意思。另一种说法认为"万叶"是千秋万代的意思，也就是说《万叶集》的艺术生命可以永恒不朽。第三种说法综合了前两种说法，也就是《万叶集》的"万叶"既有收录无数和歌的意思，也有希望千秋万代一直流传的意思。

《万叶集》之后的和歌集延续了《万叶集》的歌名传统，取名为《金叶集》《新叶集》等。因而《万叶集》名称的解释尽管没有可靠的证据，但上述推测还是比较合理的。《万叶集》与中国最早的诗歌总集《诗经》不同，《诗经》实际上不是诗集的名称，《万叶集》则是特定的诗集名称，原因是《万叶集》的成书年代比《诗经》的晚得多，这个时代已经进入了诗集有名称的时代。

《万叶集》现在还有一个尚未解决的问题，就是编者是谁不是很清楚，但可以确定大伴家持（717—785 年）编辑过《万叶集》。《万叶集》最终成书的时间是奈良时代（710—794 年）的末期，收录的和歌最晚创作于 8 世纪中期，这说明在平安时代 [1] 的前期《万叶集》最初成书之后，仍然有人编辑了《万叶集》的内容。

《万叶集》中除和歌之外，还有各种小序和跋文。小序就是在和歌之

---

[1] 平安时代（794—1192 年），是日本古代最后一个历史时代，从桓武天皇迁都平安京（京都）开始，到源赖朝建立镰仓幕府为止。平安时代的称呼来自其国都平安京的名字。——编者注

前用散文写的序文。跋文就是在和歌之后写的散文体短文，多记载与和歌相关的背景知识。根据《万叶集》的记载，最早的和歌始于仁德天皇时代（313—399 年），相当于中国的东晋时期，仁德天皇是第十六代天皇。但这个说法没有得到普遍的接受，实际上《万叶集》最早的作者可能更晚一些，一般认为始于舒明天皇时代（629—641 年），和歌集收录了从 7 世纪前期到 8 世纪中期之间的各种和歌。

早期的和歌与《记纪歌谣》是同一时代的作品，《古事记》与《日本书纪》是日本最早的两本史书。像中国的官修正史一样，在历史书中收录诗歌是常见的现象。《万叶集》是了解日本和歌最早产生与发展状况的最好的总集，早期和歌中有一部分是口传和歌，可以比较清楚地看到文学从口头传播向着文字书写时代发展的轨迹。

《万叶集》中有无名氏的和歌，也有署名的和歌，其中署名作者五百多人。《万叶集》的作者分布很广，天皇与皇族是主要的作者群体之一，贵族也是一个主要的作者群体，此外还有官人、防人、乞食者、游女等。最有代表性的歌人有额田王、山部赤人、山上忆良、大伴旅人、大伴家持等。

《万叶集》的和歌大概可分为哪些类型呢？

杂歌、相闻歌、挽歌是《万叶集》的主要和歌类型，这种分类受到了中国文学的影响。杂歌的内容比较广泛，包括了宫廷祭祀仪式中使用的各类和歌，以及品味四季、吟咏旅途等的和歌；相闻歌主要是男女恋爱互相赠答的和歌；挽歌是为葬礼歌唱的和歌，也有不少追思亡者的哀歌。

《万叶集》的主要内容似乎没有什么特别之处，但如果与中国文学比较，就会看出两者的巨大差异：杂歌、相闻歌、挽歌，这些类型在中国文学里也都会见到，没什么特别的。但是在《万叶集》中相闻歌的数量极多，这就构成了一个鲜明的特征，后来还深深地影响了日本文学。任何一个民族的文学中，都不会缺少爱的文学，但日本文学更多地吟唱了爱情，这成了日本诗人和学者最为骄傲的部分之一。

《万叶集》的挽歌数量极多，更是在《万叶集》仅有的三种类型中占据了一个类型，由此可知挽歌在《万叶集》中具有何等重要的地位。究其原因，早期歌人多是宫廷的专业歌人，他们的职责就是为逝去的天皇及其皇族的葬礼写歌辞，这样挽歌就成为一种重要的类型。

这一点也成为日本文学的一个重要特征，在后世的诗歌或小说、戏剧中，死亡都是最重要的内容之一。中国读者一想到日本文学，往往就会想到死亡，好像日本诗人、小说家对死亡有着一种特别的执着，哀伤一直流淌在日本文学的字句之中，给人留下了深刻的印象。

由于《万叶集》的作者前后跨度有一百多年之久，所以《万叶集》也就经历了不同的发展时期。不同发展时期的歌人当然就有不同的特征，一般将《万叶集》分为四个发展时期。

第一个时期是从舒明皇朝开始到壬申之乱（672年）。这一时期的和歌是初期的万叶歌，体现了大化革新前后的人生观、自然观，具有口头文学的特征，与民谣存在着深厚的关系，有些和歌体现了巫术的特征，具有集体性。

第二个时期是从壬申之乱到奈良迁都（710年）。这个时期天武天皇建立了强大的专制王权，最有代表性的歌人是柿本人麻吕，代表了律令制国家的形成，具有从口头文学到书面文学的转换特征。柿本人麻吕是最初创作书面和歌的歌人，他使用了枕词、对句等艺术手法，还创作了不少长歌。这个时期还有天武天皇、持统天皇、大津皇子、高市皇子、高市黑人等歌人。

第三个时期是从奈良迁都到733年。在柿本人麻吕之后，出现了很多具有个性的歌人。这是个性绽放的时代，很多歌人在模仿长安建造的都城奈良学习中国文学，这里聚集了一批贵族文人。《文选》《玉台新咏》以及初唐的王勃、骆宾王等都对这一时期产生了深远的影响，具有代表性的歌人是大伴旅人、山上忆良与山部赤人。

第四个时期是从734年到759年。这个时期的歌人崇尚纤细柔婉之美，最有代表性的是大伴家持以及与他关系密切的歌人。《万叶集》之后的和歌就主要沿着哀婉柔美的风格发展了。

《万叶集》在日本的地位相当于《诗经》在中国的地位，不过这只是一种类比，如果在学术层面上认真比较，那么中日学者大多研究的是《万叶集》接受《诗经》影响的各种因素。

## 第二节
## 《万叶集》的柳蘰与中国的折杨柳

提到诗歌，很容易想到什么呢——诗歌中的花花草草，既是诗人喜欢描写的对象，也是读者喜欢阅读的对象，风月花草总是展现了美的世界，成为诗歌中不可缺少的主角之一。

《万叶集》中的花草自然也是少不了的主角，不过日本文学中的花草有一个比较明显的特征——很多花草不是日本的"原住民"，而是"移民"。日本最早的文学作品《古事记》中出现的植物有七十多种，其中四分之一是外来植物，不是原产于日本的花草。

《万叶集》中出现的植物有一百六十多种，其中有日本本土的花草，如萩、藤、樱花等，还有不少外来植物。梅、柳都是《万叶集》歌人喜欢咏唱的植物，写植物的和歌占了整部《万叶集》和歌总数的三分之一左右。柳或杨柳也是日本原本没有的树木，从朝鲜半岛或中国传入日本之后，就成为诗歌与小说中经常出现的植物。

一种从中国或朝鲜半岛传入日本的植物，会在日本的《万叶集》中展现怎样的文学形象呢？

柳在《万叶集》中占比很重，其中有三十九首和歌写了杨柳，占各类植物的第九位。日本人樱井满是一位民俗学的学者，也研究文学，他以《万叶集》中的花木为研究对象出版的著作集多达十册。

在《万叶集》吟诵杨柳的和歌中，其中又有九首写了柳蘰，约占杨柳和歌的四分之一。所谓的柳蘰是环状的柳条，可以戴在头上。柳蘰不是一个中文词，而是一个日文词，因为中文中没有"柳蘰"一词，所以就直接拿来用了。为什么没有将柳蘰直接翻译为柳环、柳圈？因为容易引起误会。

我们先来欣赏写柳蘰的两首和歌。

> 梅の花咲きたる園の青柳は蘰にすべく成りにけらずや。
> 梅花开园中，青柳吐新芽。似已可折取，柳蘰饰柔发。
>
> 小貳粟田大夫、N817

> 梅の花咲きたる園の青柳を蘰にしつつ遊び暮さな。
> 梅花园中开，青柳可为蘰。戏柳又戏春，举杯消春宴。
>
> 小监土氏百村、N825

柳蘰是从哪里来的？万叶歌人为什么要吟诵柳蘰呢？日本的学者也想到了同样的问题：既然柳来自朝鲜或中国，那么柳蘰是否也是来自中国呢？日本学者沿着这一思路展开了调查，最后得出了结论。樱井满为此写了好几篇文章，完整地说明了他的看法，文中说：

> 中国古乐府题有《折杨柳》，是别离之曲。唐王之涣有题为《送别》的诗，咏叹如下："杨柳东风树，青青夹御河。近来攀折苦，应为别离多。"中国有祈祷旅行人平安而送柳枝的习俗。柳本来其音与"留"相通，"环"与"还"相通。作成轮状表达了回归原处之意。……（第1924、4142首）《万叶集》中这样的歌是受到中国"别木"的影响。柳蘰是柳环的日本化。

　　樱井满的见解与中国的习俗、汉语语音特征吻合，这的确是一种很有魅力的说法。不过仍然需要调查的是初唐以前的《折杨柳》中，是否出现过"柳环"这个词。初唐以前的《折杨柳》数量不算多，也没有一首《折杨柳》诗歌中出现过"柳环"一词。即使是通观中国历史，也很少出现所谓的柳环。

　　与樱井满的解释比较接近的是李商隐的《离亭赋得折杨柳二首》："为报行人休尽折，半留相送半迎归。"这首诗的最后一句是说送柳给行人，其中也含有迎归的意思。但李商隐的"迎归"是指不要折尽柳枝，要留一半来迎接行人的归来。而且李商隐在诗中并没有使用"柳环"一词，那这首诗也不能作为佐证的资料了。

　　那么，从六朝到初唐的《折杨柳》赠送的到底是什么东西？

　　在个别《折杨柳》诗中还是可以看到所赠之物的形态，明代石宝的《杨柳枝词》写："春风惜别霸陵川，多少长条似马鞭。谁道无情是花柳，赚人来去自年年。"证明人们送别赠送的是柳条，而不是柳圈。《折杨柳》常常使用长条、柔条等词来指代柳枝。"条"字一般指细长状的东西，而不是指环状的东西。长条完全没有指称环状东西的可能性，这是毫无疑问的。

　　那么中国文化史上有没有出现过类似《万叶集》里柳蘰的东西呢？

　　中国文学中确实存在与柳蘰类似的东西，就是柳圈。元代王恽有一首《柳圈辞（六章）》，"暖烟飘，绿杨桥，旋结柔圈折细条。……解袚不祥随水去，尽回春色到樽前。……欲送春愁何处去，一环清影到湘东。"

　　这首辞描写的场景是三月三上巳节，人们有戴柳圈的习俗，因为柳圈包含了去除病魔的意义，所以该辞表达了驱逐病魔和不祥的祈愿，一切的烦恼通过戴柳圈都抛到了身外，随水流去。

上巳节的柳圈在中唐以后又移用到了折柳送别上，白居易有首诗叫《杨柳枝词八首·其六》："苏家小女旧知名，杨柳风前别有情。剥条盘作银环样，卷叶吹为玉笛声。"这首诗很有意思，与通常的《折杨柳》或《杨柳枝词》不同。苏小小在杨柳树前与情人分别，原本应当送柳枝给情人远行，但是苏小小折取杨柳枝，不是送给对方，而是剥去了绿色的柳枝皮，盘为环状，戴在自己的头上，因此白居易说是"银环样"。

我们从中国古诗词里寻找柳蘰的蛛丝马迹，终于确定《万叶集》里，最常露面的柳蘰不是来自中国的《折杨柳》，而是由上巳节的柳圈传入日本之后形成的。其实无论是柳条还是柳圈，都有祝愿平安健康的意思，将柳圈转用于分别也是合乎常理的现象。折柳送别赠送柳圈，也是生活细节的变化，这些变化又全都表现在了中外诗歌之中，很妙。

如果说柳蘰是由中国的柳圈演化而来，那关于柳圈的信息又是什么时候传入日本的？

清朝末年的《燕京岁时记》里记载，唐高宗三月三日在渭水北祓禊，赐群臣柳环。据说这是头戴柳环、可除蛊毒的习俗之始。这个文献可信吗？

其他文献中也有记载，清朝《月令辑要》里说，唐中宗四年上巳，在渭水河岸上祓禊。一个认为是唐高宗时期，一个认为是唐中宗时期，两种文献的记载不同，那么哪一种更为可靠呢？

《月令辑要》的根据是《景龙文馆记》，景龙是唐中宗的年号，《景龙文馆记》是唐代的书，应当是比较可靠的。唐代段成式《酉阳杂俎》也记载："三月三日，赐侍臣细柳圈，言带之免蛊毒。"这个文献应该是可信的，也是唐代已经开始使用"柳圈"一词的例证。

唐代皇帝一年中有各类仪式活动，其中之一就是春季时皇帝前往渭水之滨，宰相与学士从行，举行曲水宴，赐大臣柳圈。戴柳圈的目的是祓除疫病。可随着时代的变迁，戴柳圈的意义也不断地扩大、丰富。

与唐代的这种惯例比较，《万叶集》的柳蘰又是怎样呢？

小岛宪之等人编著的《万叶集》具有一定的权威性，在日本学术界被广为使用。他们对 4071 号和歌做了这样的解释：

> 柳蘰（柳かづらき）——柳蘰（柳かづらく）是将柳枝和蔓性植物的蔓做成蘰之意的词。写柳蘰限于一、二月的春歌。……或者与 4516 的首题词中所看到的那样，也许是举行新年宴会的作品。

4071 首和歌是大伴家持的作品，描写了在举行宅宴时戴着柳蘰游乐的场面。如果按照传统的说法，柳蘰源于《折杨柳》，那么描写的应当是送别场面，但这首歌不是。如果按照唐代柳圈传来的说法考虑，那么《万叶集》中应该有三月戴柳蘰的情况。如果只限于一月和二月戴柳蘰，似乎又在说明柳蘰与唐代的柳圈是没有关系的。

上巳在日本是非常重要的节日，后来也成了五大节日之一，日本早在平安时代就有戴柳蘰的记载。清少纳言的《枕草子》中记载："三月三日，给头弁戴柳蘰，插桃花簪，腰插樱花，全身盛装。不料僵步难移，实是难堪。"《枕草子》记载了各类宫廷和贵族的生活，是比较可信的，其中有两处记载了三月三日的情况。

《万叶集》的柳蘰与中国的柳圈有各自不同的特点，但总体来说两者几乎是相同的：第一，《万叶集》中的柳蘰歌写得最多的是宴会，这与唐代的曲水宴戴柳圈的情况完全相同。第二，抒写春天的喜悦是中国各个时代曲水宴诗歌的主要内容之一，其实男女彼此表达恋情本来就是上巳节的一个活动，出现在柳蘰和歌里也是正常现象。第三，九首柳蘰和歌中，没有一首写的是送别的内容，这是一个极为突出的特征。

如果说柳蘰和歌受到了中国《折杨柳》的影响，那么应该有送别的内容，但偏偏九首和歌都没有送别的内容，这说明其与中国的《折杨柳》没有关系。中唐之后，唐代的送别诗与《折杨柳》中开始出现柳圈，这是将上巳节曲水宴的柳圈移用到了送别。

那唐代的柳圈到底是什么时候传到日本去的？《万叶集》最早出现柳蘰的是《梅花宴三十二首》中的和歌，这些和歌作于天平二年（730年）。中国最早戴柳圈的时间是唐中宗景龙四年（710年）。从710年到730年，日本第八次遣唐使来到长安。

在第八次的遣唐使团中，最值得注意的一个人就是山上忆良。山上忆良对中国文化有深广的了解，他到了唐朝长安，参加了梅花宴。这说明宴会戴柳圈的风气有可能与山上忆良有关。遣唐使节团的成员对中国文化都有着一定的修养，他们一定会特别关心唐代宫廷如何度过上巳节曲水宴，在长安了解了群臣戴柳圈饮酒行乐的情况后，便将这一习俗带回了日本，由此《万叶集》开始出现柳蘰。

# 第三节

## 山上忆良与他的《贫穷问答歌》

2019 年 4 月 1 日，日本改了新年号，"令和"。而"令和"恰巧就取自《万叶集·梅花歌三十二首并序》，我们前面讲的日本人戴柳藟也是始于这首和歌的。在参加梅花宴的歌人中，山上忆良是一个特别的歌人，就是他从唐代长安带回了上巳节柳圈的信息。

为什么是山上忆良？山上忆良为何能够参加遣唐使节团呢？

这在日本的学术界也是一个重要的问题，很多学者都探讨过。大多数学者是从山上忆良的生平来寻找答案的，尽管现在还没有找到确定的结果，但一部分学者认为山上忆良的身份相当特殊。

山上忆良（665—731 年）是《万叶集》第三时期的代表性歌人，他是一位具有良好中国文化修养的歌人。他的生平存在着许多疑点，其中最重要的疑点之一便是山上忆良可能是渡来人（移居日本的朝鲜人或中国人）的后代。

从现在我们能够找到的资料来看，山上忆良并没有接受良好教育的机会，但是他对中国文化却极为精通。山上忆良曾随遣唐使来到中国，在参加的遣唐使之中，他作为录事排在最后，另外两位录事都是渡来人后代。

后来由于卓越的才华和在遣唐使团中的良好表现，山上忆良曾担任过地方的最高长官。山上忆良并不显赫的身世是不可能使他具有如此良好的修养和才华的。他的和歌显示出他与中国文学之间的密切关系，作品也显露了当时在唐代流行的儒释道思想给他留下的印痕。

山上忆良作品的一个重要内容就是表现人间苦难。

他的这一类作品不仅描写了他自己的苦难生活，也真实地表现了社会贫穷百姓的困苦。其中《贫穷问答歌》被誉为这一类作品的代表。

### 贫穷问答歌

风雨交加夜，冷雨夹雪天。

瑟瑟冬日晚，难御彻骨寒。

粗盐聊下酒，糟醅权取暖。

鼻塞频作响，背曲嗽连连。

捻髭空自汗，难御此夜寒。

盖我麻布衾，披我破衣衫。

虽罄我所有，难耐彻骨寒。

比我更贫者，听我问数言：

"妻儿吞声泣，父母号饥寒。

凄苦此时景，何以度岁年？"

"天地虽云广，独容我身难。

日月虽云明，不照我身边。

世人皆如此，抑或我独然？

老天偶生我，耕作不稍闲。

身着无絮衣，条条垂在肩。

褴褛如海藻，何以御此寒。

矮屋四倾颓，稻铺湿地眠。

妻儿伏脚下，父母偎枕边。

举家无大小，呜咽复长叹。

灶头无烟火，釜上蜘网悬。

忍饥已多日，不复忆三餐。

声微细如丝，力竭软如绵。

灾祸不单行，沸油浇烈焰。

里长气汹汹，吆喝到房前。

手执笞刑仗，逼讨田税钱。

世道竟如此，此生怎排遣？”

### 反歌

忆患兮人世，羞辱兮人世！

恨非凌空鸟，欲飞缺双翅。

　　《贫穷问答歌》是日本文学史上极具独特性的长歌，在《万叶集》中长歌并不多见。那么什么是长歌呢？长歌是《万叶集》和歌的一种形式，上面引用的是根据中国五言诗的形式来翻译的，看不出日语原文的诗歌形式。

　　日语和歌一般以五音、七音为基本形式，不需要押韵，不像中国的韵文那样通过押韵来体现韵文的特殊形式。短歌是五音、七音、五音、七音、七音，长歌是以五音、七音交替出现的节奏形式不断地循环往复，最后以七音、七音结束。

　　长歌在《万叶集》中的数量很少，《万叶集》之后的日本文学中长歌更是罕见，由此可以明白万叶长歌在日本文学中的特殊意义。此外，这首《贫穷问答歌》还有两个形式的特点：一是最后的反歌，反歌的内容是总结长歌前面的内容，具有画龙点睛的作用。这种形式来自《楚辞》的“乱曰"，一些楚辞在最后有一个"乱曰"，来总结前面的内容。

二是《贫穷问答歌》具有叙事性，整首长歌写了饥寒难忍、雨雪交加的夜晚，主人公遇里长来催债的情景，具有一定的故事情节，这是在短歌形式中不可能见到的内容。短歌是《万叶集》的主要形式，由于受到形式的限制，短歌无法具有叙事性。长歌由于没有长短的限制，就可以写一个相对完整的情节，这样就产生了叙事性。

当然，此类具有一定叙事性的长歌与真正的叙事诗还是存在着本质的不同。叙事诗的长度会更长一些，故事情节也会更为完整。然而此类具有叙事性的长歌在日本文学中已经相当稀见，日本古代文学中没有出现过叙事诗或史诗，因而这样的叙事性长歌就具有了代表性。

不过《贫穷问答歌》最为独特的地方，还不是长歌的形式与叙事性，它更重要的地方是直笔记述了贫困带来的痛苦，因而具有了不同于一般日本古代和歌的鲜明特征，它甚至可以说是日本古典文学史上绝无仅有的直接描写百姓疾苦的长歌。

本来日本文学就较少写贫穷百姓的苦难，多是描写自然山水或男女爱情，作为抒情文学的和歌更是具有典型的日本文学特征。如果把这首长歌置于中国文学史上，就不一定有强烈的独特性。在中国文学之中，这样直接描绘社会百姓疾苦的诗歌并不少见，甚至可以说是中国古典诗歌的主流之一。可是同样内容的作品在日本文学史上，就具有了完全不同的意义。

那么，为什么山上忆良能够创作出《贫穷问答歌》？为什么《贫穷问答歌》与《万叶集》其他作品具有如此大的差异呢？

首要的原因，是由于佛教思想对于山上忆良的创作产生了重大影响。我们可以从佛教思想的角度来看看《贫穷问答歌》的内容，佛教的观念认为社会和人生是一个充满苦难的世界，人生来就是受苦的。正是因为这种佛教的思想使他关注社会和人生的苦难，这首长歌所表现的贫穷百姓的苦难也是佛教思想所认为的苦难世界的一种现象。世界本身是苦难的尘世，在风雪交加的日子里，贫苦的人们遭受着人为的和自然的双重煎熬。

其实在山上忆良的作品之中并不是只有这一篇作品写贫苦百姓的疾苦，还有《筑前国志贺白水郎歌十首》等作品也描写了同样的社会现象。

山上忆良除了写社会的苦难，也写他自己人生的苦难。他的《哀世间难住歌》等作品对世间无常、浮世虚幻的感叹，实际上与《贫穷问答歌》的苦难世界是相通的。他个人生活中的亡妻之痛，促使他不得不直面死亡，思考人生。所以佛教思想与他的人生经历才会一拍即合，产生人生即苦的思想。

其次，中国的儒家思想对他的创作也产生了很重要的影响。儒家思想本身就是关心社会和百姓生活的，这就使得文学作品也一定会对社会现实中的问题多加关注。儒家思想尽管早已传入日本，但是在文学创作上一直以来并没有产生多大的影响。在《贫穷问答歌》中，除了前面说的表现了佛教思想，还表现了浓厚的儒家思想。

佛教作品一般更多地抒写对佛法的爱，然而在这首长歌之中描写的妻儿的痛苦，蕴含了无比的亲人之爱。佛教思想将社会与人生描述为苦难世界，其目的在于要让尘世中的人们断去俗欲，要使人们睁开佛眼，皈依佛教。在《贫穷问答歌》这首长歌之中，主人公对妻儿之爱一如既往，这种人间至情其实就是儒家伦理的表现。

从这一思想出发，山上忆良并没有把笔墨单纯地停留在苦难现象的描写上，反而还把这个现象和政治联系了起来。《贫穷问答歌》主人公里长的出现正是从政治的角度揭示了百姓疾苦的原因。此类和歌在《万叶集》中是绝无仅有的，由此可以看出《贫穷问答歌》在《万叶集》乃至日本古代文学中具有特殊的地位。如果儒家思想对和歌还有其他的影响，也是体现在其他方面，例如，柿本人麻吕赞美天皇与皇族的和歌，也与儒家思想存在着较为契合的关联。

如果和歌只受到佛教思想的影响，我们不会太关注造成这种苦难的政治因素是什么，但山上忆良的这首长歌明显不是这样。实际上，山上忆良的人生也是如此，在佛教与儒学之间，在彼岸与现实之间，摇摆挣扎。


从《贫穷问答歌》可以感受到明显的儒家思想的印迹，这是一个值得特别思考的问题。儒家思想对日本古代政治产生过深远的影响，但对日本古代文学的影响远没有佛教那样强烈。产生这种现象的原因是日本文学或日本歌人不像中国诗人那样，对政治抱有极大的兴趣，虽然不能认为政治与日本文学没有关系，但二者的关系比较远。在《贫穷问答歌》中，虽然也可以按照佛教的方式解读其中的贫苦内容，但实际上在这首长歌中并没有直接体现多少佛教的意义。

佛教作品在描写这类社会、人生的苦难之后，往往少不了一些佛教式的解释，或多或少会透露出人生无常，生命皆为苦难，要想永远地从无常、苦难中解脱出来，就应当皈依佛教的说法。但《贫穷问答歌》完全没有这一类的暗示或隐喻，因而尽管可以按照佛教的思想解读《贫穷问答歌》，但这样的解读显然与《贫穷问答歌》的内容本身存在一定的距离。

如果按照儒家的方式解读，就会发现《贫穷问答歌》的内容完全符合儒家的思想，这首长歌对苦难的解释重点还是在政治方面，主人公里长就是作为社会政治体制的标志出现的，这种解读显然与佛教不同。

从日本文学的传统来看，《贫穷问答歌》过度地接近儒家的文学作品，也就是说更接近中国文学的传统。那么《贫穷问答歌》为何与大多数日本和歌那么不同呢？由此必然会回到最初的问题：山上忆良到底是什么人？是中国人还是朝鲜人？

现在虽然没有更进一步解答这个问题的证据，但是日本学者提出的看法确实值得思考：如果山上忆良是中国人或朝鲜人，那么《贫穷问答歌》的独特性就可以理解了。即使山上忆良不是中国人，是朝鲜人，也可以理解产生这一现象的原因。因为朝鲜文学也像中国文学一样，常常以儒家的方式解读文学与社会、政治的关系，也常以社会制度、政治问题来解释人生的各种灾难。

以上就是《万叶集》的相关内容。我们知道了这是一种怎样的文学形式，也了解了它与中国唐代和中国儒学思想之间的关系。希望你有机会可以阅读这部作品，体会日本和歌与日本文学之美。

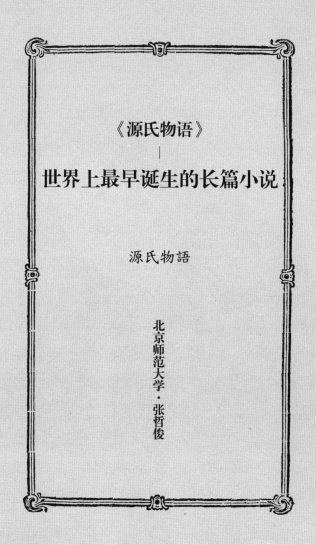

《源氏物语》
—
# 世界上最早诞生的长篇小说

源氏物語

北京师范大学·张哲俊

紫式部

## 📖作品介绍

　　《源氏物语》是日本古代女作家紫式部的长篇小说，以日本平安时代（794—1192年）全盛时期为背景，描写了主人公源氏的生活经历和爱情故事，全面展现了日本平安时代的社会风貌和宫廷生活。故事历经七十余年，出场人物四百余人，作者对其中大多数人物都描写得细致入微，使其各具鲜明个性，表现了不同人物的性格特色和曲折复杂的内心世界。其中，紫式部塑造的男主人公源氏是一个一生不断追求女性的贵族，他有着旷世才华，也具有高雅品位，富有同情心，是一个极为理想的人物。《源氏物语》是一部具有幽远枯淡的美感的日常悲剧，在紫式部笔下的"男欢女爱"中，极致的"物哀"思想历经千年，形成了特有的日本式浪漫。作为日本古代最有代表性的长篇小说，《源氏物语》在日本文学史上具有重要的地位，也对后世的日本文学产生了深远的影响。

## 《源氏物语》思维导图

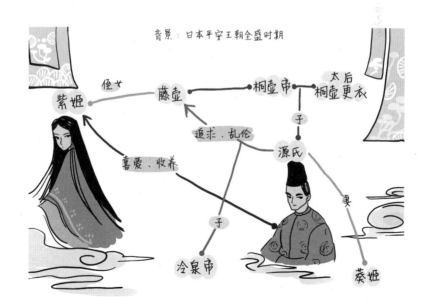

## 第一节

## 为什么日本会产生世界上最早的长篇小说

在日本文学史上，有一部小说据说足以与我国的《红楼梦》相比肩，被称为日本的《红楼梦》。这就是世界上最早的长篇小说《源氏物语》。这部小说对日本文学的发展产生了巨大影响，可以说是日本古典文学的高峰。

《源氏物语》是以日本平安王朝全盛时期为背景，描写了主人公源氏的生活经历和爱情故事，全面展现了日本平安时代的社会风貌和宫廷生活。

女性创作的作品在日本古代文学中占有很特殊的地位，《源氏物语》的作者紫式部（约978—约1016年）是日本古代最伟大的女性小说家之一。紫式部本姓藤原，当时的日本女性一般没有名字，她的父亲和兄长曾官居式部丞，因而被称为"式部"。

紫式部之名来自她在宫廷为女官时期，关于"紫"字的来源，有多种解释，主流的看法认为"紫"与《源氏物语》的女主人公紫姬有关。紫式部的曾祖父藤原兼辅乃是日本文学史上闻名于世的"三十六歌仙"之一，她的伯父藤原赖、父亲藤原为时、兄长藤原惟规等是"敕撰歌人"。

藤原为时不仅善于和歌，而且在汉诗与中国文学方面有着深厚的修养，《本朝丽藻》中收录了他几百首汉诗。这样的家庭氛围自然会对紫式部产生深远的影响，她不仅能以精美的日文进行写作，而且对《史记》《文选》《白氏文集》等中国文学作品相当熟悉。

紫式部的婚姻可以说极其不幸，她嫁给了一个比她大二十多岁的地方官藤原宣孝。婚后育有一女，但不久丈夫病故。之后，紫式部独自抚养孩子，生活拮据，困苦孤寂。她深感人生无奈，便萌生出家的想法，但未能实现。《源氏物语》的创作也正是在这个时期，无限的孤寂、无尽的落寞成为她的创作动力。

所以《源氏物语》里，孤独与寂寞成为情感的主要形式。紫式部除《源氏物语》之外还有一部《紫式部日记》，其是日本古代日记文学的代表作之一，不仅具有文学价值，而且是研究《源氏物语》的重要资料。从《紫式部日记》中我们可以了解到紫式部在宫廷的生活，同时也可以一窥紫式部的思想。

紫式部为什么能够创作出最早的长篇小说《源氏物语》呢？

很多学者认为，在《源氏物语》之前，已经有《竹取物语》这样的传奇物语，又有《伊势物语》这样的歌物语，这些都为《源氏物语》的产生准备了条件。除了早期物语，日本的日记文学也是《源氏物语》产生的重要基础。

最早的日记文学是纪贯之的《土佐日记》，此后的日记文学主要是由女性作家写作的，有道纲母的《蜻蛉日记》、和泉式部的《和泉式部日记》等。日记文学的技巧为《源氏物语》实现长篇叙事形式提供了技术性准备，尤其是日记文学的细节描写、心理描写，都是《源氏物语》写作的基础。

但是《源氏物语》与《竹取物语》、《伊势物语》、日记文学的性质完全不同，并不是说只要有了《竹取物语》《伊势物语》与日记文学在先，就能够产生长篇小说。其实这类前提条件在中国具备得更早，唐代传奇中既有传奇故事，也插入不少诗歌，唐代中期也产生了中国最早的日记文学，但在唐代却没有产生类似《源氏物语》的长篇小说。中国文学史上出现长篇小说的时间要迟于日本数百年，这的确是一个令人困惑的问题。

那么《源氏物语》能够比中国长篇小说早数百年产生的原因是什么呢?

首先我们需要了解清楚《源氏物语》的长篇小说叙事特征。其实《源氏物语》与近代以后的长篇小说很不一样，与其说它是长篇小说，不如说它是短篇小说的连缀。因为它没有长篇小说那样从头到尾贯穿的重要事件，而是由一个个日常生活细节按照时间排列的。表面看来《源氏物语》只是先后排列了各种生活琐事，但实际上它还是按照一定的章法来编排的，这个章法就是移用了"史传叙事"的方法。

我们先看看《源氏物语》与史传的开头和结尾有什么特点。

《源氏物语》是从源氏的父母写起的。开头写了桐壶更衣与桐壶天皇的爱情，源氏的出生，桐壶更衣之死，源氏降为臣子，这些内容写得相当简略，纪传体的历史著作几乎都采用这种叙事形式。但这种开头方法不是《源氏物语》独一无二的，在各国长篇小说里也时常可以见到。

不过《源氏物语》是世界上最早的长篇小说，它开头的叙事方法明显不能复制和借鉴其他长篇小说，只能借鉴来自中日纪传体史书的叙事方法。像中国《史记》的本纪、世家、列传的开头，常常是从撰写某个人的父母开始，写到他的出生，还要写到他的少年生活。

纪传体史书的开头部分有长有短，短的只有只言片语，长的也不会太长。一般来说开头都是略写，略写的原因可能是少年生活资料太少，也可能是侧重描写主要事件。《史记·高祖本纪第八》就写到高祖母亲奇异的怀孕，《汉书》也采用同样的写作方法。《项羽本纪》虽然没有从项羽的父母开始写，但也是从项羽少年时代写起的。这种方式与《源氏物语》开头的写作方式是相同的。

《源氏物语》更为特别的是结尾，小说不是在源氏死了之后就结束，还继续写了"宇治十帖"的相关故事。这一部分看起来显得多余，也不符合小说叙事的一般规范，结尾的故事与源氏的故事之间也没有多大的联系，是一个独立的部分，完全可以删去。

近代长篇小说一般描述了主人公的一个大事件或者一生，很少写主人公后代的生活遭际。《源氏物语》之前的物语中，也没有这类型的结构。《竹取物语》写到赫映姬升天就结束了，没有写赫映姬升天之后家人的生活。

那《源氏物语》的这种结构是受何种启发，又写了以"薰"为主的最后十回呢？

这主要是受到史书的历史叙事影响。司马迁的《史记》在写历史人物的时候，常常是在这个人物死了之后，还要写上其后代的情况，后人的故事有长有短，主要依据他们的人生际遇情况而定。《绛侯周勃世家》中周勃死了之后，后人的篇幅写得很长，也很细致。

《源氏物语》的结尾"宇治十帖"和这篇传记的叙事方法非常像，"宇治十帖"篇幅也比较长，如果"宇治十帖"的篇幅不那么长，也许就不会给人画蛇添足的感觉。"宇治十帖"的篇幅长短，貌似有些显得叙事结构不合理。但其实，如果从纪传体的历史叙事角度来看，"宇治十帖"并不多余。

《源氏物语》的开头和结尾用了纪传体历史叙事的方法，这就证明了历史叙事与《源氏物语》长篇叙事之间的关系。不过对于长篇叙事而言，更重要的是中间部分。《源氏物语》主要讲述源氏的人生经历，而源氏的人生经历是以时间顺序，几乎是逐年来写的，有的按月份、按季节来写，源氏一生的经历甚至可以编成年谱了。这种写小说的方法和历史叙事的方法几乎是完全一致的。

紫式部对日本史书非常熟悉，《源氏物语》里很多地方都提到了各类史书，《日本书纪》的叙事方法和《源氏物语》有很多相同的地方。《日本书纪》的"纪"是编年体史书用的字，《日本书纪》有编年史的因素，但又不是编年史，主要用了纪传体史书的形式来写。《雄略天皇传》是《日本书纪》中叙事比较完整的一篇，《源氏物语》就和这篇的叙事方法非常相近。

《雄略天皇传》以天皇的生平年代作为线索，在年代下又以四季或月份为线索。根据事件多少，每一年的文字有长有短。其与《源氏物语》写源氏生平的区别在于，天皇的每一年都有记载，没有空隔两年的情况。但是《日本书纪》的传记并不是所有天皇传都逐年记载，也有隔年记事的。所以，《源氏物语》中的隔年叙事同样也存在于《日本书纪》之中。

和《源氏物语》的叙事方法更接近的是中国的《史记》和《汉书》。《源氏物语》的叙事方法几乎与《史记》相同。

《源氏物语》和《史记》的叙事方法是以年和月为线索，按照年月写发生的事件。主人公的活动时间是整个作品的线索，而不是以主人公的核心事件来写的。其实对于小说来说，最重要的是事件，而不是事件发生、发展的时间，写小说完全可以打破时间顺序。

但对于《源氏物语》来说，时间却是首要因素。既然时间是首要因素，那么时间单位就成为叙事单位。叙事的基本单位是年，以年来写主人公的活动，看起来就像是一个人详细的生平介绍。《日本书纪》和《史记》、《汉书》都是这种书写形式。

《源氏物语》还有其他独特之处吗？

一般的小说也会以年为单位讲故事，比如讲主人公某几年发生的事。

可一般的小说极少把每一年都拿出来讲，但这正是《源氏物语》写故事的特别之处。

《源氏物语》几乎是逐年写了源氏成年之后的每一项活动。每一章节的时间单位，章节之间逐年推进的关系都是非常清楚的。不过源氏四十二岁至四十五岁之间的时间是空缺的，但这一空缺情况既没有破坏讲故事的时间单位，也没有破坏逐年来记叙事情的形式，后面的内容又是按照时间顺序来讲的。

《源氏物语》还有一个特点，即逐年叙事的形式没有贯穿人物的始终，没有从主人公出生一直延续到死亡，而是从主人公的一定时期开始，在此之前只是简略地叙事。《源氏物语》逐年叙事的正式起点是源氏十七岁的时候。

紫式部选择十七岁为起点，是源氏已经成年，开始进入宫廷政治生涯的时间。这和纪传体史书有相似之处。《史记·高祖本纪》按年叙事从秦二世元年陈胜起义开始，由此逐年记载，没有中断。《日本书纪·雄略天皇传》也是从雄略天皇的一定时期开始逐年叙事的，在此之前是略记几笔。源氏、汉高祖、雄略天皇的少年时期，都是简单记载有意义的事件。

在《源氏物语》中也可以清晰地看到历史叙事的因素。《源氏物语》当时在日本出现之后立即得到了广泛关注，市面上出现了各种抄本，甚至流传到了皇宫。一条天皇曾说："此人（紫式部）精熟日本纪，学识颇富。"一条天皇敏锐地意识到《源氏物语》和历史记录的关系。"日本纪"就是《日本书纪》等官修正史。紫式部生活在宫廷之中，对于宫廷生活十分熟悉。那些以记载日本天皇为主的官修正史，对于《源氏物语》的形成起到了重要作用。

除了日本官修正史，中国史书对于《源氏物语》也产生了深远的影响。

《源氏物语》与中国历史文献的关系，直接体现在《源氏物语》文本的语言上。

> 那个叫式部丞的人，在一旁读《史记》时，听了又听，只是不懂，又记不住。我倒出奇地很快听懂了。对汉文典籍很有研究的父亲时常叹息说："可惜不是男儿，真不幸呀！"

这是《紫式部日记》的一段文字，记载了《史记》与紫式部的紧密关系。《史记》是《源氏物语》引用最多的中国历史文献，此外还有《汉书》《晋书》等。

既然《源氏物语》的长篇叙事方式来自史传文学，那中国文学应该更早出现长篇小说，为什么"最早的长篇小说"名号被日本优先占据了呢？日本文学究竟给《源氏物语》提供了与中国文学怎样不同的条件呢？

一开始，小说在中国文学中并不是一个独立的文体，而要受到历史叙事的限制，作家们不能随心所欲地创作。但"物语"在日本文学中是独立的文体，不受历史叙事的限制，也不会受到史家的批判。另外，女性创作者有着比男性更为自由的条件，无论如何创作，都不会受到主流文人的限制。

## 第二节
## 《源氏物语》与中日好色观的价值转换

提到《源氏物语》首先绕不开的便是里面的"好色"成分，不过此"好色"并非我们寻常理解的贬义，好色文学是日本文学中的一个重要现象，从《伊势物语》到《源氏物语》，以及中世时期、近世时期都有不少好色文学作品，井原西鹤的"好色物"、谷崎润一郎的《痴人之爱》，都是好色文学长河中的杰作。

好色文学是日本文学中的独特现象，但往往容易引起中国读者的误解，把好色文学理解成色情文学。日本的好色文学与色情文学是不同的两种文学，造成这种误解的原因是"好色"一词在中国文学与日本文学中的不同意义，好色文学在中日文学中也有着不同的定位。

《源氏物语》是日本好色文学的代表作之一，但《源氏物语》与其他的好色文学不同。《源氏物语》是女性作者写的。仅仅作者是女性似乎不算特点，难道女性就不好色吗？女性当然也会好色，但紫式部塑造的男主人公源氏是一个一生不断追求女性的贵族，这样的男主人公却在紫式部的笔下成了一个极为理想的人物。

这样的男主人公显然存在两个明显的问题：一是与大众理想男性的道德规范完全不匹配，二是他也不应该是女性心目中的白马王子，没有女性喜爱朝三暮四、拈花惹草的风流公子。尽管紫式部也不无批评，但紫式部的批评相当微弱，尤其与对源氏的赞美比较而言，完全不值一提。

《源氏物语》里有很多女性人物，因为源氏备受折磨痛苦，但紫式部仍然给了源氏极大的同情，这是一个难以理解的问题。一个好色的人怎么能成为一个理想型呢？

《源氏物语》里这么写道：

> 这种描写种种世态的小说故事中，有浮薄男子、好色者（色好み），以及爱上了二心男子的女人，记述着他们的种种情节。但结果每个女子总是归附一个男子，生活遂得安定。只有我的境遇奇怪，一直是沉浮飘荡，不得安宁。

从原文与人物来看，紫式部对"好色"持有怎样一种观念和态度呢？这种观念对人物形象的形成产生了怎样的影响呢？《源氏物语》中的"好色"与中国文学中的"好色"又有着怎样的关联呢？

从上面的原文来看，紫式部对"好色"并不是完全负面的评价。原文描写了女主人公紫姬的心理活动，表面看来这段描写是否定"好色"的，把"浮薄男子"与"好色者"相提并论。但是好色生活终究会随着与一个男人关系的确定，变成安定的生活。如果说安定的生活是结果，那么正是好色生活的结果。

相比较之下，紫姬一直处于不安定的状态，因此她感到苦恼。丰子恺在翻译时用"浮薄男子"代表"あだ（婀娜）なる男"，但是"あだ"一词既有"浮薄"之意，也有"优雅"之意，还有"高雅洒脱"之意。在此处译为"优雅的男子"，似乎更符合作者原意。

紫式部居然将"高雅"与"好色"等同，从今天的中国人的角度来看，源氏可不是什么理想男性，似乎渣男之类的词语更适合他。

理想男性与渣男是完全不同的类型，是什么原因造成这种不一样的看法呢？

因为两种不同的好色观。好色在中国文学中基本上是负面的，平安时期日本文人都要阅读《文选》这一文集，中国文人宋玉的《登徒子好色赋》就收录于《文选》。在《登徒子好色赋》中，好色是被否定的。登徒子指责宋玉的借口是好色，宋玉为自己辩护的理由是自己不好色，他见到如花似玉的女子也不会动心。登徒子的老婆容貌丑陋，可他居然和老婆生出五个孩子，这成了宋玉指责登徒子好色的证据。

《登徒子好色赋》否定好色，但这个观念并不是从宋玉这开始的。先秦时期否定好色的观念已经普遍存在，儒家和道家也都否定好色。孔子更是阐述了好色与好德的关系："已矣乎！吾未见好德如好色者也。"孔子把"德"与"色"对立起来，就已经表明了立场。

否定好色虽然是中国文化的主流意识，但中国文化里也不都是否定好色的。孟子云："食、色，性也。仁，内也，非外也。义，外也，非内也。"注疏云："人之甘食悦色者，人之性也。仁由内出，义在外也，不从己身出也。"

孟子肯定食与色是人之本性，但孟子的肯定是有限的，因为好色本身有它的局限性："天下之士悦之，人之所欲也，而不足以解忧；好色，人之所欲，妻帝之二女，而不足以解忧；富，人之所欲，富有天下，而不足以解忧。"

好色是人之所欲，但好色不足以解忧。与孔子比较，孟子的说法有了较大的转变。至少孟子没有把好色与好德对立起来，这样便解除了好色与道德、政治之间的对立关系。

在中国文化中，"好色"与"淫"常常是同义语，但又不是完全相同，古代文人通过区别好色与淫，试图肯定好色。司马迁在《史记·屈原贾生列传》中写道："《国风》好色而不淫，《小雅》怨悱而不乱，若离骚者，可谓兼之矣。"班固的《离骚序》也提到了"好色而不淫"的观念，此后中国文人时常引用"好色而不淫"。

《诗经》是中国文学的典范，既然《诗经》"好色而不淫"，那好色也就获得了正名。那么好色与淫的区别在哪里呢？淫在程度上远远超过了好色。"好色而不淫"的意思是没有超出社会的一般规约，没有超出儒家规范。

元稹《莺莺传》开头的一段话，正是在区别淫与好色的层面上讲述了《登徒子好色赋》。在宋玉的《登徒子好色赋》中，登徒子是一个好色之徒，但元稹以为登徒子不是好色，而是淫。

> 登徒子非好色者，是有淫行耳。余真好色者，而适不我值。
>
> 何以言之？大凡物之尤者，未尝不留连于心，是知其非忘情者也。

张生与莺莺是恋爱关系，这一关系被元稹定位于好色，而不是淫。张生最终没有被爱情扼制，以科考等理由断绝了与崔莺莺的关系，从某种意义上，这也可以认为是"发乎情，止乎礼义"。既然"发乎情，止乎礼义"，张生的恋爱也就是好色了。好色的正面价值是止于礼义，止于好色，如果再发展一步就会成为淫。

鲁迅对《莺莺传》有过非常著名的论断："文过饰非，遂堕恶趣。"鲁迅批评了元稹以文"饰非"的做法，这也是批评了元稹为自己辩护的行为。

可见，《源氏物语》的好色观显然与中国文学的好色观不大相同，不同在哪里呢？

《源氏物语》对"好色"的定位，首先是从剥离道德开始的。紫式部描写源氏"好色"的用意不是为了批判他道德低下，如果将源氏"好色"

的道德品性放在首位，源氏给人的感觉一定不是美好理想的形象。

紫式部强调的是他风流倜傥的一面，淡化了道德方面的意识。紫式部认为如果没有情色之事，就缺少风趣，是"美中不足"的事情。其实把好色与道德分离，在唐传奇中就已经出现。

《游仙窟》《莺莺传》通过区别好色与淫，使好色进入了一个模糊地带。《源氏物语》里源氏与继母私通乱伦，还生下孩子，就已经远远超出了好色的程度，而是完全彻底的淫。源氏私通生下的冷泉帝继位以后，源氏在政治上达到人生的巅峰，但这一乱伦的情节不是来自日本的皇室，《河海抄》指出此事是以《史记》为据创作的。秦庄襄王、太后、吕不韦与秦始皇的关系，如同《源氏物语》的人物关系。

除了道德方面，在中国文学中，政治方面的因素也给好色带来了负面意义，无数的后妃都成了政治灾难的起因。好色与政治相联系，必然会成为祸根，带来深重的灾难。在《源氏物语》中，源氏与女性的关系，一方面会给他带来利益，比如源氏与葵姬的婚姻是政治利益的结果，这给他带来了好处。源氏在冷泉帝时代，政治生涯达到顶峰，这也是他好色带来的好处。另一方面，源氏与女性的好色关系也给他带来了灾难，导致他被贬谪。好色与政治之间没有必然关系，支配好色与源氏政治关系的不是道德，而是一切都是无常。"无常"剥离了好色与政治的关系，我们分析时也就不一定从政治角度来解释好色与政治的关系。

第三个不同，是"好色"的高雅品位。淡化或剥离了"好色"与道德、政治关系之后，剩下最重要的就是"好色"人物源氏的个人条件了。紫式部为了将"好色"塑造成正面的，就必须将源氏写成一个非常美好的人物，外貌、才华都是重要手段。

源氏公子的容貌是他命运的出发点，这是他作为好色人物的第一个特点，这关系到他的政治命运，更关系到他与女性的关系，也就是说源氏外在条件俊美可人，而且他还精通情场风情，多情而又真情。所以他成了众多女性心目中的白马王子，她们根本无法抗拒他的诱惑。

源氏与很多女子发生关系，虽然他不是喜爱所有女性，但还是对她们充满了同情。他营造六条院之后，将与他有关系的女性都接来，让女人们过上衣食无忧的生活。

日本平安时期实行访婚制度，也就是男性所有的支出完全靠女方来提供，而且这些男性往往会同时走访若干个女性。访婚制的婚姻关系中，女性结婚之后仍然要住在父母家里，如果女性的生活得不到父母和丈夫的支持，就会变得十分凄惨，《源氏物语》多次描写了这种现象。在这个意义上，源氏的"好色"具有极强的理想色彩，甚至带有一定的乌托邦色彩。

除了长得好看，源氏作为好色人物的第二个特点是精通诗书画乐。他风流倜傥，聪明绝顶，诗书画乐样样精通，又具有极高贵的身份和地位，简直就是进阶版的"高富帅"，哪个女性不爱呢？

源氏不断追逐女性，与女性交往的重要途径是诗书画乐的交流。诗书画乐不只是身份与地位的象征，在沟通男女情感方面也起到助攻作用，男女之间如果想交流，几乎都要以和歌赠答。理解和创作和歌能够达到的水平，不只是沟通的技巧，也是源氏和女性能否选择对方的重要标准。

诗文才能是"好色"人物的一个条件，可是诗文才华的功能在中日文学中是不同的。

源氏有着旷世才华，但他这方面的才华与他的政治生涯没有直接的关系。源氏能够走上仕途，是他的身份地位决定的，他的诗文才华主要用在和女性沟通情感上。

在中国文学里，诗书画乐也有和《源氏物语》相同的意义，但更重要的功能是通过诗书画乐最终走向仕途。一个平民能够步入仕途的唯一途径是通过科举考试，诗文的政治理想才是中国古代文人的最终理想，但源氏不需要借助诗文就能够完成他的政治理想。

《莺莺传》的张生为了考取功名，最终与莺莺断绝关系。源氏的诗文才华与政治的直接关系被剥离之后，给他带来了怎样的意义呢？诗文与政治的分离，也就避免了从政治角度来评价源氏好色生活是否正确。

诗书画乐为源氏的好色披上了高雅品位的外衣，从而避免源氏的好色行为染上品位低下的市井无赖色彩。诗文与好色的紧密关系，提高了好色的品位，使好色从负面转向正面，因为诗文本身已经象征着地位和高贵了。

总而言之，《源氏物语》以高雅的品位肯定了"好色"的正面形象，但日本文学的"好色"观没有在《源氏物语》就结束，此后依然向着正面的方向继续演进。

第三节

**《源氏物语》是日常的悲剧**

《源氏物语》虽然是一部悲剧作品，但它和西方的悲剧作品极其不同。在西方的悲剧作品中，往往以伟人的巨大事件表现一曲惊天动地、可歌可泣的悲歌。

但是在日本文学之中很难看到这种现象，它所表现的往往是细小的场面、细腻的情感、微观的物象和瞬间的感悟，从中流淌出的是日本文学所特有的淡淡哀伤，绵绵愁绪，还有稍纵即逝的恬淡喜悦。它所表现的都是趋于平静的感情，很难体味到冲突的对抗性和激烈性。

即使写到重大灾难、尖锐冲突，日本文学往往也会避开正面描写，努力淡化它，表现出幽远枯淡的美感。日本文学的这种阴柔的气质，似乎与悲剧格格不入，不容易产生悲剧文学。《源氏物语》可以说是这种阴柔美的最好典范，因此很少有人把《源氏物语》当作一部悲剧来看，即使把它作为悲剧来看也仅仅是最低层次的悲剧。

造成人们这样理解的原因是什么呢？

原因无外乎就是在作品之中人们意识不到悲剧不可解决的冲突。在作品之中流动的体验虽然有悲哀，但是这种悲哀还不足以成为悲剧。《源氏物语》的第一卷《桐壶》是整部作品的引子，写了桐壶更衣备受皇上宠爱，最终却忧郁而死。此后天皇又找到与桐壶长相极其相似的藤壶，此后藤壶又开始走上充满悲哀的道路。

虽然这一卷里桐壶之死是极为悲惨的事情，但是紫式部没有正面描写桐壶与身份高贵的后妃之间的较量，也没有直接写出来自政治方面的压力。

桐壶虽然深受皇上喜爱，但她并没有因此而避免孤独、焦虑和恐惧，相反，皇上越是对她爱得深切，她就越觉得恐惧、焦虑、孤独，终于怀着无限恐惧和孤独死去。然而紫式部也没有直接写桐壶的死，只是以"家人哭诉""使者垂头丧气"等描写带过。

读者把小说中的其他描写都纳入孤独、焦虑的体验之中，比如嫔妃们对她的种种恶行；桐壶死后，深秋黄昏，皇上的枯坐凝思，寒气侵肤；桐壶娘家的庭草荒芜，花木凋零……这些无不成为孤独体验所构造的意象，随着意象的换移，孤独、焦虑的体验在文中流动。

这里没有描写多少情节的发展，情节的发展是作为情感表现的辅助而处理的，也就是说情节的发展退隐到次要地位，成为情感表达的背景；情节的发展也不是以情节的冲突为内在动力，缺少情节本身所具有的逻辑性。

在情节退为次要地位时，紫式部重视的是情感的意象，着力营造出诗的意境，或者说情节的发展只是为创造诗的意境提供一条线索，使种种意境流动转换，同时也表现出人物的内心世界，内心世界的活动与外部世界形成了互动的流动过程。

因此我们也可以把《源氏物语》称作"诗化小说"。在这样的诗化小说之中，虽然可以体验出焦虑、恐惧、怜悯等情感，但是与突出情节发展的作品相比较，读者很难意识到情节发展的冲突性。作品的文字可能使用极富感情色彩的语言，同时夹以诗作，但读者始终是在较为平静的心态之中接受作品的淡淡情感。

对于类似的内容，中日两国文学家的处理是不同的，具体有什么样的不同呢？

《源氏物语》的《桐壶》卷是以白居易的《长恨歌》为基础进行变异

和创作的。

《长恨歌》是一首叙事性的长诗，诗中同样也流动着悲剧体验，首先就是焦虑和不安的体验。诗中描绘了杨贵妃的美貌和爱情，但这爱情很快就转变为焦虑，因为爱情使得唐玄宗整日沉迷其中，以至于"春宵苦短日高起，从此君王不早朝"。

杨贵妃的美貌尽管能使"六宫粉黛无颜色"，但越是美貌就越使唐玄宗不问政事，这种冲突显然成为焦虑体验的内容。当然如果只把唐玄宗和杨贵妃的爱情作为荒淫生活来写，那么就不可能被构造为焦虑，这里肯定爱情，只是爱情本身产生了副作用。

如果他们两爱到不和政治产生冲突的程度，那他们的爱情其实还不够浓烈，他们爱情的狂热程度和政治的昌明产生极大冲突，从而显现为焦虑。随后这种焦虑变成了恐惧，"渔阳鼙鼓动地来，惊破霓裳羽衣曲"。这种恐惧还在加强，直至杨贵妃的死。

唐明皇在失去杨贵妃和皇位之后的孤独体验，则完全由对爱情的追思与现实之间的冲突构造而成，最后虽然"在天愿作比翼鸟，在地愿为连理枝"，但也不能不"此恨绵绵无绝期"。这种绵绵之恨恐怕是无限的爱和无尽的孤独。

《桐壶》与《长恨歌》都可以显现于悲剧体验中，但是由于作品表现方式不同，也使体验的形式有所不同。前者是没有情节的戏剧性冲突，悲剧体验的内容就只有很少的情节成分，没有戏剧性的情节冲突，也使悲剧的体验显得平淡，不易使人意识到作品的悲剧性。

桐壶的人生没有戏剧性的突然变化，她生活于悲剧之中，最终在悲剧中死去，她的悲剧体验是在日常生活之中绵绵流动的。杨贵妃与唐明皇则不一样，他们在发生重大事件之前，并没有把生活本身构建为悲剧，但发生突然变化之后，唐明皇不得不把自己投入悲剧。它的悲剧感是强烈的，具有极强的悲剧性，而不是《桐壶》那样流淌着淡淡的哀伤。

《长恨歌》的情节具有传奇性，陈鸿将它写成了唐传奇《长恨歌传》。传奇的特点就是情节的传奇性，也就是重视情节的发展变化，情节的戏剧冲突极其重要，就像亚里士多德说的："悲剧所以能使人惊心动魄，主要靠'突转'与'发现'。"亚里士多德这句话，虽然不适合所有悲剧，但它却概括了一部分古希腊悲剧情节的特点。我们熟知的《安德洛玛克》《罗密欧与朱丽叶》等作品就都是以逆转作为推进悲剧的方式。

我们从《桐壶》里体验到的悲剧感觉和中国或西方悲剧不一样，《桐壶》表现出一种其他国家悲剧没有的日常性。如果从小说的整体来看，悲剧会更显平淡。紫式部把这种平淡性和情节的日常性，在从源氏登场以后开始的物语发展过程中一直贯行，直到小说最后。

源氏一生不断追求女人，从一个女人到另一个女人。有的时候追求一个女人就构成一个独立的故事，有的时候则是写他对几个女人的追逐。源氏在不断追逐女人的时候，时时流露出淡淡的哀伤，从一种哀伤又落入另一种哀伤。哀伤由排遣不尽的孤独、焦虑、怜悯、恐惧等体验组合而成。

源氏与女人的关系之中最重要的部分之一，就是他和后母藤壶之间产生的恋情和通奸关系，这一关系使源氏时时落入焦虑、孤独、恐惧的体验——欲见藤壶而又不得的焦虑，思念藤壶而难以排遣的孤独，深爱藤壶而又触犯人伦至极的恐惧。

这些感受对整个作品来说都非常重要，然而紫式部却没有把这些体验放在这种极其恐怖、超出日常的情节中去写，而是把源氏与藤壶的通奸情节完全隐去，只是在相关的情节中暗示他们的通奸行为。

这样把源氏的悲剧体验完全表现在日常化的生活中，把极其恐惧的体验也日常化，从而使冲突在极为平淡的悲剧体验中显现出来。

谈完了《源氏物语》和中国文学的区别，那它和欧美文学的区别又在哪儿呢？

《源氏物语》的情节结构似乎不能构成悲剧，美国学者唐纳德·金曾认为日本小说"很多都是结构拙劣，一篇小说由几个几乎是独立的部分连缀而成，与此相关，《源氏物语》就没有欧美小说概念的结构"。

《源氏物语》这样的结构方式，很容易让我们联想到欧洲早期的流浪汉小说，流浪汉小说以流浪汉的经历为线索进行，故事的发展可能前后没有多大的关系。这种小说在欧洲是近代小说还没有产生时发展起来的形式，被认为是小说尚未成熟的形态。

既然如此，那么是不是作为世界第一部长篇小说的《源氏物语》的结构形式，是一种比较幼稚、拙劣的形式呢？这是不是代表着日本小说尚未成熟？其实《源氏物语》是日本古典文学成熟的标志，这种形式很适合表现日本文学特有的美学理想，即哀怜、余情、幽玄等美学理念。

即使是到了近代，志贺直哉的《暗夜行路》、谷崎润一郎的《细雪》等作品也都以这种形式表现了主人公的命运，在淡淡的情绪表现之中流淌着悲剧的孤独、焦虑、怜悯、恐惧、毁灭等体验，以古典形式创造出了近现代的悲剧作品。

《源氏物语》对日本后来的作家产生了什么样的影响呢？

《源氏物语》作为日本古代最有代表性的长篇小说，对后世产生了深远的影响。虽然后世再也没有出现过像紫式部那样伟大的女性作家，但她的影响是不能否定的。好色文学并没有止于《源氏物语》，日本的近世文学再一次出现了好色文学，井原西鹤创作了一系列好色文学，如《好色一代男》《好色一代女》《好色五人女》等，同样也都是以好色作为主要的内容，没有否定好色，只是肯定好色的角度与价值有所不同。如果说《源氏物语》是从贵族的身份地位、修养的角度肯定了好色，那么井原西鹤则是从近世商人的角度肯定了好色的价值。

《源氏物语》在日本文化中占据重要地位，假如没有这部文学作品，我们无法想象日本的文学与艺术将何去何从。在紫式部笔下的"男欢女爱"中，所传递的极致的"物哀"思想历经千年，形成了特有的日本式浪漫。《源氏物语》的意境之美，也从根源上启发了后世日本诸多精彩绝伦的文化艺术巨作。关于这部作品的译本，我推荐人民文学出版社丰子恺先生翻译的版本，希望你可以去读一读这部作品，获得解开日本文化奥秘最为关键的那把古老而美丽的钥匙。

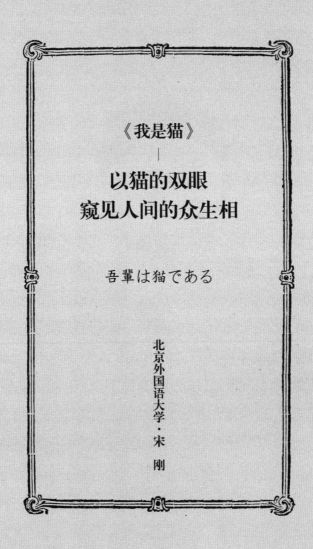

《我是猫》
—
以猫的双眼
窥见人间的众生相

吾輩は猫である

北京外国语大学·宋　刚

夏目漱石

## 📖 作品介绍

　　《我是猫》是夏目漱石创作的长篇小说。作品的主人公是穷教师苦沙弥家的一只猫，这是一只善于思考、颇有见地的与众不同的猫。小说以这只猫的视角来观察人类的行为和心理，展现了苦沙弥、迷亭、寒月等知识分子和资本家金田的生活面貌。教师苦沙弥是文明中学的英语教师，性格倔强，有些神经质，他和妻子生了三个女儿。苦沙弥的四位好友经常来家中拜访他，他们常常在一起谈古论今、针砭时弊。但在猫的眼中，这些人聚在一起成天讨论的都是些没意义的琐事，他们自身也一样庸俗不堪。夏目漱石继承了日本俳谐文学和欧洲讽刺小说的传统，善于在小说中运用风趣幽默、辛辣讽刺的手法进行叙事和批判。这部小说采用了一个新颖的角度，以颇具讽刺意味的叙述，展现了一幕幕滑稽的场景，鞭挞了人类身上狭隘的弱点和金钱社会的庸俗，生动地反映了20世纪初日本资产阶级的思想和生活。

## 🖋 《我是猫》思维导图

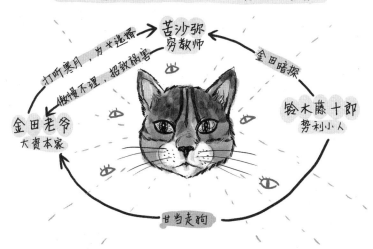

尖锐地揭露和批判明治"文明开化"的资本主义社会

苦沙弥 穷教师

打听寒月·月+选择

傲慢不理，招致祸事

金田暗探

铃木藤十郎 势利小人

金田老爷 大资本家

甘当走狗

第一节

差评教师，初露癫狂

　　夏目金之助——这个弥漫着土豪气息又有点日本动漫风的名字，你听说过吗？他虽然姓夏目，不过可不是《夏目友人帐》里面出场的人物。名字里虽然有"金"，但他也不是家里有矿、小目标一亿日元的富二代。不过他的确有许多奇奇怪怪的朋友，甚至他的处女作《我是猫》都是在朋友高滨虚子的怂恿下才写出来的。他的确也是财富的象征，因为从1984年到2007年他曾经一直"霸屏"1000日元纸币的正面，而在他之前是带领古代日本走向文明社会的圣德太子，还有带领近代日本走向富国强兵的伊藤博文。但夏目金之助似乎对日本的近代化颇有微词，这在他的《我是猫》中体现得淋漓尽致。

　　他的笔名你一定听说过，那就是夏目漱石。我不确定《夏目友人帐》和夏目漱石到底有没有关系，也不确定《我是猫》是不是猫咪老师的灵感来源，但夏目漱石的代表作《心》的确在《夏目友人帐》中出现过。

　　《我是猫》不仅是日本中小学国语课本里面的常客，还曾经两次被搬上大银幕，多次被改编成电视剧、动画片和漫画。出于对《我是猫》的喜爱，甚至在日本诞生了《我是猫》体的《我是老鼠》《我是小哥哥》《我是全职主妇》等文学作品。就连大作家三岛由纪夫都在中学时模仿《我是猫》的文风写过《我是蚂蚁》。

　　《我是猫》的风格是什么样的？人类在猫的眼中又是什么样子？

先看这段：

　　世人褒贬，因时因地而不同，像我的眼珠一样变化多端。我的眼珠不过忽大忽小，而人间的评说却在颠倒黑白，颠倒黑白也无妨，因为事物本来就有两面和两头。只要抓住两头，对同一事物翻手为云，覆手为雨，这是人类通权达变的拿手好戏。

看来，这只猫还相当熟悉辩证思维，权谋之术亦是了然于胸。

我们再看一段：

　　说不定整个社会便是疯人的群体。疯人们聚在一起，互相残杀，互相争吵，互相叫骂，互相角逐。莫非所谓社会，便是全体疯子的集合体，像细胞之于生物一样沉沉浮浮、浮浮沉沉地过活下去？说不定其中有些人略辨是非，通情达理，反而成为障碍，才创造了疯人院，把那些人送了进去，不叫他们再见天日。如此说来，被幽禁在疯人院里的才是正常人，而留在疯人院墙外的倒是些疯子了。说不定当疯人孤立时，到处都把他们看成疯子；但是，当他们成为一个群体，有了力量之后，便成为健全的人了。大疯子滥用金钱与权势，役使众多的小疯子，逞其淫威，还要被夸为杰出的人物，这种事是不鲜其例的。

这段话有着尼采式的醒世之感，正所谓"听不到音乐的人以为跳舞的人都疯了"。

记得史铁生先生说过："写作者未必能塑造出真实的他人，写作者只可能塑造真实的自己。"夏目漱石也不例外。很长一段时间，周围的人不仅没有把他当作富于哲理、通晓世事的猫咪先生，反而都认为他是疯人院墙外的疯子。

1900 年，东京帝国大学毕业生，第五高等学校英语科主任、教授、贵族院书记官的乘龙快婿夏目金之助被文部省选派至英国留学。看似一路直奔人生巅峰的他，在伦敦却患上了重度的神经衰弱，文部省一度发出电文，内容是"夏目金之助精神失常，应护送回国"。关于伦敦的留学生活，夏目漱石曾在《文学论》的序言中回忆道："住在伦敦的二年是尤为不愉快的二年。我在英国绅士之间，如同一条与狼群为伍的狮子狗，日子过得甚是凄惨。"这使人联想到另一位日本作家井上靖，他在《我的自我形成史》中说过："由于在伊豆山村长大，我从小对城市、对住在那里的男女少年抱有城市孩子们无法想象的自卑感。而且，这种自卑感变换种种形式支配我这个人，直到很久以后。"

是的，自卑感使夏目漱石失去了平常心，徒增了羞耻心。这种自卑感源自身高相貌的差异，源自收入水平的悬殊。好在夏目漱石还有娇妻爱女，于是他给家人写信一吐相思之痛、留学之苦。伦敦的浓雾大概美化了夏目漱石的恶妻。其实，在与夏目漱石相亲的时候，这位桃李年华的少女镜子就露出一口又黑又黄的牙齿对着夏目漱石咧嘴大笑过；因为出身官二代，生活优越，镜子稍稍早起就会头晕；因为不喜操持家务，镜子婚后第二年就曾有过投河自杀的轻生念头。从妻子那里获得温柔以待、满满的爱是难以指望了，坚强的夏目漱石没有被西漂生活打败。回国后的他咬咬牙，整理整理胡须，毅然决然地投入到明治时代红红火火的教育大潮之中，开始在第一高等学校和东京帝国大学任教。

这一次，学生们的差评又给了他致命一击。夏目漱石在东大担任的一门课程是英国文学，这门课的前任教授是爱尔兰裔作家小泉八云，金发碧眼、阅历丰富，还擅长讲鬼故事，是学生们的男神。而讲课过于严谨、家庭生活不幸福、充满了负能量的夏目漱石，自然不被学生们欢迎。甚至在他任教的第一高等学校有一个名叫藤村操的学生，还在华严瀑布投水自尽。华严瀑布一时间成为自杀之地，四年间有将近二百人想跳入瀑布了却余生。藤村操的死和夏目漱石有没有直接关系呢？至少从他的遗书看不出任何端倪。但夏目漱石在藤村操自杀前的英文课上骂过他没有准确理解英国文学。总之，那一段时间夏目漱石情绪低落，经常在办公室里唉声叹气，很少出门。碰上难得的好天气，才在附近的不忍池散散步、发发痴。

这样一个丧丧的人，是如何改变自己的命运走向的呢？

在家庭中要面对时不时歇斯底里的妻子，在教学中要面对死气沉沉的未来精英，在每月月底要上交全部薪水的夏目漱石并没有向命运低头，没有报复社会，更没有走上与有妇之夫相约自杀的文学青年之路。因为，他那时已经是三十八岁的中年大叔了。好在夏目漱石在文学杂志《杜鹃》的同人中找到了人生的意义，现实生活中的一切负面情绪，反而是促使他成为日本近代文学第一人的原生动力。

在创作《我是猫》之前，夏目漱石经人推荐，开始练习骑自行车，并且把初学自行车的千难万险和学成之后的轻松写意，以及在自行车上看到的人生百态写成《自行车日记》，刊载在了《杜鹃》上。想通过"静感单车"放松神经的夏目漱石发现，原来写作才是让他身轻如燕、如鱼得水的一剂减负良药。

这里要提一提《杜鹃》的同人们，其中最主要的两位就是夏目漱石的挚友正冈子规和高滨虚子。他们是日本短歌和俳句的改革者，倡导"写生文"运动，主张文学创作追求写实、具有绘画性和印象性。夏目漱石将这一创作理念和自己的东西贯通，将冷眼世间和风趣幽默结合，创作了《我是猫》。

说来有趣，《我是猫》虽是长篇小说，却是因为禁不住读者们潮水般的喜爱，被一章一章催生出来的作品。1904 年 12 月，夏目漱石在杂志《杜鹃》的同人聚会上朗读小说第一章的草稿，没想到当即大获好评。《杜鹃》将这部短篇登载到新年号后，又立刻引起了读者的巨大反响。文中开篇第一句是"咱（zá）家是猫。名字嘛……还没有。"这句话后来成为文坛名句，也被当作了这部小说的题目。

不过，"我是猫"这句话并不是一个单纯的判断句，"我"的原文是"吾辈"，据说源于日本古代老臣在新帝面前的谦称。用法不亢不卑，却谦中带傲，类似于我国古代九千岁面圣时口中的"咱家"。明治前后，"吾辈"这个词流于市井，类似我国评书中的"在下"，或者是孙悟空在妖精面前喊的"俺老孙"的"俺"，又或者是以前北京混混儿吓唬人时说的"咱可是进过局子的"里面的"咱"。

总之，"我是猫"不是简单告诉读者，主人公是一只猫。这三个字里充斥着一种猫踩在人类头上的爆棚自信，把里面蕴含的深意原原本本地翻译过来就是"我可是上知天文、下晓地理的神猫，不是如你们一般卑微的凡人"。

《我是猫》本来只想发表一期即告结束，但第一期的成功极大地鼓舞了夏目漱石。恶妻的臭嘴又怎么样？学生的臭脸又怎么样？我有这么多懂我的读者，我要将一直以来郁结在胸中的阴霾当作乌黑的双眼，我要将脆弱的神经当作春天高亢的叫喊，我要对金钱至上的物欲社会拍出犀利的肉垫！

夏目漱石从此便势不可当，《杜鹃》二月号发表了续篇，四月号发表第三篇，1906 年八月号完成了最后的第十一篇。小说在连载发表过程中就出版了单行本上编，完成时出版了中编和下编。小说的后十篇是在第一篇完成后逐渐构思的，没有紧凑的情节，既像针砭时弊的散文，又像结构松散的批判现实主义小说。作者后来说，《我是猫》"没有主旨，没有结构，像无头无尾的海参"。同时他还说过"我对我的神经衰弱和疯癫深表感谢"。

《我是猫》的主人公兼叙事者、评判者本来是一只小野猫，跑到了人穷志不短的珍野苦沙弥老师家中定居下来。苦沙弥老师是文明中学的英语教师，两撇小胡子，肠胃不好，性格倔强，神经质，家有妻子和三个女儿，常常和他的文人朋友们谈古论今，谈谈国事，发些牢骚，这俨然就是夏目漱石本人。

猫呢，是具有上帝视角的，它不仅可以观察家中的众生相，还可以读懂众人心。更令人敬畏的是，这只猫还博学多识，通晓天地古今，它或引证或褒贬了尼采、贝多芬、巴尔扎克、莎士比亚、孔子、老子、韩愈、晏殊、陶渊明，以及《诗经》《论语》《左传》《史记》等不胜枚举的名人名著，将作者的视野、胸怀、文采与才识展现得一览无遗。

夏目漱石的创作生涯并不长，他在短短十年之间就创作出十四部长篇小说，数十篇中短篇小说以及大量的随笔、游记、汉诗、俳句、演讲，其中不乏《我是猫》《哥儿》《从此以后》《心》《道草》等名篇。《心》更是与太宰治的《人间失格》被并称为日本近代文学的双绝，至今仍被广泛阅读，经久不衰。

第二节

横岭侧峰，心脑交战

你知道吗？在日本文坛有一个词叫"漱石山脉"。它指的不是夏目漱石沟壑纵横的面部肌肤，也不是他茂密丛生的两撇胡须，更不是被他命名为"漱石山房"书斋。这个词可以解释为夏目漱石的丰饶性、厚重性和恒久性。比如，他不仅是小说家、诗人、俳人，也是文艺评论家、文明批评家、思想家、教育家，他对日本的禅学、中国的汉学和英国文学都有极高的造诣。

他的文笔很难用一句话或一种风格概括，时而对仗工整、合辙押韵，不输南朝骈文、唐宋诗词；时而自带节奏、押韵饶舌，犹如"明治 rap"；时而风趣幽默却绵里藏针，使人会心一笑却被戳中心窝；时而清新隽永却毒舌腹黑，让人读罢如饮深谷甘泉却肠胃不适。每周四晚上，聚集在"漱石山房"参加"木曜会"的夏目漱石的弟子们，后来也大多成了各个领域的翘楚。他们有大正时代文学巅峰人物芥川龙之介，有夏目漱石研究开创者小宫丰隆，有哲学家、美学家阿部次郎，有日本战后第一任文部大臣安倍能成，有英国文学翻译家森田草平，有东京大学物理学家寺田寅彦，他们在接触夏目漱石的过程中，都从不同侧面不同角度受到了他的影响，正印证了"横看成岭侧成峰，远近高低各不同"的夏目漱石的真面目。

《我是猫》正是"漱石山脉"的早期雏形。上一节我们提到过，这部作品并非从一开始就设计好总体布局然后按部就班完成，而是漱石在友人怂恿下兴趣所至的偶发之作，之后又因为大获好评而一发不可收拾。因此，十一篇故事并没有一条清晰的主线勾连，每一章多是闲言琐事，每个人物散发的是闲情逸致，读起来恰如置身群山峻岭，眼中虽有一石一草，一木一鸟，却处处是曲径通幽，柳暗花明，一时半会却又看不出山呈什么形状，路通什么方向。正因为如此，很多朋友读过三五章便觉得大致了解了《我是猫》的套路，拔草爬到山腰便半途而废了。殊不知这部作品一山连一山，一山更比一山妙。

第一章的妙处就在于漱石的自嘲，是漱石借猫之口对教育工作者"为刷存在强说愁，为求风雅半途废"的自嘲。在猫的眼中，主人一从学校回来，就一头钻进书房里，几乎从不跨出门槛一步。家人都认为他是个了不起的学者。他自己也装得很像刻苦读书的样子。可实际上，他并不像家人称道的那么好学钻研，在猫的眼中就呈现出了另一种样子：猫常常蹑手蹑脚地溜进主人的书房去偷窥，这一窥才知道主人贪睡午觉，还不时往刚刚翻过的书面上流口水。主人经常胃疼，可偏偏又是个吃货，撑饱肚子就吃胃肠消化药，吃完药就翻书，读两三页就打盹儿，然后口水流到书本上，这便是主人每天不变的作息。因此猫确信了自己可以轻松胜任教师这份工作。猫是怎样说的呢？原文是这样的：

> 咱家若生而为人，非当教师不可。如此昏睡便是工作，猫也干得来的。尽管如此，若叫主人说，似乎再也没有比教师更辛苦的了。每当朋友来访，他总要怨天尤人地牢骚一通。

稍稍思考一下，相信不光是教育工作者，每一位读者都可能从猫主人身上看到自己的影子。人类的两面性，又何止囿于教师这一群体之中呢？

不止如此，猫的主人还是一位喜欢附庸风雅却又天赋与毅力明显不足的家伙。在猫看来，主人没有一点比别人高明的地方，但他却凡事都爱尝试。他写俳句和新体诗往杂志投稿，还写语法错乱不堪的英语文章。他有时醉心于弓箭，学唱谣曲，有时还吱吱嘎嘎地拉小提琴。然而遗憾的是，样样都稀松平常。偏偏他一干起这些事来，却还格外认真着迷，竟然在茅房里唱谣曲，因而邻居们给他起了个绰号叫"茅先生"。

小说里还有一个情节，主人在发薪水那天偷着买了一大包水彩画具、毛笔和图画纸，装模作样地临摹起了猫，可瞄上一眼猫就炸毛了，心中暗暗懊恼道："坦率地说，身为一只猫，咱家并非仪表非凡，不论脊背、毛楂还是脸型，绝不敢奢望压倒群猫。然而，长相再怎么丑，也不至于像主人笔下的那副德行。"

仔细想想，小说中的主人和我们普通人其实很像，我们总是会在枯燥的生活中和并不如意的现实中找到安慰自己、麻醉神经的点。有人说鲁迅是受了《我是猫》的启发才写出了《阿 Q 正传》，挨打以后不敢还手的阿 Q 常常自我安慰"是儿子打了老子"，于是就满足了，就美滋滋了。如果每个国人的心里都住着一个阿 Q，那么说不定每个日本人的心里也都住着一个猫主人。或者可以说，每个地球人心里可能都住着一个能让自己无处发泄的不满在精神层面巧妙释怀的人。有趣的是，我们无法依靠头脑改变现实时，只要心理得到了满足，似乎活下去也就不艰难了。

夏目漱石是一个精神不太正常的人，但即使身患重度神经衰弱，留学时他也不愿盲目崇拜西方；即使被学生们打差评，他也没有动一动歪脑筋，用期末成绩和海量作业以眼还眼，以牙还牙。而写作，恰好是夏目漱石对现实释怀的解决途径。夏目漱石去世后，他的妻子夏目镜子回忆道："这年年底的时候，夏目心血来潮，突然写起东西来……但他一开始并没想过要将写小说当成本职工作，只不过是他长期以来强烈的创作欲望的一种忍耐与积压，因此一旦动笔，就几乎篇篇都一气呵成……看他写东西的时候，似乎心情极为愉悦，最晚时会一直忙到夜里 12 点或是深夜 1 点左右。夏目基本上是从学校回来之后，从晚餐前后到 10 点左右就可以毫不费力地写完一篇。要问有哪些是要花上几天来写的，我现在对这些已经记不太清楚了，但就是《少爷》《草枕》这类篇幅较长的作品，开始动手写直至完成，好像也不到五天或是一星期。记得大部分都是一两个晚上就写好的……现在回想起来，他当时的创作热情，简直旺盛极了。"

头脑与心灵的交锋，胜者对身体的支配，潜意识对行为的驱动，这也是打开"漱石山脉"的一串钥匙。与晚年的一日熬千字不同，初登文坛时夏目漱石的创作是激情燃烧的，是不假思索的，是信笔而书的，《我是猫》的第二章里的几个小故事，似乎也在告诉我们，身体有时是不受大脑控制的，欲望往往来自热情，而非冷静。

第二章里，主要人物迷亭、寒月、东风悉数登场。猫主人依旧延续第一章的双面人设，长期苦于胃病还要吃一大碗煮年糕，身为人类灵魂的工程师，日记中记录的却是散步途中看到的艺伎的俊俏模样和乌鸦悲啼一般的沙哑嗓。看到这样不济的主人，猫当然要煞有介事地做一下点评，猫是这样说的：

> 再也没有比人心更难于理解的了。此刻主人的心情，是恼怒？是兴奋？还是正在哲人的遗著中寻找一丝慰藉？鬼才晓得。他是在冷嘲人间？还是巴不得涉足于尘世？是因无聊小事而大动肝火？还是超然度外？简直是莫名其妙。猫族面对这类问题，可就单纯得多。想吃就吃，想睡就睡；恼怒时尽情地发火，流泪时

哭他个死去活来，首先，绝不写日记之类没用的玩意儿，因为没有必要写它。像我家主人那样表里不一的人，也许有必要写写日记，让自己见不得人的真情实感在暗室中发泄一通。至于我们猫族，行走、坐卧、拉屎撒尿，无不是真正的日记，没有必要那么煞费心机，掩盖自己的真面目。

看似得出了至理名言，而下一幕，冷眼世间的猫却被疯狂打脸。任性的主人碗里还剩下了一块年糕，面对这碗剩年糕，猫劝说自己不要严于律己，想吃年糕，绝非贪馋的结果，而是从"能吃便吃"的观点出发。但当面对那碗剩年糕时，它的理性却又开始卫道："其实，咱家并不那么想吃年糕。相反，越是仔细看它在碗底里的丑样，越觉得瘆人，根本不想吃。"接下来，猫的心理防线逐渐瓦解，不管怎么迟疑、徘徊，也仍然不见一个人影来阻拦它。于是，猫的心里猛然响起了一个声音"还不快吃！"结果，年糕粘在了牙上，情急之下只能用两个前爪去挠，就靠两条后爪直立起来在厨房摇摇晃晃，闹得全家都过来围观猫和年糕跳舞，惹来一阵阵的哄笑。原来看似超然世外，比主人高出一个次元的猫也会被瞬间的冲动所左右。

尽管猫一定不会承认这一点，但被心理冲动牵着鼻子走的猫和它的主人，还有主人的朋友们其实都是同类。在西餐厅听信迷亭鬼话的东风；读过老母亲寄来的六尺家书，看到歪脖松树后戚戚然想要上吊的迷亭；对倾慕自己的女子产生恋爱，迷迷糊糊想要跳河的寒月，他们的举动无一不是走心不走脑的。他们看起来都那么愚蠢，却又那么可爱。相反，《我是猫》中的大反派，金田一家却是走脑不走心的。或许，对于明治社会迅速却不彻底、高效却无根基的西化，夏目漱石批判的刀锋不只是不痛不痒地划过社会表象，他还透过猫的双眼，映射出传统社会走心、现代社会走脑的巨大裂变。在这里，我就不一一"剧透"了，剩下的九篇之妙，就留给你去探秘吧。

只是最后一篇里，突然画风一转，醉酒的猫在水缸里被淹死了。夏目漱石手起刀落，给这部作品硬是切出了一个唐突的尾巴。在《我是猫》的下篇序言中，夏目漱石透露了一些答案。出版《我是猫》的书店大约觉得《我是猫》可以写几百集，要求漱石继续写下去，而漱石却顾及猫的面子，没有让它死皮赖脸地转世投胎，也没有让它不体面地从水缸里爬上来，这倒是一生执着我心的反骨文学家夏目漱石的一贯作风。

夏目漱石初期的创作是厚积薄发、文思泉涌、笔随心动的。《我是猫》中的众多登场人物和看似互不相干的小故事，也都是复杂多样的夏目漱石多面体的不同成像。当然，这个多面体不是置身于明治社会之中，散乱无序地反射着不同的侧面，而是将明治社会包裹在猫的瞳孔之中，360 度全景呈现整个时代的全貌。

## 第三节
## 书生联盟，猫罗万象

夏目漱石是在"家庭事业两灾难"的背景下开始创作《我是猫》这部作品的。

不知道出于什么原因，近几年很多学生在毕业后开始北漂生活的第一步，都不约而同开始养猫。没有养猫的也要想方设法周末到养猫的家里去撸一撸，囊中羞涩、"交友不慎"集体买不起猫的还要相约猫咖啡馆，聚众"吸喵"。我不是《我是猫》里的猫，无法洞悉他们的内心在想些什么。但是看到他们朋友圈晒的和猫在一起时享受的表情，我能想象他们在职场上努力打拼的样子，他们在客户面前克服胆怯的样子，他们自己吃泡面省下钱买黄金小鱼干的样子。表情有多夸张，生活就有多辛苦。

虽然苦沙弥先生的生活过得苦，虽然他的妻子头顶秃，他的大女儿的脸像"铁刀的刀把"，二女儿的脸"像琉球漆的红盆"，小女儿独放异彩，一副细长脸，可惜是横着长的，但是，苦沙弥先生的精神是富有的。他有"牡蛎"一样的外壳，坚信知识可贵。他还有四位好友，虽然同是穷书生，却能一起谈天说地，针砭时弊，乐得开心快活。苦沙弥先生有一张麻脸，他常对妻子说：没长痘疮以前，是个白玉般的美男子，小时候漂亮得像浅草寺庙的观音像，迷得洋人都回眸流盼。猫的评语是：也许这是真的，只是没有任何证人，这很遗憾。

美学家迷亭是苦沙弥先生的知己，爱好插科打诨、故弄玄虚、哗众取宠，他去苦沙弥家做客的时候，从来都当作回自己家一样随便。迷亭曾经评论猫的主人苦沙弥先生"切不断、剁不乱"。这句评论倒是"深得猫心"，特别是猫偷吃年糕把牙粘在上面咬不断、拔不出的时候是由衷赞同的。苦沙弥先生对迷亭的为人也一清二楚，当有来客夸赞起迷亭对国外餐厅了如指掌，感叹莫不是曾经留过洋时，他黑起朋友来也毫不留情："什么？迷亭君何曾去过外国！若是又有钱，又有闲，几时想去都是可以去的。不过，他大约是把今后想去说成了已经去过。"

理学士寒月君是苦沙弥先生曾经教过的学生，以第一名的成绩毕业，会亲切地称苦沙弥一声"老师"。寒月是个上进的好青年，还是个"堂堂正正的美男子，是上帝精心打造的"，只不过，聚集在苦沙弥先生周围的人，似乎总被一种奇怪的咒语诅咒，显得超然物外、与世无争，而又是那么无聊滑稽、不甘人后。好青年寒月也不例外。为了提交博士论文，他待在实验室里搞的研究就是从早到晚地磨玻璃球，用他自己的话来说，就是"要一点一点地磨哟。刚觉得这边的半径过长，就稍稍磨去一点儿。呀，不得了！另一边的直径又变得长了。再费九牛二虎之力，好好歹歹磨去了一块，这下子，整个变成椭圆形了。好容易把椭圆矫正过来，直径又不对了。开始磨的时候，那圆球足有苹果那么大，可是越磨越小，最后只剩杨梅那么小了。我仍然坚持磨下去，磨得像个豆粒。即使小得像豆粒，也磨不成纯粹的圆。可我还是热心地磨……从今年正月，已经磨废了大小六个玻璃球。"除此以外，他在理学协会讲演的题目是关于上吊力学的科研成果，他在吃蘑菇的时候崩掉了两颗门牙，豁牙的地方还塞满了年糕。

苦沙弥朋友圈里的第三位是东风君，他是寒月君的朋友，是一位新体诗人。他的头总是梳得油亮，单看脑袋很像个戏子。但是，他还煞费苦心地穿着小仓布外褂，装腔作势的样子又让人以为他是剑道大师府上的弟子，全身上下只有肩头到腰部像个正常人。东风君与同好组织了朗读会，对艺术充满了激情，他深信"人要进入纯情境界，只有两条路：艺术和恋爱。因为夫妻之爱代表某一个方面，所以人必须结婚，实现纯情境界的幸福，否则便是违背了天意"。东风君还为住在附近的有钱人家的小姐金田富子写了一首诗："倦怠、郁香的烟雾袅袅，/ 有你的芳心与情丝缭绕。/ 啊，我哟，在这凄苦的尘寰。/ 唯有这猛吸时火热的一吻最甘甜。"

独仙是一位哲学家，年龄在四十左右，长脸上蓄着山羊胡。他信奉消极主义哲学，经常说些使人虽然不懂，但觉得很厉害的名言警句。苦沙弥先生曾经被独仙折服，将他的理论对迷亭现学现卖道："你总担心落伍。但是，在一定的时空，落伍者反倒了不起哟！首先，如今的学问，只有向前向前，绵绵无尽，永不满足。如此看来，东方学问虽然消极，却富于韵味，只因讲求精神修养。"哲学家独仙嘴上讲超越生死，但是依然惜命，九年前发生大地震的时候，只有独仙一人从宿舍二楼跳下去摔伤了。按照独仙的说法，事实就变成了好在我"禅机玄妙！到了十万火急的时候，能够惊人地迅速地做出反应，其他人一听说是地震，都蒙头转向，唯独我从二楼窗户跳下去，这正表明了修炼的功效。好开心"。作品中，有两位先生听信了独仙的学说妄想得道成仙，一位顿顿只吃糙米饭和腌咸菜，另一位将"鳗鱼升天"天天挂在嘴上，最后双双精神分裂，吃糙米饭那位还因为腹膜炎丢了性命。独仙本人倒是很看得开，不会愤恨自己的爹拼不过人家的，他还奉劝苦沙弥："假如是上等爹妈，本领高强，把我们生得适应于社会，那就幸福了。然而，如果生得不合要求，那就只有两条路，或是情愿与世格格不入，或是忍耐到与社会合拍的时候为止。"

如果苦沙弥的"书生联盟"属于正义一方，那么实业家金田一家就是《我是猫》中的邪恶大反派了。《我是猫》虽然没有结构，无头无尾，但寒月与金田家女儿富子的婚事是作品中一条重要主线，它连接了正义与邪恶，使双方的矛盾激化到峰值。

金田家住在苦沙弥家附近，是明治时代日本近代化过程中一夜暴富的土豪。明治时代是一个激情澎湃的时代，国家旭日东升，民众朝气蓬勃，城市日新月异，百业兴旺鼎盛。同时明治时代也是一个人冷如铁的时代。国家"脱亚入欧"，文化喜新厌旧，乡村残存孤老，世风唯我独尊。新与旧的夹缝中，脑与心此消彼长。有头脑的玲珑人大行其道、呼风唤雨；有情义的用心人却处处碰壁、无处容身。善与恶无人问津，利与弊才是衡量一切的唯一准绳。

《理智与情感》中有一句话：凡是稍有理智的人都不会一直痛苦下去。就像前面说的，苦沙弥并不觉得苦，当然这并不因为他有多少理智。对于苦沙弥来说，博士或大学教授，他会佩服得五体投地。可是对有钱有势的实业家们他却不放在眼里。他确信，中学教师远比实业家们伟大。即使不那么确信，凭他死板的性格，一定也不可能受到实业家们的恩惠，因而他也就断了这方面的念头。他对学者圈以外的事情，都表现得极其迂腐。

这种态度对于金田家的女主人，明治时代的"法拉利女车主"鼻子夫人来说，真的是做梦也想不到，茫茫大地竟有如此怪人与自己生活在同一片蓝天下，呼吸着相同的空气。她无论与什么人接触，只要自报家门，说一声是金田夫人，无不立即被另眼相待。不论出席什么样的场合，不论在多么高贵的人们面前，"金田夫人"这块招牌都很吃得开，没想到，在替女儿上门打听寒月的情况时，遇到的是冥顽不灵的"夺命书生"。

在阶级史观的影响下，或许有人认为夏目漱石在批判明治时期日本物欲横流的社会，赞美了知识分子近污泥而不染的高洁风骨。但是当我们看到"书生联盟"中的五位，似乎也不是什么可以令人心悦诚服的角色。大约只有上帝视角的猫才是最清醒的，在猫看来，主人和他的伙伴们的谈话，既没有什么好笑，也没有什么可悲，于是不禁发出感叹："看起来，人哪，为了消磨时间，硬是鼓唇摇舌，笑那些并不可笑、乐那些并不可乐的事，此外便一无所长。"一言以蔽之，不论是主人、寒月还是迷亭，都是些太平盛世的逸民。尽管他们像没用的丝瓜随风摇曳，却又装作超然物外的样子，其实，他们既有俗念，又有贪欲。即使在日常谈笑中，也隐约可见其争胜之意、夺魁之心。进而言之，他们自己与其平时所痛骂的俗骨凡胎，原是一丘之貉。

在文学中找到真我的夏目漱石，真的是想通过猫眼，写一篇扬善惩恶式的战斗檄文吗？我觉得并非如此，大约，他只是想结合人物的内与外，家庭的表与里，学问的古与今，道德的黑与白，社会的明与暗，完成一幅可以容纳他喷涌而出的才华的世间百态写生图。

《我是猫》中的猫也当然没有英国哲学家赫伯特·斯宾塞的胸怀，可以笑一笑说道"在这世界上，有一位漂亮的姑娘因没有嫁给我而获得了幸福"，在猫的眼中，琴师家的三色小母猫花子小姐就是完美的化身。它那后背丰盈适度的风姿，漂亮得无以言喻，极尽曲线之美；它那尾巴弯弯、两脚盘叠、沉思冥想、微微扇动耳朵的神情，委实难描难画。尤其它在阳光充足的地方暖煦煦地正襟危坐，尽管身姿显得那么端庄肃穆，而那光滑得赛过天鹅的一身绒毛，反射着春日阳光，令人觉得无风也会自然地颤动。可惜的是，花子小姐受了风寒香消玉殒，撒手猫寰，只留下了八万八千八百八十根头发全都倒竖起来，浑身打战的猫。

《我是猫》中的人物，多数都有原型，猫也不例外。让我们在夏目漱石的随笔《猫墓》中，感受离开东京帝国大学，成为职业作家后的夏目漱石：

这一晚，猫死了。早上，女佣去后面储物间取柴火的时候，发现它倒在炉灶的台子上，已经僵硬了。妻子还一定要跑到后面，去瞅了一眼猫的尸体。到昨天还冷冰冰的她，突然火急火燎起来。还托了常使用的车夫，买来一块四方的木头小碑，让我在上面为猫写点什么。我在正面写上了"猫墓"，背面写的是："碑下此墓中，电闪雷鸣无影踪，夜夜尽升平。"车夫问了一句："就这么埋起来吗？""难不成还要火葬吗？"女佣冷冷地答了一句。

小孩子们也突然间又念起了猫的好，他们在小墓碑的左右两旁竖起了两只玻璃瓶，里面插满了胡枝子的小花。墓前还放上一个小碗，碗里面盛满了水。花和水都要去更换。猫死后第三天的傍晚，未满四岁的女儿——我从书斋的窗子正好看到了她——一个人来到了猫墓前，盯着插在地上的素木墓碑，良久以后，拿起手上的长把玩具勺子，从供在猫墓前的碗里舀了一勺水，缓缓喝了下去，不止一口。醇静的暮色中，飘落了胡枝子花的这碗水，不知道滋润了多少次，爱女那细小的喉咙。

这就是我对这本书的全部解读，希望你能够有机会亲自翻开书本，读完这部经典作品。关于译本，我推荐我读的第一本《我是猫》，于雷的译本，2002 年由译林出版社出版。让我们一起感受日本文学的隽永、内敛和精致气息，通过这扇窗，去了解人性，了解大和民族的民族性。

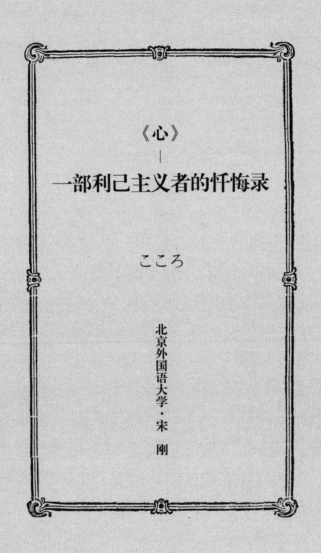

《心》

—

一部利己主义者的忏悔录

こころ

北京外国语大学 · 宋　刚

## 📖 作品介绍

　　《心》是夏目漱石的长篇小说。作品讲述的是一个被"我"尊称为"先生"的男人结识并爱上了房东家的小姐，但却迟迟不敢向对方表白自己的心意。后来，先生的好友K住进了先生家，也对小姐心生爱慕。这时候，直率的K向先生吐露了自己的心事，先生在表面上批评K"不求上进"，背地里却偷偷地向房东太太提了亲。得知真相后，K在绝望中自杀了。婚后的先生一直无法忘却好友K，活在内心的拷问和煎熬中，他终于不堪忍受自责，也走上了自杀的道路。这是一部利己主义者的心灵忏悔录，深刻揭露了利己之心与道义之心的冲突。小说清晰地展示了善与恶、白与黑中间那复杂而又模糊的灰色地带，对人性进行了深刻的揭露。夏目漱石擅长描写人物的心理活动，往往让人身临其境、不寒而栗，因而这部小说也成为其后日本近现代小说的典范之作。

## 🖋 《心》思维导图

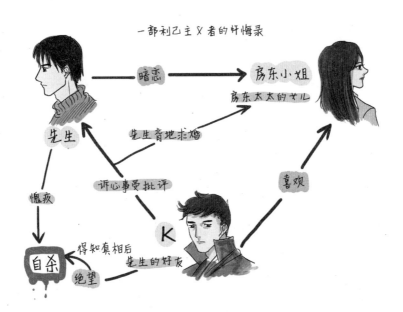

# 第一节
## 鲁迅的男神，灵魂拷问

夏目漱石是日本国民大作家，日本文学界的至宝。乍听到这个名字，有的人可能会感到陌生，但大多数人一定听过那句火遍网络、被认为是最撩人的告白语——"今晚月色真美"，据说，这句话正是出自夏目漱石之口。如果你因此认为夏目漱石是一个温柔浪漫的作家，那就大错特错了。

如果说世人善于隐藏和伪装，那么日本小说家则是在作品里解剖内心黑暗面的一群人，他们偏要把这些虚假面具下的真实揭开给你看。夏目漱石就是这样一位被文学耽误的"外科医生"。在这里，我将和你一起走进夏目漱石创作后期的代表作《心》，看看他的"心"里面，到底露出了什么——一个被"我"尊称为"先生"的男人，和他的挚友 K 同时爱上了房东的女儿。先生背着 K，向房东家提了亲。K 选择了自杀。几十年来，先生一直活在内心的拷问中，最后，他在内心的绝望中结束了自己的生命。

有人说这是一部很黑暗的小说，也有人说这是一部透视日本人性格和心魂的最佳读物。这部小说真的像评价的这样吗？

夏目漱石是日本近代文学史上一位伟大的小说家、散文家、评论家和英国文学研究家，在日本国民心中有着难以撼动的地位。在《朝日新闻》举办的千年作家排名中，夏目漱石力压《源氏物语》的作者紫式部，位居榜首。他的头像曾被印在使用频率最高的 1000 日元纸币上，这对于日本作家而言，是极为难得的待遇。日本历史上，被印上纸币的作家只有三位，一位是夏目漱石，另外两位都是女性作家，她们分别是创作出世界上第一部长篇小说《源氏物语》的紫式部，以及和夏目漱石同一时期的樋口一叶。

夏目漱石对东西方文化都造诣颇深，既对英语文学有独到研究，还精通日本的一种诗歌形式——俳句。不光日本诗歌，夏目漱石还擅长书法和中国的诗歌，包括古体诗和近体诗，以及日本按照平仄、格律等创作的日式汉诗等。他对各类文学的博识和精通，也在一定程度上有助于他的创作。所以你会发现他的小说语言幽默、技巧丰富且形式新颖。

很多人在读夏目漱石的作品时，会真切地感受到自己很容易被里面的人物牵动情绪，这也正是夏目漱石的高明之处。他擅长描写人物的心理活动，细致入微到令人感同身受、如临其境，他的小说《心》成了其后日本近现代小说的典范之作。日本近代文学的代表作，公认的只有两部：一部便是漱石的《心》；还有一部，是近几年在国内成为"丧文化"旗帜的《人间失格》。

作家在创作过程中，多多少少都会在作品中留下自身经历的点滴。

夏目漱石出生在日本江户一个没落的小贵族家庭，是家中最小的孩子。因为家境窘迫，出生后夏目漱石就被过继到别人家。由于养父工作的原因，幼年的夏目漱石不时过着举家搬迁的生活。直到十岁，养父母感情破裂导致离婚，夏目漱石才重新回到了亲生父母身边。但幸福的日子总是短暂的，十五岁那年，他的母亲就因病去世了，几年后，夏目漱石便独自离家去追寻他的文学梦。也许正是这样的经历，才让他笔下人物的心绪尤其敏感细腻。

熟悉夏目漱石的读者都知道，"漱石"只是他的笔名，他的原名是夏目金之助。那他为什么会给自己取这样一个笔名呢？他对于中国古典文学造诣很深，从小便热爱汉学，还曾经立志凭借汉文立于世间。"漱石"这个笔名就取自中国二十四史之一的《晋书》中孙楚的故事，寓意不与世人同流合污，永远保持高洁之心。这恐怕是夏目漱石以此作为笔名的本意吧。而他恰好也是这样做的。

夏目漱石凭借小说《我是猫》在文坛出道的时候，已经三十八岁了。这个年纪无论在任何领域，于古于今，都可以说是大器晚成的。况且，他的文风在当时特立独行，浪漫主义文学已经风光不再，自然主义展露峥嵘、风头正劲，此外还有其他各种流派自成体系。而夏目漱石的文风风趣幽默，在嬉笑怒骂之中批判现实，这让他在文坛中显得那样与众不同，那样耀眼夺目，又是那样形单影只。

读到这里你可能有点蒙，这些"主义"都是什么意思呢？其实，我们没必要去一一分辨各个流派都是什么风格，有什么代表人物，创作了什么作品，又有怎样的主张，这些对于意图单纯感受文学之美的读者而言，是毫无意义且十分打击阅读积极性的。

你只需要想象一下，在一个集体中，大家都有属于自己的团体，只有你一个人，提出了和其他所有人都不同的观点，行为模式也从不合群。没有人认同你，大家纷纷认为你的做法不切实际、毫无依据，且不可能有成果。那会是一种什么样的感觉？你只要去想一下那种孤立无援的境地，就能够感受到一种仿佛来自外界、同时又从骨子里开始发寒的冰凉。

初出道的夏目漱石就处于这样的境地，但他自始至终坚守着自己的风格和理念。自然主义认为文学是事实的再现，而夏目漱石认为文学应该是有意识地虚构出来的艺术品，只有通过虚构才能产生超现实的真实。这种观点其实和我们现在常说的"文学来源于生活，但是高于生活"有着异曲同工之妙。基于这一创作理念，漱石的作品往往道德意识强，同时又对现实进行深刻的批判，在后期创作中则将重心转向剖析人的内心，《心》这部作品就是在这一创作时期完成的。

直刺社会本质，批判现实之中的丑恶与弊端，语言之中富于睿智与想象。这种描述听起来是不是有些耳熟？在中国的近代文学史上，也有一位以讽刺、批判社会丑恶面而家喻户晓的大作家，那就是文豪鲁迅。

鲁迅和夏目漱石有很多相似之处：同样出身于一个曾经昌荣而后凋敝的大家庭，同样以对现实辛辣讽刺的刀笔而闻名，两人最为世人熟知的也都是他们的笔名。"鲁迅怎么可能姓周呢？"这个笑话已经传遍了大江南北，一度被拍进了电视剧。甚至他们那标志性的胡子，都仿佛是一个模子里刻出来的。

他们还有一个最大的共通之处：他们的作品在历经百年之后，依旧有着现实意义。他们作品中所蕴含的博大精深的现实意义，甚至让人难以找出一个合适的词语去形容。事实上，夏目漱石还是鲁迅的偶像，他说过："夏目的著作以想象丰富，文词精美见称。早年所登在俳谐杂志《子规》上的《哥儿》《我是猫》诸篇，轻快洒脱，富于机智，是明治文坛上新江户艺术的主流，当世无与匹者。"周作人也曾提到，日本文学中，真正对鲁迅创作产生了影响的，恐怕唯有夏目漱石。鲁迅日后所作小说虽与夏目漱石作风不相似，但其嘲讽中轻妙的笔致，实颇受夏目漱石的影响。还有学者认为，鲁迅的《藤野先生》《野草》等作品或多或少受到了夏目漱石《克莱先生》和《梦十夜》的影响。

在日本，夏目漱石的小说被称为"麻疹之书"，意为每个人在一生中总会读一遍，就像孩子都会生一次麻疹一样。那《心》究竟讲了什么呢？

《心》是一部长篇小说，翻译成中文，也就是十几万字的样子。要是和现在动辄五十万、上百万字起的网络小说相比，这本书甚至算不上"长篇"。当今时代，很多读者喜欢的小说故事，大部分漫长而又复杂，情节跌宕起伏、一波三折。相较之下，《心》这部小说的故事，却很简单。

故事以"我"的视角去展开阐述。主线是"我"因缘结识了故事的男主人公"先生"，在日益亲密的交往中，"我"对先生的过往愈发好奇。而先生在自杀后，给"我"留下了一封遗书，"我"也从遗书中，知道了先生的过往。

原来，先生少年时曾经被自己深深信任的叔父欺骗，损失了父亲留给自己的大部分遗产，所以他过早看透了人性的自私与虚伪，总是对别人抱有怀疑。后来，先生爱上了自己房东家的小姐，但因为性格使然，迟迟无法开口向小姐表白心意。

先生为了帮助自己的好友 K，劝说 K 搬来和自己同住。而原本对他人十分冷淡、专注于自身学业的 K，也在朝夕相处中对小姐生出了爱慕之情，并向先生表明了自己对小姐早已倾心的事实。先生深感自己处处不如K，害怕小姐被 K 夺走。于是一边在表面上批评 K 不求上进，一边在背地里瞒着 K 向房东遗孀求亲，甚至获得首肯后也一直未向 K 坦白。终于，K 从夫人口中得知先生将要和小姐成婚，在绝望之下割喉自尽。

K 的自杀，给先生的心造成了沉重的打击。他一辈子都没能走出 K 自杀的阴影。最后，这位主人公也走上了和 K 相同的道路，选择了却自己的生命。

这样一个故事，单从情节来讲算不得有多么复杂，如果以现在流行的写作手法来创作，一篇短篇小说的篇幅也许就足以囊括了。

但是，《心》之所以在百年之后仍能位列日本国民最喜爱的十部作品之一，是因为它并不是以情节取胜的。《心》着重叙述的，是对人性利己、自私一面的剖析和批判。

　　这种对人性的揭露、对社会的批判是跨越时空的。先生为了能够迎娶小姐，可以一边批评 K 不上进，一边背地里去求亲；今天的芸芸众生，也会为了自己的利益，或是欺骗他人，或是出卖至亲。这体现了共通的人性自私的一面。

　　百年前的家长会把已经成年的"我"当成小孩子管教，叮咛嘱咐得细致入微；今天的父母，也会交代早已长大成人的子女几点起床、多吃蔬菜、交本分的朋友、换一个积极向上的微信头像、写一句阳光健康的朋友圈签名。

　　甚至，百年后的我们和百年前的人们也没有什么两样。我们时而认真好学、对生活充满斗志，却又是拖延症的重度患者，把事情拖到最后一刻才肯开始做；我们对父母的话不放在心上，觉得他们思想陈旧、絮絮叨叨，不但不理解自己，还总是来打扰自己，连注册微博、发微信红包、备注好友名称都要手把手地教他们；我们崇拜偶像、迷恋他们身上的闪光点，又被他们不为人知的一面所吸引，想要不断探求，即便我们并不真正了解他们，却还是从心底认为偶像比自己的父母要强百倍。我们可能会瞧不起"没有见识的乡下人"，讨厌逢年过节询问工作业绩、对象条件的七大姑八大姨；我们远在异乡时归心似箭，回家三天就想订票逃离，而父母喜迎我们回家只要超过一周，就会化稀罕为嫌弃，巴不得眼不见心不烦。

　　这些我们习以为常的日常，在一百多年前的《心》中都早已有所体现。社会在进步，科技在发展，但是，人性中仍存在着许许多多的共性不曾改变。

　　《心》的内涵当然远比这些更复杂、更深刻，但这并不会影响我们对这部作品的理解。经典之所以为经典，就是因为不同年龄、不同生存状况、不同年代、不同国度的读者在阅读时都能够产生感动与共鸣。虽然每个人的感受各有不同，但灵魂所获得的震颤却是一样强劲有力。

　　这也是《心》将会带给你的感受。可以说，这部作品之所以富有魅力，是因为《心》对人性利己、自私的一面进行了深刻的剖析，它洞穿了明治时代日本知识分子的"画皮"，是一部利己主义者的忏悔录。

## 第二节

## 一念地狱，一念天堂

《心》这部小说的主要情节，用一句话概括，就是一个自私但又没有泯灭良知的读书人，给别人的人生带来悲剧后，陷入羞愧与自责，走向悲剧结局的故事。那么小说里面的主人公——先生，一个原本善良的人，是如何一步步变成恶人的呢？

最近两年，网络上流行一种说法，叫"我们终于活成了自己最讨厌的样子"。这通常是步入社会不久的青年人对自己生活现状的反思。所谓"最讨厌"的指代往往各有不同，但有着一定的普遍性。比如：小时候立志要做一个对社会有用的人，但如今得过且过，当一天和尚撞一天钟；过去我们反感父母、师长对自己的批评与否定，如今我们却开始习惯于用犀利的言辞去刺痛他人；小时候我们正义感十足，眼里容不得一粒沙子，如今却变得世故圆滑，开始学会打"擦边球"，甚至争相学习套路，攀比油腻……

这些我们今人都会经历的转变，是小说中的先生也曾经历过的。父母因疾病相继离世，无依无靠的先生只能依照母亲的嘱托，在叔父的照料下生活。他相信父亲对叔父的器重，相信母亲看人的眼光，也相信叔父对自己无微不至的关怀是发自内心的。所以他把家中的一切全都交予叔父打理，只身一人到东京读书去了。

但是无数法制节目与刑侦电视剧中血淋淋的教训告诉我们：为了利益，哪怕是至亲的父子、兄弟、枕边人都能反目成仇，甚至为了一笔小钱而萌生杀意，更何况关系还远了一层的叔父呢？

　　面对先生的家宅田地、古玩字画，叔父果然心动了，他利用手段转移了财产，甚至迫不及待地想要把自己的女儿嫁给先生，实际上则是想把先生继承的所有财产一并"入赘回家"。待到先生发现形势不对时，却为时已晚，父亲留下的家财大半已被夺取，先生只得将能够取回的部分贱价变卖，怀揣着一颗受伤、愤怒的心，告别双亲的坟墓，背井离乡，从此再也没有踏上过故乡的土地。

　　先生的愤怒是因为钱财被夺取、自己的钱财变少了吗？

　　其实从整部小说来看，我们能够很明显地看出在离开家乡后先生的经济状况依旧相当不错。剩余的钱财能够供他搬出宿舍租房子、毫无顾忌地买书、出门旅游好几个星期，还够他接济朋友，甚至都能够保证他毕业后在无业的情况下和妻子一起生活许多年。以现在的标准来看，先生根本就是个有钱有时间的大叔。一般人如果没有工作，恐怕连几个月都支撑不下去，更别说在东京过上衣食无忧的小康生活了。

　　先生感到受伤害、被欺骗、愤怒的原因，和钱财没有关系。虽然先生曾经几次劝小说里的"我"要趁父亲去世前尽早分割财产，也在遗书中表达过从叔父手中夺回的财产寥寥无几，但这些都是先生在对人性绝望之后的反应。他强调父亲的财产所剩无几，是为了突出叔父的恶。屡次劝"我"要尽早分得家财，是为了保护真诚、单纯的"我"不再受到他曾受过的伤害。

　　所以，先生在意的并非钱财，只是因叔父的贪婪和丑恶而震惊。自己以及父母都深深信任着的叔父，却因为贪图财产而如此伤害自己。先生因此再也不相信任何人，甚至不相信自己和最爱的人，也就情有可原了。

　　先生虽然犯下了无法挽回的过错，导致他最终的悲剧结局，但他内心深处还是有着善良、道义的一面，因此极力地想要帮助"我"，鼓励"我"，支持"我"，即便这样会遭到"我"的误解。但先生最后也变了，也堕落为和叔父一样自私而丑恶的人。

从这些情节里，你会发现《心》这部小说最大的魅力，就在于它清晰地展示了善与恶、白与黑中间那复杂而又模糊的灰色，把人性中每一个玲珑细小的折射面都用文学的手法一览无余地展现在了我们面前。

上述内容是先生这种复杂心理产生的原因。用我们现在的心理学术语来说，这位"先生"是内心带有创伤的。这种创伤带来的影响，尤其体现在先生处理亲密关系时的纠结情绪和矛盾心理中。那么，我们就看看先生是怎么处理爱情和友情这两种亲密关系的。

先说爱情。先生在见到房东家小姐时，就已经对她心生好感。在朝夕相处之中，逐渐对小姐萌生了爱意。但他却一直没有、也无法开口表达自己的爱意。这和面对爱情的羞怯不同，先生并不是因为害怕被拒绝而不敢开口，而是他有所戒备。

这也不难理解。想一想，连自己的至亲、曾经对自己关爱有加的叔父，都会在背后捅自己一刀，而像小姐和房东夫人这样毫无血缘关系的人，又如何能让先生放松警惕呢？所以，他在喜欢小姐的同时，又怀疑小姐抱有目的，对自己有所企图。

这种两相矛盾的心思其实和普通的暗恋还是有相似之处的：我们暗中爱着某一个人，且对方并不知情时，我们不也是一方面心中洋溢着爱意，同时又因为对方的无知无觉，因为对方对他人表达出的好感而不满、嫉妒，以致兀自心生怨念吗？人是很容易产生这种矛盾心情的生物，只不过先生的矛盾比常人更甚。

先生因为对虚伪的、自私的、丑恶的人的憎恨，更加希望自己在道德上是高尚的。这一点，我们可以从先生和他的好友 K 的交往中看出。

出于本身性格中善良的部分，先生会为了缓和好友 K 及其家人的关系，哪怕对 K 的家人有所鄙夷，也会写信进行斡旋；会为 K 的遭遇感到愤慨并邀请他和自己同住；会瞒着 K 请求房东小姐和夫人善待 K，并会因为小姐和夫人对 K 的善待而感到高兴。当然，先生也从中获得对自身道德感的认同。

不过，先生对 K 的帮助和支持并非无限延展的。

先生一方面希望 K 能同小姐、夫人和睦相处，改变其对女人不屑一顾的固有态度，不要那么孤立于世；但另一方面，先生又不希望自己的利益，也就是自己喜爱小姐并希望能同小姐结合的心愿受到损害，尤其是不愿意受到来自 K 的干扰，因为这仿佛就是搬起石头砸了自己的脚一样。但先生邀 K 来同住的初衷又不允许他将 K 赶出宅子。其实，这本质上也反映了先生对自己在道德上的高要求——先生不能允许自己做出小气的、斤斤计较的行径。

所以当 K 和小姐的关系日渐亲密时，先生已经燃起了妒火，但他的教养和自律又让他不能表现出来。当 K 面对先生，明确而深沉地说出自己对小姐的爱恋时，先生不仅感到震惊，而且还十分恐惧，因为他不愿相信、不愿承认的事情终究还是发生了。

先生希望自己的恋情和 K 的精神状态都能够如己所愿地发展，但他不希望 K 爱上小姐，更不希望 K 抢在自己之前坦白心意——先生认为 K 先表白之后，自己是不能再对他开口坦白的，这违背了先生对自己所设的门禁。其实，这也是很多人都会有的心态，和朋友喜欢上了同一个人，在对方明确表达喜爱之情后，自己又怎么能开口说爱呢？那样会产生一种类似于背叛或决裂的不道德感。

于是，先生陷入了两难境地：他无法和 K 摊牌，但也决不能容忍 K 和小姐在一起，或者说，他决不能忍受自己无法和小姐在一起。先生必须找到一个解决方案，一个既不用和 K 摊牌，不用和 K 正面竞争，又能够让自己和小姐在一起的方案。

先生最终是怎么做的呢？

他选择利用 K 性格上的弱点刺痛 K，来击垮这个竞争对手。他批评 K 耽于恋爱，不思进取，是个蠢货。以学业和上进为人生目标的 K 果然被戳到了"阿喀琉斯之踵"[1]，受到了巨大打击。而先生却依旧怀抱着对人性的怀疑，以为 K 想要向小姐告白。于是先生转而向夫人求亲，恳求她将小姐嫁给自己。

就这样，先生一方面击垮了情敌，另一方面争取到了夫人的首肯，得以和小姐结婚。这个结果看上去正合先生的心意，却也将先生推进了不道德的深渊，先生终于为自己画了一张自己曾经最讨厌的人皮面具。

先生满眼只有自己想要迎娶小姐的欲望，为了实现这个目的，他不择手段地利用朋友性格的弱点，置友情于不顾，可以说是自私自利的小人行径。事后，他又不敢向 K 坦白，一直将 K 蒙在鼓里，总是用"明天再说吧"来宽慰自己，这又是胆小的懦夫心态。这些最终导致 K 在对自己失望、被家人抛弃、遭朋友背叛又恋情无望的绝境下，选择割喉自杀。

先生本来是在 K 孤立无援时主动关怀他、帮助他的挚友，却在最后选择用无比卑怯自私的方式猛地将 K 推向深渊。先生终于也在某一瞬间，

---

[1] 原指阿喀琉斯的脚跟，因其是唯一没有浸泡到神水的地方而成为他的致命弱点。这个出自荷马史诗的典故，后比喻强者的致命弱点。

突然变成了恶人，变成了像自己的叔父那样自私利己的恶人。

可以说，先生是从叔父那里学到了如何为了自己的利益伤害他人，学到了怎样才能实现自我利益的最大化；也可以说，是先生对人的不信任，导致他无法坦诚地和他人相处，无法坦白自己的想法，总是怀着最恶劣的心思猜忌他人，最终也将那恶劣卑怯的心思根植于自己的脑海中。

一念天堂，一念地狱。很多时候，善恶的分界就在这一念之差。

先生明确地知道自己行为的不道德，明确地知道自己如何自私利己。但在当时，他内心涌动的欲望淹没了一切，他控制不了自己。于是，先生头脑中只考虑了如何实现自己的目的，没有考虑到自己的言行将带来怎样的后果。也许，先生知道后果，只不过那时他满心满眼都是小姐，都是和小姐结了婚的自己，都是如何挫败 K。他没有空想，也想不到这一切的一切会对 K 造成多么大的伤害。

但起码，先生还是有道德感的。他明确地知道自己的行为是自私的，手段是卑劣的。这比起那些伤人而不以为意的人，不知道要好多少。也正因为如此，先生的人生在 K 死后都是灰暗的。

虽然他有心活着、有心去爱自己的妻子、有心想要为他人做些什么，但是他又深感自己是个罪人，已经没有办法，也没有机会去偿还自己的罪过，因此更不配去活着，去爱人，去助人了。这也是先生心中最为纠结的地方，他想要挣脱，却绝不可能挣脱，内心的道德感和罪恶感总是紧紧攥着他的心。他想要麻醉自己，却总是清醒，他的道德和负罪感告诉他，他没有沉沦的资格。

先生想要死，却又不能死，他要为了自己的妻子苟活，因为妻子唯一能够依靠的就只有他，妻子满心满眼装的也都只有他。自己因为私欲害死了 K 已经是无可偿还的罪过了，决不能为了自己的解脱，再去伤害所爱之人一分一毫。

最终，先生还是自杀了，这并不值得推崇，在现实生活中，这种行为是应当加以否定的。但小说是从文学角度超越现实进行创作，把一个可能存在的例子极致化，从而加强对知识分子利己一面的批判，强化了利己心和道义心之间的戏剧冲突。

# 第三节

# 狂热时代，新旧更迭

一部伟大作品的诞生，绝不是凭空捏造的，而是和作者的经历、时代的大背景息息相关的。人类的一切创造与想象都萌芽于现实生活。在这一节里，我将把《心》这部小说放到历史的坐标系中，勾连起时空的经度和纬度，从一个更广阔的视角去解读这部文学经典。

小说里面反复提及新时代、旧时代，将新青年的"我"和旧知识分子的先生做对比，甚至连先生自己，在遗书当中也总是说"我"作为新时代的青年会无法理解先生的想法，会嗤之以鼻。这和当时的社会背景是分不开的。

一提到"社会背景""时代背景"之类的词，很多人可能会觉得头疼，毕竟这是曾经在语文、政治、历史课上听得耳朵都要起茧了的词。其实它们并没有那么抽象，只要稍微对此做一些了解，在阅读《心》的时候就会对作者反复强调的内容感到豁然开朗了。

作为一本虚构的小说，《心》这本小说里却反复提到了两个现实生活中的人物——明治天皇和乃木希典。如果你对这两个人所处的时代有所了解，你就能明白作者的用意。

日本人将天皇奉为神明，这一点和古代埃及人对法老王的看法是相似的，天皇即活着的神。当然，随着时代的发展，尤其是在网络发达到了人人都是自媒体的现在，真正从心底把天皇奉若神明的日本人已经不多了。

但在一百多年以前，明治天皇无疑是人人敬仰、崇拜的对象。在明治天皇之前，日本经历了近七百年的幕府时代，幕府将军把控朝政，成了实质上的统治者。幕府政治讲起来很复杂，我们在理解的时候，可以把它和中国历史上的摄政王、三国时期挟天子以令诸侯的各路诸侯做简单类比。这将近七百年的幕府统治，却在明治天皇的手上终结了，日本的政治力量重新集中到了天皇手中。

在明治天皇在位的四十五年间，日本在经济、政治、社会、教育、军事等各个领域迅速发展，建立起了亚洲第一个资本主义国家，并一步步走上了军国主义道路。这对于其他国家，尤其是近邻的中国而言，非但不是什么好事，更是日后即将面临的浩劫。但是对于日本人而言，国力富强、社会日新月异，自己的国家每天都在追赶着西方先进国家的脚步，可以说没有比这更令人兴奋的事了。原本就被奉为神明的天皇，更进一步成了一个真正意义上的偶像。

小说《心》中把明治天皇作为明治时代、明治精神的象征，先生原本就感受到了自己同新时代青年的差异，更认为天皇的死敲响了明治精神的丧钟。文中"我"的父亲还守旧地将天皇称作"天子"，这些都说明了那个时代的人对明治天皇的推崇。

甚至，当天皇驾崩后，还有人因此而携妻子自杀，这个人就是文中另一个被反复提及的人物——乃木希典。

他是个狂热的军国主义者，参与甲午战争，制造了旅顺大屠杀，屠戮平民两万余人，在日俄战争中再度率部攻打旅顺，给我国东北的无辜平民带来了灭顶之灾。从中国人的角度来看，乃木希典可谓是国家敌人；如今的日本史学界，总体上对他的军事能力也是持否定态度的。

但在明治维新的浪潮中，在战前军国主义不断抬头膨胀的日本，乃木希典获得了极大的肯定和吹捧，甚至被封为"军神"。他还曾担任台湾总督，作为殖民侵略的头目残酷压迫了台湾地区的人民。

乃木希典是一个愚忠的人，最后选择了在明治天皇出殡的日子与妻子一同切腹殉死，这竟还令日本举国上下感动不已。如今在日本东京有一座乃木神社，位于乃木希典故居旁，就是将乃木希典神格化来纪念他的地方。最有意思的是，乃木神社的官网上，还写道"祈求生产平安、除厄、结婚典礼，请来东京乃木坂的乃木神社"，联想到乃木希典生前的所作所为，不禁令人哑然失笑。

乃木神社所在地名为"乃木坂"，是为了纪念乃木希典殉死而更名的。想想北京、天津、上海、武汉各地为了纪念革命烈士张自忠将军而命名的"张自忠路"，一位是侵略扩张、切腹自尽的军国主义亡灵，一位是守卫人民、抗击侵略而牺牲的中华爱国将领，两相对比之下，不禁令人叹息。

介绍明治天皇和乃木希典，就是为了说明为什么《心》中要反复提及这两个人物，又为何要将明治时代的终结与先生、"我"和"我"的父亲的命运联系起来。

因为明治时代所带来的社会激荡是那样的剧烈，日本在短短四十多年之内就从一个封闭、落后的国家，一跃成为亚洲最强国，还在中国及朝鲜半岛占领了大片土地。这使得日本民众的心态从压抑、不自信发生了一百八十度转变，变得极为膨胀、自满，甚至自负。短时期内取得的巨大飞跃，让日本人在盲目自信的同时，也对带领整个国家迅速"富强"起来的明治天皇及其手下的军国主义政治家和将领们崇拜非常，奉他们的言行为真理。

这种全民族的沉醉和狂热，造就了"我"和先生所处的时代，这也是《心》所设定的宏观叙事背景。故事中的人和事有着超越时代的共通点和可读性，但也有着在特定时代背景下的特殊性、局限性和价值观。先生身上那种明治时代知识分子的纠结、挣扎，为明治时代殉死的愚忠与狂热，虽在当今世界上的绝大多数国家已经基本不复存在，却又曾经为我们带来如此真切的感受。

当今世界的多元化发展和对个性的追求，很难再出现对某个单一事物极端而盲目地崇拜。这是社会发展好的一面，同时也意味着我们在阅读《心》的时候，必须要对当时特殊的时代环境有所理解，夏目漱石并非要在《心》这部作品里，肯定明治时代的一切，或是揭露整个社会环境。相反，他的重点是讲人。

熟悉夏目漱石的朋友应该能发现，他前期和后期创作的作品，描写的重点是有所不同的。

夏目漱石在创作的前半期主要集中于批判现实，但是在他的理想和黑暗的现实产生碰撞后，出现了极大的矛盾和冲突。虽然当时日本社会正在飞速发展，但社会的急剧变化也必定会滋生各种各样的弊端与矛盾。他想要解决这种矛盾，但是又无能为力，这使得他无比愤慨，在思想上也产生了诸多矛盾，使他的创作曲折起来。

面对社会与自我的矛盾，他无法找到根本的解决办法。再加上他曾因为胃溃疡发作，吐血过多而有过濒死的体验，于是作品逐渐从批判揭露社会现实，转而剖析人物内心与人性。《心》正是在这一时期创作的作品。

所以我们能看到《心》虽然以明治时代为背景，人物性格也因明治时代的种种矛盾产生，但小说描写的重点仍然以人为主，聚焦在人物的性格弱点和内心的痛苦纠结，对于社会大环境的描写却着墨不多。

甚至连先生自杀的理由："为明治精神殉死"，我们也能够看出那不过是先生为自己找的借口，真正的原因还是出于对 K 的愧疚，对自己的痛恨，以及对世人、世事的绝望。与其说先生是一个明治时代的知识分子，不如说他是所有"有道德感的利己者"的化身，明知自己的所为是错误的、不被原谅的，却不可控制地走上了错误的道路，最终一步步迈向无法回头的悬崖。

而文中的"我"，则是一个生动的、蓬勃的、生长在新时代的年轻人，是所有生机勃勃的青年人的象征。"我"渴求知识、渴求人生经验，对自己光明的未来信心满满，对过去的人和事嗤之以鼻，积极主动，有时也带着些许莽撞。

文中的"我"从始至终都在主动地接近先生，希望能够同先生更加亲近，希望能够进一步走入先生的内心。"我"把先生当作人生的前辈来敬仰崇拜，因此总是强势地追问先生，试图了解更多他的过往，近乎逼问地想要了解过来人的经验。这份执着与赤诚，使得不相信任何人，甚至连自己也不相信的先生，都不得不相信"我"。

可以说，先生最终能够并且愿意将自己最黑暗、最不堪回首、最令他感到折磨的过去全部揭开给"我"看，正是因为"我"的这份青年人的赤诚。

人类的进步、人类社会的发展，都是以前人的经验为基础的。《心》在最核心的对利己者的批判及展现利己心和道德心之间的矛盾之外，其实还隐含着对正在成长的青年人的剖析。这两个角度，对于我们阅读《心》和理解《心》的内涵，是很具有参考价值的。

# 第四节

# 错即人生，千人千《心》

《心》自创作至今已经过去了一百多年的时光，但其中有许多的精神与剖析是跨越时空而亘古不变的。这绝不意味着我们要把其中的内容生搬硬套到当今社会的生活中来，也并不是说其中就没有落后于时代的糟粕。

这一节，我们就谈谈如何从自己的理解以及时代进步的角度来有甄别地阅读这部作品，这也是我们每一个人在阅读经典名著时需要学会的一项技能。

哪怕是作为国民大作家，夏目漱石也曾受到过批判。

比如，有人说他是一个有大男子主义的人。这种思想在《心》中很多处都有所体现，小说中的"我"总是认为母亲是个没有文化、没有见识的乡下女人；先生虽然倾心于小姐，却也认为小姐的思想不够深刻，见识不够广博。

但 K 不同。K 起初在小姐身上追求和男人相同的学识，希望能够在和女人交流时也能够获得和男人交流时同等的心得感悟，用同样的目光平等地看待男性和女性。这实际上是一种相当现代而平等的观点，甚至连 K 对小姐的轻视，都是一种平等态度的体现：他并不会因为对方是女性，就放松对对方的要求。这也有可能是 K 对于性别观念并没有得到启蒙所致。而先生的态度则明显不同，先生觉得小姐没有自己这般的学识和思想，是个需要人保护的小女人。先生热爱小姐并非因为她的思想，而是因为她对于自己而言是一个富有魅力的、符合自己对异性想象的女人。

具有性别平权思想的读者看到这些描写，恐怕会感到愤怒。但这毕竟是百年前的作品，这在当时的时代和社会背景之下是再自然不过的事情了，不能强求作者的观念和我们同步。这当然是一种不合时宜的思想，但一味地加以批评未免也有些不近人情。

文中反映的，不过是那个时代的人所能够具有的思想，塑造一个具有典型时代特征的人物，也正是夏目漱石所追求的目标。角色超前于时代，反而不具有典型性，作品又如何能批判社会，剖析明治时代知识分子的人性之恶呢？

而这种思想缺陷，会让你在读完整本书后产生一种感同身受的无奈、凄苦和悲凉。

整部《心》分成三部分，全都是以第一人称完成的，无论是前两部分中的“我”，还是最后一部分中的“先生”，读起来都具有十足的代入感。前半部分中，“我”一心想要进步，想要提升自己，因而如饥似渴地从先生身上汲取着营养，而略带空虚、迷茫的生活以及尚不明朗的前途，也给“我”的心理活动增添了一分真实。那种看不见、摸不着的焦虑，正是与时下绝大多数青年人内心的真实写照相呼应的。

但如果这部作品止步于此，它充其量就只能算是一部庸常之作，不可能跻身传世经典的行列。而将《心》的境界拔高到极点，同时将前两部分中看似故弄玄虚、不明所以的伏笔和铺垫全部连根拔起的，正是第三部分《先生和遗书》。

《先生和遗书》其实是先生自杀后留下的遗书的内容。但这不仅仅是一封遗书，更是先生之所以为先生的理由。里面讲述了先生自杀的原因，更讲述了先生的过去。所以这章的名字是《先生和遗书》。

当你一气呵成地读到最后，关于先生所有的一切才都有了答案，关于先生的一切也如波涛一般向你呼啸而来。先生确实如文中的"我"所想，是个有知识、有思想，值得崇拜的人，但先生也如同他自己认为的那样，是个无比自私的怯懦之人。

先生并非因为想要厌世，才会厌恶世人，而是因为他人背叛了自己，才不能相信他人；因为自己也背叛了自己，所以连自己也不能相信。整个世界上，先生不相信任何一个人，了无生趣，但是却不能寻死，不能为了自己选择死亡，而要为了小姐，也就是自己的妻子成为一具行尸走肉。

活着却不能做什么事情，不能立于世间，因为自己是个自私的、有罪的人，不配进入世间；也不能麻醉自己，因为自己是个自私的、有罪的人，没有资格逃避痛苦。不能有为，也不能无为；不能做什么，也不能什么都不做。他只能做一些没有意义的事情，比如平常地活着。

"平常地活着"这句话，并没有在小说里直白地点出来，但你可以从先生日复一日做的事情里看出来：每日起床，吃饭、看书，虽不与人常来往，却仍旧有着交往，偶尔会有些应酬，和妻子像是一对模范夫妻那样恩爱，不吵架、不冷战，对妻子体贴入微。

这种无忧无虑、自由自在的日子，对于旁人来说是多么的令人称羡啊，但对于先生来说却是折磨。有人可能会说先生简直不知好歹，但只要想想先生的经历便能理解。

先生读了许多书，有许多知识，想要应用学识做些什么，却没有资格；先生爱自己的妻子，却不能对她更坦诚，也不能给她一个孩子，因为没有资格；先生想要寻死，却又为了妻子不能死，因为没有资格。

这种平常地活着，确实是最大的折磨。不能做得更多，也不能做得更少，只能时刻清醒着感受罪恶。

最终，明治天皇的死、明治时代的终结、乃木希典的殉死给了先生一个看似可以依靠的理由：为了消逝的明治精神而殉死！这样就不是为了解脱自己而死了，就不是利己的自私了。先生终于能够从道义的折磨中，找出一条高尚的道路。为了一个时代、一个精神而死，自然比为了解脱自己而死高尚得多。

先生这才终于能够将自己背负的一切讲述给"我"听了。

先生的遗书读到最后，会令人产生一种十指剜心的痛。也许是第一人称的写作手法在作怪，在阅读时我们的心中会萌生出一个先生的影子，带着我们一步步解读先生的悔与恨，先生的痛与苦。这个影子会让你在某个瞬间，突然感觉悲从中来，那是一种无可奈何的凄苦和悲凉。那正是先生想要弥补，想要摆脱的。

但我们终究不是先生，而人生也是一个不断犯错的过程。

我们会在蹒跚学步时跌倒，会在咿呀学语时对着玩具喊妈妈，会伤害自己最珍视的朋友，会错过一个个好的机会，会错过一个很爱很爱自己的人……

慢慢地，我们会学会如何走稳，会记住爸爸妈妈和爷爷奶奶。我们越来越稳重、越来越成熟、越来越自信，还会遇到下一个爱自己的人。

但是我们当初跌倒的那一跤依旧很痛，说错的那一席话再也收不回来。朋友会因为你一句无心之言而联想到当初的伤心难过，你撕掉通知书的那家公司可能最后上市成了世界500强，你抛弃的那个人可能是唯一对你用心的人。夜幕低垂时，那个求而不得的远去身影，又会在梦中催你潸然泪下。

我们无法回到从前，不能改变过去的足迹。所谓的补偿也好，弥补也罢，都是亡羊补牢，我们在事后所做的一切只不过是在说"出现同样的情形，我可以做得更好"。

但并不是所有的努力都是徒劳的。

人不能因噎废食。不能因为错过一次，就永远不再去做。把错误看作错误本身是过于片面的。错误的存在，是为了提醒我们不再犯错，提醒我们去改正，提醒我们还有着正确的做法存在。所以我们更要学习前人的经验，知道什么是错的，才能避免犯错。

《心》中的先生，无疑做错了。也正是因为他清楚地知道自己犯下的过错，所以他把自己的一生，当作一个前辈的间接经验，真实地、毫无保留地记录了下来。先生所最需要的，并不是我们的感同身受或是同情之泪，而是我们能够从中汲取人生的经验以及教训，不再像他那样，为了利己的私欲，而将他人、将自己推入毁灭的深渊。这才是先生将自己的鲜血喷洒出来给世人看的真正意义所在。

常言道，一千个人心中有一千个哈姆雷特。同样，不同的人阅读《心》，也会有不同的体会和感受。

第一次读《心》的时候，大约有人会不以为然，觉得所谓经典也不过如此。有人会觉得高深莫测，看起来好像很厉害的样子，却让自己如入五里雾中。有人会痛恨先生的自私和卑怯，有人会惋惜 K 过于执拗，有人会怜惜小姐从始至终都一无所知。也许还有人读完全篇后无喜无悲，心中毫无波动。

这就是《心》可能带给你的任何一种感受，但它绝不会让你觉得白白耗费了时间。当你重读第二遍，你可能从不太理解，变得好像懂了一些。你可能从不屑一顾，到开始觉得有点感触。你可能开始理解先生的可怜之处，觉得小姐一无所知也不是什么坏事。你可能会为先生的命运起伏，在内心也掀起了一层层涟漪。

可能当你读到这里的时候，脑海当中还没有浮现出实际的想象。也可能，你会觉得我给你剧透太多，还牵扯了许多无关本文的内容，最后还不是为了劝人读书。

但是《心》真的是一部无所谓剧透的作品。

它的情节本来就不复杂，它不是以情节曲折定胜负的作品，不是一部推理小说。如果说它真的推理了什么，它推理的其实是人性，是人性中自私而又可悲的一面。

夏目漱石将一个时代中可能存在的一种典型的人，摆在了我们面前，用悲剧的命运为先生判刑。但究竟是理解还是批评，是认同还是否定，全在于你自己。

唯一能够让意义在你手中成形的方法，就是翻开它，读下去，之后，它就是一部只属于你的《心》了。

关于译本，我便如先生一般自私一回，推荐四川人民出版社于2019年出版的拙译，但愿我的自私，不会把我推向罪恶感的深渊。也希望你能够有机会亲自翻开书本，读完这部经典作品。

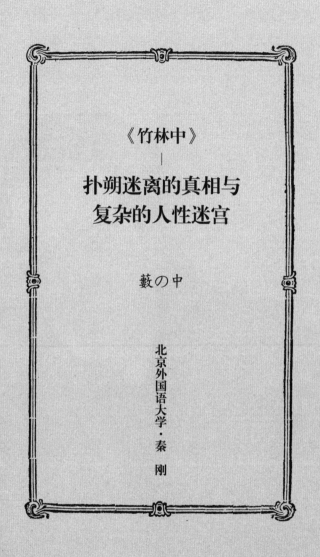

《竹林中》
——

# 扑朔迷离的真相与
# 复杂的人性迷宫

藪の中

北京外国语大学·秦刚

芥川龙之介

## 📖 作品介绍

《竹林中》是芥川龙之介创作的短篇小说。小说的故事题材来源于《今昔物语集》，讲述了一个武士带着妻子真砂在外出途中，遭遇强盗多襄丸绑架，妻子真砂则被其凌辱。武士死去后，真砂逃到清水寺，大盗多襄丸被抓。公堂上的审讯以独特的叙事方式展开：证人砍柴人、行脚僧、捕快、老妪和案件的关键人物强盗多襄丸在公堂上分别叙述案件，还有真砂忏悔时的叙述和死去的武士借巫女之口进行的叙述。多襄丸和真砂各自承认自己杀了武士，而武士却说自己是自杀，每一个人的叙述，都有一定的内在逻辑，又似乎都有破绽。他们就这样各说各话，带领读者走进了一座人性和心理的迷宫。在他们之间，特别是武士和真砂夫妻之间相互抵触的陈述中，我们看到了人性的残忍、自私、冷漠，看到了男女之间、夫妻之间的背叛甚至敌视。芥川龙之介的小说风格奇异，带有先锋性和哲理意味，因而被当时的评论家称为"理智派"或"新技巧派"。后来，日本著名导演黑泽明把这篇小说改编成了电影《罗生门》，该电影先后荣获了金狮奖和奥斯卡荣誉外语片奖。

## ✒ 《竹林中》思维导图

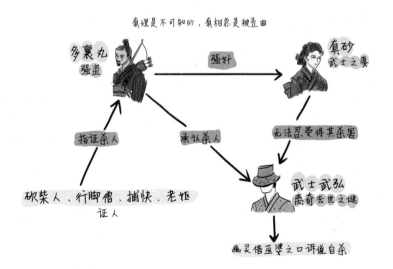

# 第一节
# 鬼才作家的而立之作

日本作家芥川龙之介的短篇小说《竹林中》发表于 1922 年。从发表时算起，至今已近一个世纪。芥川龙之介的小说被中国读者阅读，算来也有近百年的历史了。第一个将芥川龙之介的小说翻译成中文的，是鲁迅先生。1921 年五六月间，鲁迅翻译了芥川的两篇短篇小说《鼻子》和《罗生门》，连载在北京发行的《晨报》副刊上。在《鼻子》译文后面的《译者附记》中，鲁迅介绍芥川龙之介是"日本新兴文坛中一个出名的作家"。

其实，鲁迅的译文在报纸上发表的时候，芥川龙之介本人正好就在中国访问。1921 年 3 月底至 7 月中旬，他受大阪每日新闻社的派遣，以海外特派员的身份游历中国。但是，当时他似乎并不知道自己的作品正在北京发行的报纸上刊载。而小说《竹林中》，正是他访华回国不久之后创作的。这篇小说发表时，芥川龙之介正当三十岁的而立之年。

芥川龙之介在日本文坛素有"鬼才"之称，可惜的是他三十五岁就自杀身亡了，人生极为短暂。终其一生，他没有完成过长篇小说的创作（有两部未完成），却是一位短篇小说的名家，共发表了一百五十多篇中短篇小说。此外他还创作过大量的随笔、评论、警言、游记、俳句等，生前出版过二十多种作品集。他的创作生涯与日本的大正时期（1912—1926 年）基本重合，是大正时期最具代表性的作家之一。

芥川龙之介 1892 年 3 月 1 日生于东京，是辰年辰日辰时所生，所以得名"龙之介"。他的生父新原敏三，是经营牧场，从事牛奶销售的企业家。

他在出生十个月之后，被生母的哥哥也就是他的舅父芥川道章领养，改姓芥川。

芥川是他的生母娘家的姓氏。芥川家是一个书香门第，因此芥川龙之介自幼爱读江户时期的读本小说和中国古典文学。十八岁进入东京第一高等学校之后，他开始倾心于 19 世纪末的欧洲文艺；二十一岁时，考入东京帝国大学的英国文学专业。入学后不久，与丰岛与志雄、久米正雄、菊池宽等同窗好友一起参与创办了文学同人杂志——第三次复刊的《新思潮》，并开始发表文学习作。1915 年 11 月芥川龙之介在《帝国文学》上发表了步入文坛的处女作小说《罗生门》，1916 年 2 月又参与创办第四次复刊的《新思潮》，在创刊号上发表小说《鼻子》，受到了文坛巨匠夏目漱石的赏识，成为夏目漱石门下的弟子，同年相继发表小说《山药粥》《手绢》等，成为日本文坛的新进作家。这时他只有二十四岁。

大学毕业后，芥川龙之介曾在海军机关学校担任了两年多的英语教官。后来辞去教职，成为大阪每日新闻社的签约社员。只要保证在报纸上连载的作品都只投给《大阪每日新闻》，就可以领取月薪，还能拿稿费，条件十分优厚。从此，芥川龙之介就开始了职业作家的生涯，专注于文艺创作。

1921 年，芥川龙之介以大阪每日新闻社海外特派员的身份访华，用三个多月的时间走访了十多个城市。这是他一生唯一一次海外之行。1927 年 7 月 24 日，他在完成了绝笔《续西方之人》后，留下多封遗书，服药自杀身亡，享年三十五岁。他在遗书中解释自己自杀的原因是"对于未来的茫然的不安"，他的死震惊了日本的文化界。1927 年正好是日本的改元之年，年号由"大正"改元为"昭和"。因此，芥川之死被认为象征了一个时代的结束。八年后他的好友菊池宽在自己创刊经营的文艺春秋社，设立了以芥川龙之介的名字命名的文学奖——芥川奖。这一奖项，至今仍然是日本国内最有影响力的文学奖。

芥川龙之介的小说可以分为几大类：历史题材小说、基督教题材小说、以明治开化时期为背景的小说、中国题材小说、私小说风格作品、童话等。其中，以平安时期为故事背景创作的王朝题材的历史小说，是他开创的一种有代表性的小说门类，这类作品多取材自古典文学，以现代人的视角将古代故事加以独到的阐发。《竹林中》就属于这种类型。

他的小说语言典雅、结构精巧、立意新颖、文体多变。而且对于人性的洞察十分深刻，往往会提出一个具有普遍性或哲理性的作品主题。作品的构思立意充满了知性与睿智，阅读之后余味绵长。他的创作为自然主义盛行的文坛带来了异常鲜活的气息，被当时的评论家称为"理智派"或"新技巧派"。芥川龙之介的经典之作非常多，很多作品被选入日本小初高年级的各种教材中，普及性非常高。在他创作的诸多名篇之中，我为什么选择《竹林中》来讲解呢？理由主要有以下两点。

首先，《竹林中》是一部情节独具匠心、叙事别出心裁，结构奇异、主题深奥的小说。这篇小说从结构到内容，都具有先锋性和独创性，同时代很难找到同类作品，非常能够代表芥川龙之介在小说写作手法上的创新和开拓。这篇小说如果仅仅通读一遍，是很难读得懂的。也就是说，对全篇文字的阅读，并不意味着"阅读过程"的真正完成，它在无形之中，要求读者进行更深层次的思考和参与。《竹林中》是一篇绝无仅有的既"虐心"又"烧脑"的短篇小说，带给读者的阅读感受是非常奇特的。

其次，《竹林中》虽是篇篇幅不长的短篇小说，却有国际性的影响力和知名度。这是因为日本著名导演黑泽明把它改编成了电影《罗生门》。《罗生门》在第十二届威尼斯国际电影节上一举荣获了金狮奖，这是日本电影真正走向世界的开始。之后，这部电影又荣获了第二十四届奥斯卡荣誉外语片奖。它除了让欧美观众认识了黑泽明，也让影片原作小说作者芥川龙之介的名字进入欧美读者的视野。

这篇小说为现代日语增添了一个新的词汇——"竹林中"（藪の中）。这个词是什么意思呢？它和已经成为汉语新词的"罗生门"意思是一样的，指某一事件，由于当事人说法不一，各执一词，导致事件经过扑朔迷离，真相不明。"竹林中"进入日语当然比"罗生门"在汉语中生根要早得多，汉语里的"罗生门"是受到了电影《罗生门》的影响，从 21 世纪以来才成为"真相不明"的比喻性说法的。一篇短篇小说的原作和改编影片，能够为不同的语言贡献出新的词汇，这也体现出这篇作品的一个特点，它揭示了一个现代人共同面对的哲学性问题，即事件的"真相"到底是什么？

《竹林中》在芥川的创作里，属于王朝题材的历史小说，也就是从王朝时期的民间故事集里选取故事素材创作的作品。王朝时期，指天皇握有实权的平安时代，大约从公元 9 世纪到 12 世纪。王朝物语中最重要的一部，当属日本平安朝末期的民间传说故事集《今昔物语集》。芥川龙之介有十几篇小说的故事，都取材于此。

小说《竹林中》的故事素材，来自一篇题为《携妻同赴丹波国的丈夫在大江山被绑》的故事。

原本的故事是这样的：京城（京都）有个男子，妻子是丹波国人，夫妻二人一道前往丹波国（位于京都的西北方向）。男子身上背着插有十来支箭的箭囊，手持一张弓，让妻子骑在马上，自己在后面跟随。走到大江山附近时，遇到了一名身挎大刀的彪悍青年。这个青年主动向他搭讪，说他的这口刀是一把名刀，男子拿过来一看，便有些爱不释手。青年见状，便和男子说他如果喜欢，可以用弓来换。男子认为自己的弓根本不是什么稀罕之物，换一把名刀还是很划算的，所以就答应了。接着，青年又说，他只拿一张弓，让别人看到也不好看，便向男子借了两支箭。男子也答应了。

快到吃午饭的时候，青年把男子骗到了远离大路的树丛深处，突然把箭搭在了弦上，并且拉满了弓，逼着男子放下了手里的刀，把他绑在一棵树上。然后青年转过身来，看到男子的妻子相貌动人，便强暴了她。之后青年对女人说："看在你的情面上饶你丈夫不死，马我就骑走了。"青年骑马离开之后，妻子走过来解开了捆绑在丈夫身上的绳子，抱怨道："看你这么不中用，我怕也指望不上你。"听到妻子的责备，男子也无话可说，默默地跟着妻子继续前往丹波国。

芥川龙之介关注这个故事，很可能着眼于事件本身的特殊性，那就是妻子在丈夫眼前遭到陌生人的奸污。这样的情节，如果以现代人的视角和心理来重新演绎，肯定不会像一千多年前一样，仅仅是旅途中一段小小的意外。因为和平安时期相比，现代人的价值观、贞操观、荣辱观，乃至生死观，都已经发生了巨大的变化。

芥川龙之介借用这个故事作为基本素材，演绎出来的结局却是完全不同的。作品里，当遭遇到"竹林中"的意外之后，夫妻二人的心理以及彼此的关系都发生了决定性的变化，这甚至导致了丈夫（武弘）的死亡。而且小说暗示了强奸了武士妻子的强盗（多襄丸）将被处以极刑，被害武士的妻子自述曾经企图了结自己的性命。可见，在《今昔物语集》里，其结果不过是丈夫被妻子数落了几句的小事件，在现代小说里却成为人命攸关的大事件。

在芥川龙之介开拓了这种王朝题材的历史小说之后，各种历史小说层出不穷。可是历史小说里写的真的是"历史"吗？恐怕未必如此。历史小说究其本质而言，是一种关于"历史"的叙述，而决定这一叙述的，是小说写作的时代。正如法国思想家米歇尔·福柯所说："重要的不是话语讲述的年代，而是讲述话语的年代。"芥川龙之介的历史小说，对此体现得非常明显。所以，鲁迅在同时代就评价芥川龙之介的作品"他又多用旧材料""但他的复述古事并不专是好奇""那些古代的故事经他改作之后，都注进新的生命去，便与现代人生出干系来了"。

《竹林中》故事的主要来源是《今昔物语集》，但经过学者研究证明，它还不同程度地借鉴了多篇欧美文学作品中的元素。

芥川龙之介在东京帝国大学攻读的是英国文学专业，对于欧美文学的阅读和了解是远超一般的作家的。《竹林中》的创作，实际上汲取了来自东西方古典文学与现代文学的多重养分。有可能借鉴的主要作品，还有如下三篇：法国 13 世纪传奇《蓬蒂厄伯爵的女儿》，英国诗人罗伯特·勃朗宁的长诗《指环与书》，还有美国作家安布罗斯·比尔斯的恐怖小说《月夜黄泉路》。

对《蓬蒂厄伯爵的女儿》的参照，我将在下一节提及。芥川龙之介借鉴了《指环与书》和《月夜黄泉路》的哪些地方呢？简而言之，就是故事的叙事结构。

小说《竹林中》围绕一名武士之死的刑事案件的法庭审理展开情节，由七个小节构成全篇，包括四名证人和三名当事者在内的七个人对于同一事件的第一人称叙事（都是用"我"做主语展开的）。这样的结构与勃朗宁的长诗《指环与书》高度相似。《指环与书》以 17 世纪末发生于罗马的一桩凶杀案为情节框架，包括三名当事人在内，还有控辩两方的律师和立场不同的罗马市民，以及最终做出判决的教皇依次出场，先后共有九个人从不同视角对同一个事件展开叙述和评判。芥川龙之介曾经自称是"勃朗宁的信徒"，而且承认过《指环与书》对自己的作品有影响。所以，《竹林中》的叙事方式与《指环与书》有关，几乎是毋庸置疑的。

而美国作家比尔斯的小说《月夜黄泉路》，讲述的是一桩因丈夫怀疑妻子的忠诚而错杀妻子的凶杀案。对于这一事件，他们的儿子作为第三者先展开叙述，然后再由作为加害者的丈夫，以及被误杀的妻子的亡灵来分别讲述事件经过。在《竹林中》的三名当事人中，最后出场的，也是死者的亡灵，死者的亡灵借巫女之口来讲述自己因何而死去。让死者的声音最后出现，这个构思有可能来自《月夜黄泉路》。

当然，两部作品对死者视角的定位是完全不同的。比尔斯的小说里，死者的视角是全知的，所掌握的信息量要多于活着的人。因而，事件经过因死者的陈述而最终真相大白。而在芥川龙之介的小说里，显然就不是这样了。

## 第二节
## 难以还原的"真相"

《竹林中》的故事素材，取自《今昔物语集》，但在原来的故事里，三个人物都没有名字。芥川龙之介将原有的故事改写成小说时，为他们设定了明确的身份，还加上了具体的名字。原来故事里的彪悍青年，在小说中成为远近闻名的江洋大盗多襄丸。被骗的那名男子，被命名为武弘，而且他的身份被设定为一名武士。武弘的妻子，名字叫真砂。

原来的故事只是一起奸污事件，但在芥川龙之介的笔下，奸污事件还导致了一桩死亡案。小说《竹林中》，就是由武弘之死的案件审理作为前半部的叙事架构的。

作品的前半部分讲砍柴人、行脚僧、捕快、老妪这四个人回答庭审官的发问。砍柴人是武士尸体的发现者，他讲述了发现死者时现场的状况，尸体上的致命伤是胸口被刺，流出的鲜血把地上的树叶染成黑红色，地面上凌乱的状况表明那里曾经发生过争斗，地上遗留着一把木梳，证明事发现场还曾有女性出现。

行脚僧描述了和武士夫妇在途中相遇时看到的情形：头戴面纱的女人骑在一匹桃花马上，挎着长刀、身背弓箭的武士走路相随。捕快则讲述了抓捕到多襄丸时的情形：当时多襄丸从一匹桃花马上跌落下来，他的背上正背着武士生前佩带过的弓和箭。第四个出场的老妪是武士妻子真砂的母亲，而真砂至今下落不明。

通过这四个人在法官面前的陈述，读者可以对"竹林中"事件的主要人物的结局有所了解，对事件过程却并不清楚。但能推测出，武士的死以及武士妻子的失踪，很可能与被抓的强盗多襄丸有关。

这三个人之间究竟发生了什么？接下来三名当事人分别出场陈述。

我简要地复述一下他们各自的陈述。首先是多襄丸讲述事件经过。

多襄丸说："那个男人是我杀死的，但是女人去了哪里，我不知道。我在路上碰到他们，看到那个女人长得漂亮，就动了邪念。要是不必杀死男人就把女人抢到手，那当然是最好的，我就骗那个男人说：'我在前面那座山里挖了一座古坟，里面挖出很多长刀。你如果想要，可以低价卖给你。'于是，就把那个男人骗到了竹林里，把他绑在了一棵杉树上。然后我出来对女人说：'你丈夫好像生了急病，你快来看看。'结果女人也进了竹林，她看到自己的丈夫被绑在树上，便抽出短刀拼命反抗，可是最后还是被我搞到手了。完事之后，当我正想逃之夭夭的时候，女人突然死死拽住我说：'你们两个人必须死掉一个，谁活着我就跟谁走。'当我看到女人的眼神时，我就横下心来，哪怕遭雷劈也要让这个女人做我的妻子，所以，心里燃起了必须杀掉那个男人的念头。但是，我决不会用卑劣的方法杀死他，我为男人解开了绳子，把他的刀还给他后，较量了二十三个回合，才终于把他杀死。可是当我回过身来才发现，女人早就跑了。她一定是跑出去求救了，我也必须逃命，所以就捡起了武士的长刀和弓箭，骑上那匹桃花马逃跑了。"

多襄丸对他强奸了武士的妻子，及通过决斗的方式杀死了武士的所作所为供认不讳，这已经解开了法庭审判的最关键的悬疑问题——谁是杀死武弘的凶犯。这个问题解决了，庭审官就可以结案了。

但是，接下来的武士之妻真砂的叙述，却让故事再次陷入疑云之中，真砂是这样说的："那个男人奸污了我之后，我看到自己的丈夫被绑在树下，就跌跌撞撞地向我丈夫身边跑去，但被那个男人猛然间踢倒在地。这时候，我发现从我丈夫的眼神中放射出一种冰冷的、鄙夷的目光。那个男人虽然把我踢倒了，但是我丈夫的眼神更让我难以承受，我尖叫了一声就失去了意识。当我终于清醒过来时，那个男人已经离开了。而我丈夫的眼睛里，依然是那种冰冷的鄙视我的眼神。我对他说：'事已至此，我没办法和你在一起了。我已经决心一死，可是你看到了我被人羞辱，我不能让你活在世上。'我丈夫听到这句话，终于动了动嘴唇。因为他嘴里被塞满了竹叶，传不出声音。但是，我看他的嘴唇就知道他要说的是什么了。他在对我说'杀死我吧'。所以，我就毫不犹豫地拿出短刀，刺向他的胸口。

"这时候，我好像又一次失去了意识。当我终于能看清楚四周的时候，我丈夫已经断气了。我把他尸体上的绳子解开，然后自己去死，结果用尽了办法，也没能死掉。像我这样被人强奸后，又杀死自己丈夫的女人，也许连大慈大悲的观音菩萨的怜悯都得不到了。那我到底该怎么办才好呢？"——这是真砂在清水寺忏悔时所言。

真砂的叙述是从她被强盗侵犯之后讲起的，但是描述的场景却和多襄丸的讲述大相径庭。多襄丸说他和武士决斗了二十三个回合才把他杀死，可是到了真砂这里却成了在强盗逃走之后，她用一把短刀杀死了自己的丈夫。

到此，小说只剩最后一个小节了，这一节就是死去的武士武弘的亡灵借助女巫之口的讲述。他是这样说的："那个强盗奸污了我妻子后，开始劝她跟自己走，我妻子竟然动了心，回答他说：'那你就带我走吧！'可是，当强盗拉着她正要走出竹林时，她突然用手指着我对强盗叫嚷道：'你要把那个人给我杀掉！'这句话让那个强盗都大惊失色，他飞起一脚，把她踹倒在地，然后问我：'怎么处置这个女人？杀了她？还是饶了她？'就凭这一句话，我就可以宽恕这个强盗了。

"我正踌躇之际，我妻子一声尖叫，向竹林深处跑去。强盗也没能抓住她，他从地上拿起刀和弓箭，把我松了绑，就自己跑掉了。我解开身上的绳子，看到了落在地上的一把短刀。我拿起它来，随即刺向了自己的胸口。过了很久之后，有人蹑手蹑脚地来到了我的身边，我却看不到他。他从我的胸口处拔出了短刀，我便坠入另一个世界去了。"

到这里，小说竟然就结束了。这也是这篇小说非常出人意料的地方，怎么能到这里就完了呢？三个人对于同一个事件的叙述，竟然完全不一样。最后又怎样了呢？读者的心在充满疑惑的状态下，是被高高地悬起来的。可是，小说竟然就这样结束了。作者没有让读者在读完作品的最后一刻，把悬起的心放下来。

我相信，如果你第一次听到这个故事，你一定有很多疑问。因为，这个故事即便通过书本阅读，也很难读一遍就读懂。所以，我需要再梳理一下这个离奇的故事。

整篇小说开始于砍柴人关于如何发现尸体的讲述，结束于这具尸体的亡灵的叙述。生前和妻子赶路的武士因何成为一具尸体？这是小说主线。事件的关键的地点，就是小说的标题——京都市外的竹林中。通过多襄丸、真砂、武弘这三名当事人的叙述我们得知，多襄丸将途中偶遇的武士夫妇骗入竹林里，并且奸污了真砂，这里暂且称其为第一个事件（奸污案件），对第一个事件的发生经过，似乎是没有异议的。

可是那之后又发生了什么，是什么导致了武弘之死？我们把武弘之死称为第二个事件（死亡案件）。真砂和武弘的陈述，都省略了第一个事件的过程，从它发生之后讲起，可见，第二个事件才是小说真正的核心。可是，对第二个事件的发生过程，"竹林中"事件当事者各执一词，在很多关键性情节的叙述上相互矛盾，无法整合，读者无法通过阅读还原出第二个事件的基本经过和事实。

在一般的推理小说中，当事人或者嫌疑人往往都会否定自己和事件相关，否认自己杀了人。可是，这里三个人都说自己杀了人。多襄丸说，他和武士决斗，用长刀刺穿了武弘的胸膛；真砂说，是自己把短刀刺进了丈夫的胸口；死者的亡灵说，是自己捡起了妻子掉在地上的短刀刺向了自己的心脏。活下来的两个人，都说是自己杀掉了武士，而武士的亡灵却说自己是自杀的。

那么，他杀的动机或者自杀的原因是什么？三个人的说法更是不同。多襄丸说是那个女人要求两个男人必须死掉一个，他就决定了要把她带走，所以，他解开了武士的绳索，和武士用刀来较量；真砂说强盗走了之后，她的丈夫用冰冷的眼光看着她，因为不能忍受这样鄙夷的眼神，她就想杀死自己的丈夫，然后自己再去死。而且她说，从她丈夫动着的嘴唇看出他在对自己说"杀死我吧"；武弘说，是自己的妻子让强盗杀死自己，妻子的狠毒让强盗都不齿。他们都离去之后，自己对一切已经绝望，便走上自绝之路。

这样各说各话，仿佛让读者走进了一座人性和心理的迷宫。在他们之间，特别是武士和真砂夫妻之间相互抵触的陈述中，我们看到了人性的残忍、自私、冷漠，看到了男女之间、夫妻之间的背叛甚至敌视。但因为小说中的关键性事实是被悬置起来的，读者无法对它进行完整的拼接和还原，无法获得阅读的愉悦感，更无法释怀，而且会越想越糊涂。

如果让我用一个比喻来形容这种极为特殊的阅读感受，就像"被抛到了冰窖里"一样，让人感觉到意外性的晕眩和浑身上下彻骨的寒冷。这也正是这篇小说的"虐心"之处。

为什么会这样？进一步对此进行分析可以发现，这一切来自小说特殊的结构设计。

上一节我介绍过，这篇小说的结构有可能参考了长诗《指环与书》以及小说《月夜黄泉路》，这两部作品虽然也是多视角、多声部展开叙事，但讲述的故事都是可以整合的，每个人的叙述构成了互补关系，最终可以再现事件的基本事实。

芥川龙之介的创新在于，借鉴这种小说的叙事结构的同时，又对这个结构进行了改造，有意背道而行，反而讲述了一个无法拼接出真相、无法复原出实情的故事。读者的疑惑，其实是作者的设计和布局的结果。一个需要注意的细节就是，前面四个证人的叙述，以及首位事件当事人多襄丸的陈述，都是在庭审法官面前的证词。而后面的两个当事者的叙述，是来自不同的时空的。

真砂的叙述，题为"女人在清水寺的忏悔"——地点是京都的清水寺，很可能是在寺院供奉的观世音菩萨前的忏悔。而借巫女之口的亡灵的话，具体地点虽然无法确定，但是可能既不是法庭，也不是清水寺。也就是说，在小说故事内部的时空中，是没有人能够同时听到这三个当事人的陈述的。能够听到三个人的不同叙述，并且为此倍感困惑的，只有文本外部的小说的读者。所以，也可以说这种困惑，正是对读者阅读作品的"全知"视角的冲击和挑战。

面对一个个谜团，试图寻找真相是每一个阅读者的本能反应。如果做一番侦探式的解读，也能从三个人的不同叙述中找出一些破绽或者可疑之处：比如说，多襄丸说自己在决斗的第二十三个回合杀死了武士，他能把决斗的回合数记得这么精确，是不是有些可疑？真砂说她丈夫的眼神对她的打击让她失去了意识，似乎也很夸张。即便相信她的话，是她杀了自己的丈夫，可是，她在与武弘交流时，竟然没有把对方口里塞满的竹叶取掉，这似乎也不够合理。在对方根本不能讲话的情况下，她说看清了自己的丈夫让她杀死自己，显然也过于独断。

在武弘之亡灵的讲述中，也有难以理解的地方。比如，他没有谴责强盗，反而一直责怪自己的妻子，甚至因为强盗的一句话，便原谅了强盗的一切行为。他的话还留下一个悬念：是谁最后出现在他的身边，从他的胸口处拔出了短刀的？

总之，每一个人的叙述，都有一定的内在逻辑，又似乎都有破绽，都有能挑出毛病的地方，关键是如此反复地推理，能让我们找出事件真相吗？可能没有那么简单。

是不是面对这样的作品，就只能一筹莫展了？当然不是。在这里，我首先想强调的是，不能只看到三个人叙述中的不同之处，也应该关注其中相同、相近的部分。

比如，强暴发生之后，妻子试图杀死丈夫这一点，三人的叙述是比较相近的。真砂虽然是第一个事件的直接被害人，但是几乎在每个叙述中，她都难以获得同情，似乎都是她的言行，导致了她丈夫的死亡。这样的情节，体现了男性作家对于女性的某种偏见。而这种女性观，有可能来自芥川龙之介阅读过的法国 13 世纪传奇《蓬蒂厄伯爵的女儿》。

《蓬蒂厄伯爵的女儿》中有这样一段情节：蓬蒂厄伯爵的女儿的丈夫是一名骑士，他们婚后无子。为了求子，骑士和妻子一道踏上了前往圣地巡礼的旅途，途中遭遇多名强盗。短兵相接之时他杀死了三名强盗，却寡不敌众，被其余五名强盗绑住了手脚。这五名强盗强暴了骑士的妻子之后，扬长而去。骑士本希望妻子为他解开缚在身上的绳子，一同离开这里。妻子却拿起了死去的强盗留在地上的一把剑，刺向了骑士的胸口，险些将丈夫杀死。因为妻子的剑偏离之后将绳子割断，手臂受伤的骑士才终于挣脱出来，他把妻子暂时安顿在一家修道院，独自完成了圣地巡礼之后，再回来接她一同回家。

《蓬蒂厄伯爵的女儿》在1894年被英国作家威廉·莫里斯翻译成英文，芥川龙之介非常有可能看了这部传奇的英文版，因为他的大学毕业论文的题目就是《威廉·莫里斯研究》。因此，有研究者认为，《竹林中》关于妻子因为丈夫目睹了自己受辱的过程，而试图杀死丈夫的冲动性举动，有可能来自《蓬蒂厄伯爵的女儿》。

这就是《竹林中》的内容和结构。这样一个连清晰的情节链条都难以找到的，支离破碎、四分五裂的故事，应该怎样理解呢？它的文学价值又在哪里呢？

## 第三节

## "复调叙事"与"立体主义"

在文学史上，经典作品的艺术价值，都是在流传和阅读的过程中被不断挖掘和发现的。《竹林中》这样风格前卫的作品更是如此。作为一篇小说，它显然不是那么浅显易懂，反而深奥难解。因此，我们有必要了解一下这篇作品的阅读史。在这里，我首先简要介绍一下这篇小说在文坛与学术界是怎样被讨论和研究的，然后再谈一谈我个人对这部作品的理解。

关于《竹林中》的研究，在 20 世纪 40 年代就已经出现了。著名学者吉田精一就指出，这部小说"提示了一个单纯的事实如何以种种不同的面目呈现，人生的真相如何难于把握的问题"。这种理解的方式在今天看来，也是比较准确和恰当的。

虽然黑泽明 1950 年就把《竹林中》改编成了电影，但在文学研究领域，《竹林中》的研究和讨论是从 20 世纪 70 年代开始活跃起来的。1970 年，在三位文艺评论家和作家之间，展开了一场关于《竹林中》的论战。这三位文艺评论家、作家分别是中村光夫、福田恒存、大冈升平。中村光夫是作家兼文艺评论家，20 世纪 70 年代曾担任过日本笔会会长。他首先在一篇文章中指出，《竹林中》后面的叙述否定了前面的"叙述"，最终，连女人的丈夫是"死于他杀还是自杀"这一根本性疑问都没有解决，更不知道谁是真凶。如此一来，无法让读者看到文字背后的人生。讲一个事实从三个侧面给出三种不同的解释，让人最终无法理解，中村光夫等于否定了《竹林中》的文学价值。

对此，评论家、剧作家福田恒存站出来为芥川龙之介辩护，他认为小说里并非有三种事实，而是有三种"心理事实"。这篇小说表现的是"事实或者真相，从第三者的角度是无法了解的"，"真相不明，恰恰是《竹林中》的主题"。并且，福田恒存还推理出了一个事件的"真相"，他说，如果一定需要有某种"事实"，可否这样理解：多襄丸强暴了女人之后，在一种残暴的兴奋之中刺伤了武弘然后逃走。可武弘并没有马上死去，现场只留下了彼此失去信任的夫妇，妻子希望两人殉情，丈夫却想自杀。两人在争夺短刀之际，丈夫因身上的重伤而毙命。夫妇两人的话之所以不一致，是基于嫉妒与绝望的"自我戏剧化"。

面对中村和福田的论争，作家大冈升平也加入进来，他撰文强调，两个男人为了争夺一个女人的"男女间的永恒的纠葛"才是这篇作品的"主题"，寻找"真相"也是重要的，如果寻找"真相"不重要，等于否定了这篇作品。大冈升平认为这部作品里是有"真相"的，"真相"是什么呢？他认为"死者与现实世界没有利害关系"，死者的话应该更真实。

这场论战为学术界拉开了推理《竹林中》的"真相"的序幕。此后，涌现出了一大批推理式作品研究的成果。这些研究基本上是对小说做侦探式的解读，推断当事人的证词孰是孰非，推理杀害武士的真正的凶手，这一度成为作品研究的主流。其中，像大冈升平那样，认为死者武弘的证词可信度高的是比较多的。可是，持这种观点的人其实也不免落入一个陷阱：死者的话真的可信吗？死者的声音是通过巫女之口发出的，那么巫女可信吗？死者真的有亡灵吗？也就是说，任何一种推理式的解读，其实都不能完美地阐释这篇作品，无法给出一个毫无漏洞的"真相"。这种思路，只能陷入一种永无休止的解谜的循环之中。

因此，芥川文学专家海老井英次在20世纪80年代初提出了一个见解，他说芥川龙之介在写作的时候，就有意让"真相"无法再现和重构出来，所以关于竹林中发生的事情，其实根本没有办法复原"原画"。没有"原画"，是指作者并没有预设出一个事件原过程的"真相"，因此，寻求真相式的解读，只能是徒劳。

海老井英次的见解逐渐被越来越多的学者认同和接受，推理真相式的研究就越来越少了。因为大家终于意识到，这不是一篇推理小说，用阅读推理小说的方式去理解，可能会无功而返。此后的研究，主要围绕小说的话语和结构的分析，或者方法意识的实验性，以及作品与时代的关联等问题展开。

在芥川龙之介创作出《竹林中》的20世纪20年代，人类经历了第一次世界大战，以广播、电影为代表的现代视听媒体开始进入日常生活，心理学领域诞生了弗洛伊德的精神分析学，物理学领域里发现了相对论以及不确定性原理，这是一个人类认知世界的方式发生了巨大变革的时代。我们需要在这样的世界范围的时代背景下，理解《竹林中》这篇小说。

《竹林中》没有给出一个关于"是谁、为何杀死武士"的唯一真相，而且，读者也很难通过探案推理演绎出真相，从表面上看，这确实体现出了世界的"真相"是无法了解的怀疑论主题。但这篇作品实际上呈现的是一个多元视角下的多元世界。或者，可以用映现在多棱镜中的世界来比喻。它的"不可知"是指唯一性真相的不可知，它同时提示的，是世界的"真相"可能不是唯一的、绝对的，而可能是多元的、相对的。

如何阐释这篇小说呢？我认为可以运用巴赫金提出的"复调小说"理

论来解析这篇作品。还可以尝试运用毕加索关于"立体主义"绘画的实践去理解这篇小说。

什么叫"复调小说"呢？这是苏联著名文艺理论家巴赫金在对陀思妥耶夫斯基小说深入研究的基础上，提炼出来的一种小说类型。他从音乐术语中借用了"复调"这个概念，来概括陀思妥耶夫斯基小说创作的特点。

在乐曲中，多种声部和旋律层叠在一起构成的音乐被称为复调。巴赫金指出欧洲传统的小说都属于只有一种声音的"独白型小说"，而与之相比，"复调型小说"中，"有着众多的各自独立而不相融合的声音和意识"，展示出来的是一个多声部的世界。在那里，多种声音各自独立，却又不相融合。这些声音都具有同等价值，它们之间构成了对话，甚至交锋的关系。也就是说，"复调型小说"能够多途径、多角度地展示一个事件，这是它与只有一种声音的"独白型小说"最重要的区别。巴赫金认为陀思妥耶夫斯基正是"复调小说"的开创者，他开辟了一种全新的小说类型。

《竹林中》就非常符合巴赫金关于复调小说的定义，是一部具有典型的多声部的"复调叙事"结构的作品。它围绕同一事件，通过并行的多声部叙事结构，呈现出了不同声部所表达出的各自不同的独立意识和心理。

巴赫金主张在这类小说中，各类人物的声音不是由一个统一的旋律来支配，他们各自发声，每一种声音都具有独立的价值。《竹林中》的三名当事人在不同时空里关于事件的证词，都是具有独立性和充分价值的，它们之间不是用一个声音覆盖或否定另一种声音的关系。三种声音，既不融合，也不能分割，更无法相互取代，这种关系使这篇作品成为一个多声部并存、杂糅，甚至互动共存的统一体。

巴赫金还强调，对话是复调小说的基础，对话性是复调小说的重要特征。在他看来，思想的本质就在于对话性，当不同的声音、不同的思想展开对话、深入交锋时，就会演绎出生动的事件。《竹林中》的结构，就潜藏了这样的对话形式。当然，它与巴赫金讨论的陀思妥耶夫斯基小说不同的是，《竹林中》的不同声音的对话，不是直接形成于小说故事内部的人物之间面对面的对话。因为三个人的叙述地点不同，他们之间没有当面的辩论和对质。他们之间的对话关系是超出小说文本，形成于读者的意识层面的。因此只有读者通过阅读，同时看到了三个当事人的三种陈词，他们之间的对话、交锋，才会聚合于阅读者的意识之中。

另外，复调小说的一个重要特征，还有未完成性。因为对话是开放性的，永远持续的，不可能完结的，所以复调小说具有根本上的不可完成性。《竹林中》正是这样的未完成的开放式结构，小说没有一个通常意义上的故事结局或结尾，而是要求阅读者的参与，用自己的理解、阐释去完成阅读过程。

这种"多声部混合"的复调叙事结构，实际上显示出一种对现实世界的全新理解和态度，人物的心理、行为、命运，都以前所未有的复杂面貌展现出来。读者可以从不同的角度听到多种不同的声音，看到不同的观点之间的碰撞。

巴赫金的文艺理论的提出要晚于《竹林中》的创作，但是这并不妨碍我们运用这一理论进行分析，让我们更深入地理解《竹林中》的作品特点。

巴赫金的"复调"借用了音乐术语，我认为还可以借用 20 世纪美术史的一个重要的艺术流派"立体主义"的概念理解《竹林中》这部作品，或者将它视为一部"立体主义"小说。

立体主义运动与流派的代表者是西班牙画家毕加索。在他之前的画家都是从一个角度去观察人像或物体，他们的画笔表现出来的都只是立体的人像或者物体的一个侧面。而立体主义打破了单一视角的焦点透视法，以全新的方式展现物体。他从几个不同的角度去观察，把正面不可能看到的几个侧面都用并列或重叠的方式表现出来。毕加索创作于 1907 年的《亚威农少女》，被认为是第一幅体现了立体主义倾向的作品。这幅作品创作之后的十几年中，法国的立体主义绘画发展达到了高峰，并且从绘画影响到了其他艺术领域。

《竹林中》的手法，正与同时代的艺术家毕加索引领之下的立体主义美术潮流有异曲同工之处。在立体主义绘画中，画家以几个角度来描绘对象物，将其同时置于一个平面之中，以此来表达对象物最为完整的形象。因为画家从不同角度分解了描绘对象，因此就局部而言，也是以许多碎片的组合来表现得更为立体。这样的作品中实现了多视点的全景共存，改变了基于单一视点的观察事物、表现事物的传统方法。

《竹林中》其实就是和这样的美术作品相互对应的文学作品。三个人的叙述，互不调和、相互冲突，甚至是相互排斥和矛盾的。但这正凸显了视角不同，看到的东西就不同，对事件的体验、感受也不同。小说聚焦的竹林中的强暴事件本身，就有这样的特点，那就是三名立场不同的当事人——强盗、丈夫、妻子必定会有完全不同的心理感受，彼此之间没有可换性。

阅读这篇作品，既不能对小说的细节和信息做减法式的非此即彼的处理，判断谁有不实之言，谁才值得信赖，也不应该轻易否定任何当事者的话语，因为他们每个人的陈述，都可能有其真实的心理依据——强盗为霸占武士的妻子，试图以决斗的方式解决，杀死对手后，女人却跑掉了，这完全是可能的；妻子为洗刷自己被人奸污的屈辱，反而想去杀死自己的丈夫，这也符合心理逻辑；在丈夫的眼中，被强暴后的妻子对自己变了心，从而对人生绝望，不惜自绝，也是可能的。这样，就可以对这篇小说从立体主义的角度，展开多元化视角的重读。

只不过，对于习惯了单一视点小说的读者来说，它超出了以往的阅读经验，构成了对习以为常的阅读模式的一种挑战。毕加索的画也曾经受到了很多非议，甚至批判，但是他真正引领了一个新的艺术潮流。《竹林中》以文学化的方式，提示出了一个读者可能不习惯的现实状况，但那种状况有可能是更为真实的世界的本相。

我将芥川龙之介和毕加索联系起来，这个日本小说家和这名西班牙画家之间，真的有关系吗？回答是肯定的。芥川龙之介其实是一位现代艺术的爱好者。他在大学二年级时（1914 年），就曾经在一封书信里提到了"立体派"。但他说自己"能够认可他们的理论，无法认可他们的艺术（毕加索画了很多让人看不懂的画），画家里我喜欢马蒂斯"。

可是，十三年之后的 1927 年 5 月，他在生前撰写的最后一篇文艺评论《续文艺的，过于文艺的》的最后一节，再次提到马蒂斯和毕加索时，却是这样说的："毕加索总是在攻城，他其实是知道自己无法攻下这座城池，但他仍然独自攻打。马蒂斯像是在海上开着快艇，轻松闲适，没有枪炮声、没有硝烟味。我偶然看到了这两个人的画，我同情毕加索，羡慕马蒂斯。如果问我选择哪一方的话，我选择做毕加索，火燎盔缨、枪柄折断了的毕加索。"他写下这段话时，离他去世只有两个月的时间。在艺术人生的最后阶段，他在毕加索的身上，看到了自己的影子。

# 第四节
## 黑泽明影像的"罗生门"

黑泽明导演的影片《罗生门》早已成为小说《竹林中》所衍生出来的文化现象的一个重要组成部分。而巴赫金的"复调小说"理论和毕加索引领的"立体主义"绘画实践，虽然领域有所不同，但基本上它们都是《竹林中》同时代的文化现象。

在日本被美国占领期间，黑泽明相继拍摄了《美好的星期天》《酩酊天使》《流浪狗》等反映同时期的现实生活的作品，而《罗生门》是他战后拍摄的首部历史题材的"时代剧"。那么，影片中反映出来的"时代"是什么时代呢？是故事发生的王朝时代或平安时代吗？显然不是。《罗生门》是一部典型的日本战后电影，反映的是以道德焦土与精神废墟为特征的战后日本的社会风景。电影史上的经典名作《罗生门》也必须放在战后日本的历史背景中解读。

黑泽明在他的自传《蛤蟆的油》中，对《罗生门》的拍摄过程有详细的回顾。京都的大映公司邀请他拍摄影片，他想起了有人推荐给他的一个剧本，改编自《竹林中》的《雌雄》，作者是当时还是一名公司职员的桥本忍。经过黑泽明和桥本忍的讨论和修改后，两人共同完成了《罗生门》的电影剧本。

和原作小说相比，电影《罗生门》的主要添加和改动有以下四点：一是增加了暴雨下的罗生门作为一个叙述空间。在罗生门下，砍柴人、行脚僧对一名仆人讲述他们在法庭的所见所闻。这个空间元素，以及出现在罗生门下的那个仆人，来自芥川龙之介的小说《罗生门》。二是将三名事件当事人的叙述，统一放到了案件庭审的法庭上。三是在转述了三名当事人的叙述之后，加入了关于事件经过的第四种叙述，影片中砍柴人最后讲述了他目击到的"第二个事件"（死亡案件）的事实经过。四是加入了砍柴人在罗生门下收养了一名弃婴的温情片尾。

对于电影中新加入的砍柴人的陈述，黑泽明说："起初桥本只写了三个故事，但这样一来太短了，无法达到影片所需的长度。所以我又创作了一个故事，来阐明事实的真相。"桥本忍读到黑泽明修改后的剧本终稿，赞叹不已，并谈到，"那是砍柴人亲眼看见的事件的真相"，而"这一事件的真相——若非笔力深厚的高手，难以构思出这种异乎寻常的状况，但黑泽明导演出色地续写了《竹林中》"。剧本的编创者，黑泽明和桥本忍的话，都证明影片加入的第四个故事是给出了一个原作所没有的"真相"。这实际上等于从根本上颠覆了原小说"没有唯一真相"的叙事结构和作品主题。

电影《罗生门》连续荣获威尼斯国际电影节金狮奖、奥斯卡荣誉外语片奖，在欧美国家影响很大。1951 年 9 月 10 日《罗生门》获金狮奖的两天前，在美国的旧金山，日本与四十八个战胜国刚签署了意味着日本恢复主权的《旧金山对日和平条约》。《罗生门》的获奖无疑给整个日本社会带来了信心和勇气，成为一个历史性事件。1982 年，电影节主办方从历届获得金狮奖的最佳作品中，评选出一部授予荣誉金狮奖，获得这个殊荣的依然是《罗生门》。在英文中，"罗生门"（Rashōmon）已成为一个固定词汇。这一点和如今在汉语中的"罗生门"成为一个流行语是一样的。

但是，这里面就浮现出一个问题，而且这个问题十分有趣，也引人思考。那就是：如果电影《罗生门》里，明明编导已经呈现出了小说原作所没有的那个"真相"，为什么在英语和汉语里，"罗生门"不是"真相大白"

的意思？为什么它仍然像日语里的"竹林中"一样，是"没有真相"的意思呢？

这是一个很重要的问题，要解答这个问题，就要对影片加入的那个故事做一番文本分析。在影片中，砍柴人走进竹林中时，看到了多襄丸强暴真砂之后发生的事情。在砍柴人目睹的第四个故事中，三名当事者之间的对话，远远多于前面的三段。但是，他们的话基本上都是攻击他人的言辞，三名当事者之间构成了相互背叛的连锁关系。这个故事如果仔细分析，其实是十分荒诞的。它原本可以有一个各遂所愿、从此相安无事的结果，却莫名其妙地走向反面，酿成了最坏的结局。

砍柴人说，他看到了多襄丸下跪，双手伏地，在向被他奸污的女子道歉。多襄丸说："我看上你了才会这么做，求你跟我吧，我将来出汗卖力气，也不叫你受委屈。"真砂说："我一个女人，有什么权利说行还是不行呢？"说着，她站起身来，捡起落在草地上的短刀，割断了绑在丈夫身上的绳索。多襄丸说："我懂了，你的意思是让我们两个男人决定。"可是当多襄丸拔出腰间的刀，要和武弘决斗时，武弘却意外地说道："我犯不上为这样一个女人和你拼命。这样的贱人我要她干吗？你要就给你好了。"

被他这样一说，多襄丸竟然也泄了气，突然对真砂失去了兴趣，掉头就走。当真砂追赶上他时，他大喝道："别跟着我！"于是，真砂绝望地扑倒在两个男人的中间，突然亢奋地对武弘说："你要是我丈夫，你就应该先杀了他。"又转过头来对多襄丸说："你也不是个真正的男子汉。你们要明白，女人是要用刀去争夺的。"被她这样挑唆之后，奇妙的事情发生了。

多襄丸抽出长刀，武弘也拔出了长刀，两个本来都对真砂失去了兴趣的男人开始决斗了。只是，这场决斗正好和多襄丸陈述的那场英勇悲壮的决斗相反，双方都是极度的贪生怕死，畏畏缩缩。二人在无可奈何的情况下互相追赶，甚至连滚带爬，完全是一场没有任何英雄主义色彩的丑陋不堪的决斗。在这个过程中，武弘的刀意外地砍在树墩上拔不出来，最终被多襄丸杀死。当多襄丸的剑刺死武弘后，真砂一声惊叫，跑向林外，多襄丸也惊恐万状地离开了现场。

这就是砍柴人看到的事件经过，尽管这个真相是不完整的真相，因为影片还交代，砍柴人在现场私藏了短刀，他自己没有讲出来，但对这个细节的隐瞒，并不影响他陈述的"真实性"。

那么，导演黑泽明加入的这个意味着"真相"的故事中，塑造了一群怎样的人物呢？

多襄丸明明恳求真砂做自己的妻子，但当武弘表示"你要就给你"时，多襄丸的态度却发生了一百八十度的转变，对真砂大吼"别过来！"。面对多襄丸的恳求，真砂以"自己是女人，无法决定"为由，放弃了决定自己命运的权利。当她发现自己将被两个男人抛弃时，却突然发作式地用语言煽动他们为争夺自己而决斗。但她对于自己的挑唆所导致的丈夫的死，却又惊恐万分，仿佛没有预想到这样的结局，慌慌张张地逃离了现场。

三人之中，最不明不白的，应该是命丧黄泉的武弘。他在被松绑之后，明确地对多襄丸表示，"我不愿意为这个女人和你拼命"，还唾弃自己的妻子为"淫妇"，甚至逼她当场自尽。但不可思议的是，他竟因为真砂的几句反唇相讥，便转而与多襄丸以命相搏，最后在"我不想死"的哀号之中死去。那么他决斗的目的又是什么？死去的意义又在哪里呢？可以说他的决斗和死，都是毫无意义的行为。

在第四个故事中，所有当事者都是出尔反尔、言行不一，缺乏准则、缺乏道义的，每个人的言行都出于本能的应激反应，出于某种捉摸不定的心理动机。这种人物塑造所体现的人性认识和世界观本身，其实就是怀疑主义。而且，这种人物塑造的本质，其实是对战后日本的道德废墟和社会现实的高度预言。

也就是说，第四个故事给出的"真相"，是一个人性没有底线，他人也不值得信赖的，充满了不可预知的现实世界。这样的"真相"其实就等于说，一切都没有"真相"。

而且第四个故事中武弘的死，也与前三个故事有着本质的不同。只有在第四个故事中，武弘的死是一种偶然的结果。多襄丸杀死武弘，并非以实力取胜，而仅仅是侥幸和偶然。如果把武弘之死作为一个事件结果来看，第四个故事里是把它作为一个偶然的结果来解释的，这也等于否认了结果发生的必然性。所以，这是一个充满了滑稽与悖理的、过程与结局都十分荒诞的故事。

总结以上的分析，黑泽明原本是要通过追加一个"真相"，颠覆原作小说"没有唯一真相"的主题。但他追加的这个"真相"，却塑造了没有底线、道德，甚至是不可捉摸的人物的群像，强调的是人性的变化莫测和现实的不确定性。这样的"真相"，实际上还是没有"真相"。所以影片只能事与愿违，不仅没有完成对原作主题的颠覆，反而放大了原作小说的怀疑主义的一面。尽管影片加上了一个温情的结尾，但根本无法掩盖本质上是虚无主义的世界观。最终陷入了关于"真相"有无的一个循环性的自证中。

电影《罗生门》的拍摄还留下了很多逸闻。据说，这部电影是电影史上第一部将摄影机正对直射的太阳拍摄场景的作品。人性在阳光的照射下裸露，但是对于竹林中事件的种种叙述，却在倾盆大雨里摇摇欲坠的城门之下，陷入了一场迷局。据说，黑泽明为了让雨水在进入画面时留下痕迹，在消防车喷射出的水里加入了大量的墨汁。就这样他用黑白的影像，出色地展示出了道德与法律的真空地带。（真空地带不是法庭、不是竹林中，反而是罗生门。）

说到这里，还必须指出一点，黑泽明虽然为故事添加了一个关于"真相"的叙述，却没有让它呈现在法庭上，反而是在法官不在场的大雨如注的罗生门下才最后讲述出来。作为一场法庭诉讼案讲解的故事，黑泽明让三名当事人都出现在法庭上，但是，故事叙述里本应该明确交代的法官对于案件的最终判决，则被影片的叙述彻底悬置起来，直到最后也没有正面处理。

砍柴人讲述的第四个故事如果是真相，那就等于他否定了自己当初在法庭上（镜头前）做出的关于尸体发现过程的证词的真实性。他在法庭上没有讲出实情，却把"真相"在罗生门里讲述给一起避雨的行脚僧和仆人。黑泽明在无意之中，制造了"法"的缺席——在这样一个道德和法律的真空地带里，所谓的"真相"有或者没有，又有什么意义呢？

所以，这就是为什么电影《罗生门》里，明明添加了事件的"真相"，可是"罗生门"这个词还是像日语里的"竹林中"一样，仍然以"真相不明"的寓意在英文、中文里落地生根的原因。

通过和原作的对比，我分析了电影《罗生门》改编的倾向与特点。必须强调的是，黑泽明的电影改编的矛盾，同时也是战后日本社会陷入的深刻矛盾的体现。电影《罗生门》寓言化地表达了1950年前后，日本的社会关系和世俗生态。倾盆大雨下的罗生门，实际上正是战败国日本的一个象征性的时代符号。

同时，这部电影的主题也成为对21世纪人类所处的共同境遇的一种深刻表达。经历了第二次世界大战之后，人类需要共同面对的，是道德的废墟、精神的焦土、现实世界的荒漠。经历了废墟般的现实之后，人类需要一个新的战后秩序的重建，这是全世界需要共同面对的课题。在这样的背景下，影片《罗生门》才成为震惊世界影坛的惊世之作，获得了国际性的评价和认可。

这部电影对法国新浪潮电影产生了影响，阿仑·雷乃执导的影片《广岛之恋》（1959 年）的叙事风格就受到了《罗生门》的影响，而且让雷乃赢得了威尼斯电影节金狮奖的影片《去年在马里昂巴德》（1961）的剧本，就是参照《罗生门》创作出来的。很多国家都把《罗生门》的剧情改编成了音乐剧、舞台剧等。翻拍《罗生门》的电影或者重新改编《竹林中》的电影也不胜枚举。根据 2018 年年底外媒的报道，著名导演史蒂芬·斯皮尔伯格已经获得了《罗生门》的改编版权，要把《罗生门》改编成 10 集电视剧，向这部经典影片致敬。这又将是一部怎样的作品呢？我们拭目以待。我们也从翻拍《罗生门》、影视化改编《竹林中》的这股现象级的浪潮中，看到了经典文学作品借用电影跨媒体、跨语种、跨时代的巨大的影响力。

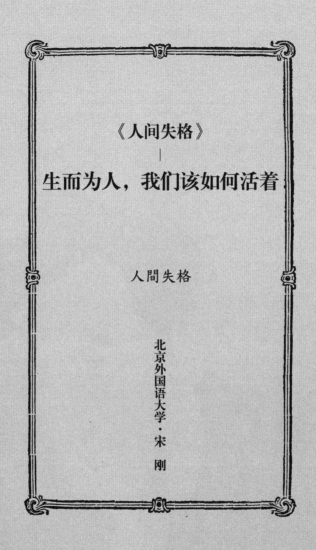

《人间失格》

生而为人，我们该如何活着

人间失格

北京外国语大学·宋刚

太宰治

## 📖 作品介绍

  《人间失格》是太宰治创作的半自传体中篇小说。小说采用第一人称叙事，以主人公叶藏的三篇"手记"构成全篇。讲述了主人公叶藏从幼年、青少年到中年三个阶段的经历。他为了逃避现实不断沉沦，经历了自我放逐、酗酒、自杀、用药物麻痹自己，最终一步步走向自我毁灭的悲剧结局。主人公叶藏是一个矛盾的集合体，他努力要融入现实社会，却终究做不到，只能在一次次命运的打击之下放弃自我。借助主人公叶藏，太宰治传达了自己一生的经历与思想，并提出生而为人的最真切痛苦的问题，因而小说可以说是太宰治本人的灵魂自白，体现了他的怀疑主义和悲观主义。书中充斥着对社会阴暗面的讽刺、控诉和批判，但在主人公叶藏身上，同样闪烁着人性的光辉，即使最终沉沦，他灵魂中的纯粹、善良也并没有彻底丧失。

## 《人间失格》思维导图

# 第一节

## 生而为人，我很抱歉

　　也许你不了解太宰治，但在近两年"丧文化"流行的背景下，你一定听过一句话："生而为人，我很抱歉。"这句台词出名于日本经典电影《被嫌弃的松子的一生》，但早在电影之前，它就出现在了太宰治的作品之中。太宰治是日本文学中一个重要且独特的人物，他的著作《人间失格》影响深远。

　　"生而为人，我很抱歉"是什么意思？太宰治究竟对什么感到抱歉呢？

　　你有没有经历过这样的一些时刻：小学，当你拿着不及格的试卷回家，父母眼中的光彩逐渐消散时；高中，当班主任拿着年级排名，在你面前夸赞前几名的同学时；大学，当你拉着女友的手，从高档餐厅门前匆匆低头走过时；毕业，当家庭聚会，亲戚问起你勉强度日的月薪时；工作，当你与领导意见相悖，他们觉得你可有可无时；写作，当文坛所有人攻击你是无赖，只有你相信自己刻画的才是残酷却真实的世界时……这些时刻，你会不会想到这句话——"生而为人，我很抱歉"呢？

　　让我们一起走近太宰治，了解他传奇的人生经历，感受他那充满绝望的，但又真真切切的文学世界。

　　"人间"在日语中有"人、人类"的意思，而"失格"是指失去某种资格。所以，"人间失格"的意思就是"失去做人的资格"。顾名思义，整部作品讲的就是一个人如何一步步变成非人，亦可以说，废人。

全书由故事叙述者"我"的序言、后记以及主角大庭叶藏的三个手札组成，描述了叶藏从青少年到中年，为了逃避现实而不断沉沦，经历自我放逐、酗酒、自杀、用药物麻痹自己，最终一步步走向自我毁灭的悲剧。

《人间失格》里叶藏的故事与太宰治自身的经历高度契合，与其说太宰治是在写叶藏，不如说他是在发出自己灵魂深处无助的呐喊。

太宰治一生自杀过五次，最终在三十九岁那年自杀成功离开人世。日本有很多自杀而亡的作家，他们中，有感到"人生尚不如一行波德莱尔的诗"而服毒自尽的芥川龙之介，有与有夫之妇在山中双双殉情的有岛武郎，有剖腹自裁的三岛由纪夫，有但求"从荣誉中解脱"而口含煤气管离世的诺贝尔文学奖得主川端康成。与其他作家相比，太宰治仿佛更有执念，自杀已经成为他人生的一部分。到底是什么造成了他的这种悲观呢？我们只能从他一生的经历中寻找答案。

太宰治，原名津岛修治，1909 年出生于日本东北部的青森县北津轻郡金木村。当时，津岛家是当地屈指可数的大地主，不说家财万贯，至少也是衣食无忧。津岛家共有十一个孩子，太宰治排行第十，也是第六个男孩。按理来说，他应该是家里最受宠的，但受当时日本长子继承制的影响，较末的排位决定了他得不到太多父母的关注和爱护。再加上父亲是贵族院和众议院的议员，事务繁忙，母亲又体弱多病，因此，太宰治的童年时光基本上是跟着婶婶和奶妈等人度过的，再加上家中有四个姐姐，这些也许就在太宰治心里埋下了偏恋女性的伏笔。

津岛家的发迹像所有地主发家致富的经历一样，财富的背后流淌着劳动人民的鲜血。津岛家向穷苦农民提供贷款，作为抵押，还不上款的农民的田地就会被收走。凭借手中的田地，津岛家迅速发迹，积累了大量财富，成了世纪末的暴发户。渐渐懂事的太宰治了解了家人的所作所为，也看到了周围被榨取得血淋淋的贫农和好友的惨况。原来自己每日所享受着的锦衣玉食和众星捧月竟沾染着这么多人的鲜血！他感到无比的狼狈和烦恼，却又不知如何解脱。

之后发生的一件事情，让他找到了解脱的方法。

1927年，太宰治最喜欢的作家芥川龙之介自杀了。这件事带给年轻的太宰治极大的冲击。"自杀"也许就在此时沉睡在了太宰治的心底，似乎在告诉他，人生之路上原来还有这样一个选项。自此，太宰治开始了他传奇而又戏剧般的抗争与解脱之路。恰在此时，民主思想和共产主义传入日本，受此影响的太宰治既痛苦于自己的资产阶级出身，又痛苦于世人的丑恶，于是在1929年的某一天，他服下了安眠药。这是他第一次尝试自杀，因为安眠药剂量不够，他被救了回来。

得救以后，太宰治仍未从自己是有罪之人的思绪中解脱出来。怀着赎罪的想法，太宰治开始暗中参与共产主义的政治运动，成为一名"地下的"共产党人。他这么做本意是为了逃避家中那种"不择手段"的做派，但他发现，所谓的新政党为了自己的革命，同样"不择手段"，这种自私自利深深地伤害了太宰治的心灵。再次受到打击的太宰治于1930年和一位在咖啡馆做服务员的有夫之妇相约投河自杀。然而，妇人死去，太宰治却又被救了回来。此事引起轩然大波，最后太宰治被指控犯有"协助自杀罪"，但被免予起诉。

1935年3月，太宰治参加东京都新闻社的入职考试落选，心灰意冷的他在镰仓试图上吊自杀，结果因绳子断裂而失败。4月，因阑尾炎住院，手术后引发腹膜炎，为了止痛使用了复方羟考酮，不曾想由此成瘾。此后，太宰治的创作逐渐增多，开始在文坛崭露头角，作品《逆行》还曾入围第一届芥川奖，排名仅次于获奖的石川达三的《苍氓》。

但文学创作上的显著成绩，未能慰藉太宰治的心灵。

1936 年，受苦于毒瘾的太宰治欠下巨额债务，走上了自我否定与自我毁灭之路。他固执地认为，自己必须做一名殉道者，用最低贱的姿态消失于这个世界，成为一个"失德的典范"来描绘出这个世界的真相。对于太宰治这样的精神状态，他周围的朋友们无法置之不理。为了帮助他戒毒，他们连哄带骗地将他送入了精神病院。

住院期间，太宰治从高中时便保持着柏拉图式恋爱关系的一个艺伎与其他男人有了肌肤之亲，这让太宰治彻底绝望。再加上他的第一部作品集《晚年》在竞争第三届芥川奖时落选，更让他饱受打击。于是，在 1937 年，他和艺伎在群马县水上温泉服安眠药自杀，这是他第四次尝试自杀，也是他第四次自杀未遂。回到东京后，太宰治与艺伎分手，终日借宿在条件最差的出租屋内，空虚度日，荒废人生，创作活动几近停滞。

1938 年 7 月，太宰治在甲州的天下茶屋中决心重新起航，逐渐摆脱了封笔状态，并在井伏鳟二的撮合下，与石原美知子结婚，总算过上了正常人的生活。从婚后到去世的十年间，是太宰治的高产期。他创作了大量的经典作品，如《富岳百景》《女生徒》《奔跑吧，梅勒斯》等。

1944—1945 年，东京遭受空袭，在炮火中，太宰治写下了《御伽草纸》。战后，太宰治又接连发表了《冬季的花火》《维庸之妻》等著作，撼人心魄，触动着战败后处于迷茫期的人们的灵魂。

然而，太宰治敏锐地发现，战后的东京，人们的自私、吝啬和陈腐依然如旧。他对此经历了失望与绝望，进而开始了反击：想要控诉并扭转这虚伪的道德观与价值观。于是，太宰治先从自己的灵魂开刀，以曾经的经历为引，深入剖析社会现实，写出了晚期最著名的两部作品——《斜阳》与《人间失格》。

这两部作品将太宰治推向了创作生涯的顶峰，但此时他的身体也每况愈下。1948 年，肺结核让他的身体极度虚弱，咳血成为日常，再加上失眠的折磨，不堪重负的太宰治于 6 月 13 日深夜，与一位崇拜他的女读者一起跳进了玉川上水，这是他第五次自杀。这一次他终于结束了自己那辉煌、传奇而又可叹的一生。太宰治死后，佐藤春夫在观澜山的太宰治文学碑上为他写下："他最爱的，便是取悦他人。"

读到这里，你能明白为什么我在本节开头说太宰治是传奇的了吗？

因为无论是他所展现出来的惊人才华，还是他戏剧般的人生选择，抑或是最后令人叹惋的结局，都是文学史上无法忽视的一笔。就如同在严格遵守天体运行规律的宇宙中，突然出现了一颗脱离应有轨道的行星，任何天文学家都禁不住内心的好奇去研究这离经叛道的一员。又如在同一个优秀的班级里，总会有那样一两个淘气的学生，时时刻刻吸引着所有人的注意力，任何试图掌控他们的老师都需要去深入琢磨他们的内心。

而在文学史上，太宰治的文字就像那行星和淘气的学生一样，独具一格，凸显着它的存在。

《人间失格》自出版以来，一直被奉为日本近现代文学作品的巅峰之作。截止到 2014 年 7 月 31 日，仅新潮文库版《人间失格》的发行总量就达到了 670 万册，与夏目漱石的《心》、村上春树的《挪威的森林》并称现当代日本受众最广的"三大小说"。

能达到如此高度，保持畅销热度历久不衰，与《人间失格》所体现的现实性和延续性是分不开的。究竟是什么样的现实性和延续性呢？我们回看一下当时的日本。

在江户时期，幕府实行严格的身份制度，所有人被划分为士、农、工、商四个等级。与中国传统的"士"不同，日本当时的"士"不是指士大夫阶层，而是指武士阶层。这样的身份制度确保了幕府对社会的操控，对稳定局势、专注于社会发展有一定的作用。

为了让这种制度得以存续，不至于受到底层人民的反抗，"效忠"思想的灌输就变得至关重要。所谓的"效忠"，就是指本分地安守自己的阶层、誓死听从最高等级的命令。

但随着大航海时代的到来，葡萄牙、西班牙、荷兰等国的航海者纷纷踏上了日本的土地，西方的事物和思想也渐渐传入了日本。可以想象，幕府绝不可能允许新兴的阶级与思想动摇自己的权力。幕府是怎么做的呢？那就是颁布锁国令。

幕府锁国令一共颁布了五次。岛原之乱后，幕府颁布了最后一次锁国令，禁止与葡萄牙开展贸易，只允许荷兰人及中国人在长崎进行贸易活动。这样的情况一直持续到 1854 年，直到美国海军佩里来航，率黑船以武力叩关，才打开了日本的国门。

当时佩里带来了代表着工业革命最新成果的火车模型及电报机等新事物，而幕府则只能让力士搬运回赠的大米以展示实力，想象一下这个画面，真的有些滑稽。这种巨大的差距震惊了日本国民，再加上各地不断爆发暴动，最终在明治天皇的授意下，零零散散的暴动发展为浩浩荡荡的"倒幕运动"。

重掌朝政的明治天皇日渐成熟，决心改变国内积贫积弱的局面，向西方学习，使日本走上富强之路。于是，他大胆推行了堪称近代日本转折点的"明治维新"。

通过改革，日本迅速发展了起来，西方事物也普遍渗透于日常生活之中。这些在《人间失格》中都有所体现。

例如，人们互相通信时，除了写信，还会发电报；晚上会去闪烁着霓虹灯的柜台式酒吧，喝的酒除了日本的烧酒，还有白兰地、威士忌等洋酒；出行有电车、火车，甚至一日元出租车……不过，与《人间失格》联系更为紧密的，则是思想层面的变化。

明治维新前，别说识字读书了，最底层的农民甚至连名字都没有。在明治维新中，被誉为"日本近代教育之父"的福泽谕吉引领了思想文化的改革。

福泽谕吉打出的第一面旗帜就是"平等"。在他的代表作《劝学篇》中，开篇就是一句"天不生人上之人，也不生人下之人"，主张众生没有阶级出身之差，都有平等学习的权利。为了普及教育，他开办私塾，改革教育方针，在教学中宣扬独立精神及提倡主攻实学，以求能为学习西方工业文明提供一个基础。

然而，在当时的条件下，这种文明开化带有一定的局限性。再怎么文明开化，再怎么宣扬"自由、平等"，天皇也不会允许推行民主。因此，当时的教科书还是具有"愚民"性质的：灌输天皇崇拜思想，强制民众绝对服从天皇，为天皇尽忠卖命。这样的思想，为之后的民族主义恶性膨胀及军国主义的对外扩张埋下了隐患。

日本在"二战"中战败后，美国对日本实行民主改造。1946 年，昭和天皇颁布《人间宣言》，否定了天皇作为"现代人世间的神"的地位，宣告天皇是仅具有人性的普通人。这在某种意义上打破了盲目的天皇神性崇拜，减弱了长久以来扎根于日本国民头脑中的愚忠思想。

信仰的破灭，总有些让人难以适应，也略显残酷。当昭和天皇通过广播宣读投降诏书时，民众们有跪地默听的，有肃立敛容的，也有不停磕头和哭哭啼啼的。在当时的他们看来，这不仅仅是一场战争的失败，更是信仰的崩塌，失去了几百年来深信不疑的神，自己的生活目标又在何方？

这个时候，西方各种开放的价值观念纷纷涌入日本，为人们提供了多种选择。然而，对于还处在思想精神震荡期的普通民众来说，涌入的信息量太大，接受起来是有难度的。这样造成的后果就是各种糟粕和负面情绪在社会中层出不穷。

面对这样的现状，一些心中充满理想、胸怀干净纯粹的文学家们既感痛苦，又感无奈，只能在作品中进行抨击，《人间失格》就是在这样一种背景下诞生的。

虽然《人间失格》中充斥着消极和否定社会的态度，但细细分析起来，书里仍然隐藏着太宰治对社会应有的道德体系和风俗风貌的些许期望，这也许就是太宰治在现实生活中的那一缕希望之光吧。

## 第二节
## 摘下面具，血肉模糊

都说《人间失格》是作者的自传体之作，书中也确实反映了太宰治本人的经历。小说用大庭叶藏第一人称的角度，在其人生经历的描写中，穿插了诸多太宰治对世界、社会、生活及人的看法。而"矛盾"，则是太宰治在《人间失格》中自始至终传达的一种情绪。

太宰治用酒吧女老板评价叶藏"是个神灵一般的好孩子"这句话作为小说的结尾，究竟是想表达什么意思？叶藏到底是个好人还是坏人？这就需要我们仔细去分析叶藏这个人。

叶藏从小时候开始，就发现这个世界和想象中的不一样。

"第一篇手记"开头，便是一大段内心独白。对于火车站的天桥，叶藏"以为它仅仅是为了把车站建成像外国的游乐场那样构造复杂、有趣而时髦……后来我发现它不过是让旅客们跨越铁道的实用的楼梯时，顿时觉得索然无味了"；对于地铁，他"以为它也不是因实用性而设计的，而是为了另一个目的：让人们觉得乘坐地下的车辆比起乘坐地面上的车辆来更新潮、更好玩"。

这表现出叶藏小时候喜欢沉浸于自己脑中所构想出来的那个五彩缤纷的神奇世界，喜欢奇思妙想、不同寻常，不喜欢流于平常、过于实际，这是对实用主义的一种批判，甚至一日三餐都被他当成一种"实用"主义而遭到抵触。其他人都认为有饭吃就已经是一种幸福了，但叶藏却觉得并非如此。

当这种幸福观与大多数人产生矛盾的时候，叶藏因为年少无法断定究竟谁是谁非，从而导致内心的不安，同时自己又出于本能的对人的恐惧和疏离，不敢与人交流，演变成了无法挣扎与无法解脱的恶性循环，陷入了痛苦之中。

除了这种幸福观的不同，叶藏还亲眼看见了人世的虚伪，这让他更加痛苦。

有一次，父亲政党里的名人做演讲，与父亲关系密切的人及家里的男佣都在现场拼命地鼓掌。但在回去的路上，这些父亲的"同志们"却都在抱怨演讲差、无聊、不得要领，这给叶藏心理造成巨大的冲击，切实感受到了大人世界中的虚伪。

但叶藏自己又何尝不是戴着面具生存呢？脸上戴着小丑的滑稽面具，扮演着外向开放的自己，与周围的人虚与委蛇。只是，面具戴久了，会与血肉长在一起，再也摘不下来。硬要揭下，那只能留下血淋淋的伤口，五官也会变得血肉模糊。

不过，不能光凭这点就以偏概全地说叶藏虚伪。其实，这里反倒可以看出叶藏的单纯与善良。

他内心有着大人无法理解的巧思妙想，有着自己湛蓝美好的一片天空；他努力淡化自己，自白时会用"他们""人类"等措辞，我想，此时他的意思并不是说小时候就已经"人间失格"了，而是自己更像是一个从其他星球来的"外星人"吧。

也正是因为单纯与善良，他才选择了一种奇怪的惹人发笑的生存方式，他不想"同流合污"，不想学习大人世界的规则。而这样做的后果，就是自己会被当成异类，会被当成精神病。但叶藏选择将一切都背负在自己身上，默默地承受。同时，这也造就了他性格的敏感与多疑。

读中学时，叶藏故意出洋相的"伎俩"被竹一识破后，有一段细腻的心理描写。叶藏的恐慌、焦虑、算计……跃然纸上。这不禁让人联想到契诃夫的《小公务员之死》。虽说《小公务员之死》主要想讽刺在沙皇统治下，当时社会的极端恐怖造成的人们的精神异化、性格扭曲及心理变态。但二者的共通之处是，都由于一点小小的琐事开始无休止的联想，最终让自己几近崩溃。在这一点上，太宰治仿佛要向读者传达叶藏的，当然也是太宰治本人的怀疑主义与悲观主义倾向。

不过仅就叶藏来说，这恰恰又说明了他的单纯。如果算计是必有所图的，其他人图的或许是名，或许是利，但叶藏想要的，只是能够顺顺利利、简简单单地在人类的圈子里生存下去。

在纠结的心理活动中，叶藏有这样一句话："迄今为止，我曾经多次想过自己被人杀死，却从来也没有动过杀死别人的念头。因为我觉得，这样做只会给可怕的对手带来幸福。"这句话包含了两层意思：一是叶藏觉得死是幸福的，是一种解脱，这也为之后他多次轻生做好了铺垫；二是即使在可怕的崩溃边缘忍受巨大的精神折磨，叶藏也从未动过歹念，这又一次证明了他"我本善良"的天性。

或许是受到这种纯粹人格的吸引，叶藏身边从来没有缺过女人。然而，中学时期的叶藏却对女人有着先入为主而又根深蒂固的恐惧心理。

也许是因为家族中女性偏多，也许是因为自己曾被家中的女佣侵犯过，叶藏一直对女人敬而远之。他说："我一直是怀着如履薄冰的心情和那些女人交往的。我完全搞不懂她们，如坠云里雾中，甚至一不留神会摸到老虎屁股而受重伤。不同于受到男性的鞭笞，这种失败犹如内出血一般自内发作，令人极度不快，难以治愈。"

但从相处的心态上看，由于跟女性接触的时间更长，叶藏跟女性在一起的时候，其实是更为放松，可以让自己完全释放出来的时候。只是他觉得女人善变，总也摸不准女人的脉搏，加之自己的怀疑主义，更让他害怕真心遭到背叛，因而宁愿让自己穿起层层铠甲。

后来，叶藏听了竹一说他将成为大画家的预言后，决定去东京学画画，这可以算是他人生的第一个转折点，但矛盾并未就此消失。

到了东京以后，叶藏需要面对的依然是"矛盾"。有理想与现实的矛盾，有生活方式与经济条件的矛盾，但更根本的，是城市与乡村之间的矛盾，是新旧观念之间的矛盾。城市经济愈加发达，设施更显齐全，诱惑也会更多。叶藏跟着堀木学会的吸烟、酗酒、嫖娼，代表的是西方经济与思想对社会带来的冲击。

在思想的动荡期，大多数人只轻易地看到并享受到了"乐"，却没有意识到为此需要付出的"苦"，待到大梦初醒，才惊觉已回不去从前。

在这样的迷海中，如果能够遇到一个同行者，该是多么幸运，但出现这样幸运的概率又是那么微小。然而，叶藏真的幸运地遇见了常子。

常子是有夫之妇，丈夫被判诈骗罪锒铛入狱，但常子每天都会去探监，为丈夫送点东西。也许在常子身上，叶藏看到了一种坚守，一种纯粹，那是自己所向往的心灵，他找到了可以托付自己的心的地方。因此，叶藏说："跟这个诈骗犯之妻一起度过的一夜，对我来说，是幸福地（毫不犹豫地、肯定地使用这种夸张的说法，在我的整篇手记中是绝无仅有的）获得了解放的一夜。"

叶藏人生的第二个转折点是与涩田的一次对话。

因为涩田说话九曲十八弯，叶藏迟迟把握不住话题重点，未能领会个中真意，于是他逃去堀木家商量，发现了堀木的真面目，由此引发了与堀木的决裂以及他价值体系的崩溃。"世上所有的人说话，都是这样拐弯抹角、云山雾罩的……为世人那不可思议的虚荣心和面子备尝痛苦"。

这些话是公然抨击世人时刻暗藏私心、尔虞我诈，不坦诚、不实在、不纯粹的一声呐喊。纵然叶藏自己也是戴着面具活着的，但就像他自己说的："我从来没有为了给自己带来利益而那么做过。"

堀木的真面孔让叶藏三观尽毁。虽然叶藏一直瞧不起堀木，也没有想过要与他做知心朋友，却渐渐地变得在心理上依赖他。可是，如今这也许算得上是唯一的"好友"的背叛，也打破了叶藏那一点点美好的幻想。叶藏觉得，世上的人们皆是一般，都是一样的自私自利、丑陋无比，千千万万的面孔，本质上并没有什么差别。

如果说这些是对世人的控诉，那么关于"风筝"的隐喻则是叶藏对于爱情的苦楚了。

"从窗户里看见挂在不远处的电线上的一只风筝，被夹着尘土的春风吹得破烂不堪，却仍然牢牢地缠在电线上不肯离开……"这只风筝宛如叶藏本人，他已经被乌烟瘴气的社会侵蚀得衣衫褴褛、体无完肤，却依然只能厚着脸皮，凭着对女人的吸引力寄人篱下。这样的自己连叶藏本人都难以接受，谁又知道，女人口中的爱情，是不是也不过是逢场作戏呢？

有一段时间，叶藏仿佛觉得自己已经摆脱"社交恐惧症"了，好像可以随意地和酒客们谈天说地了。之前的恐惧就像是"担心春风里有数不清的百日咳病菌"，还会感染自己一般可笑。然而，只有叶藏自己知道，小概率事件不代表永远不会发生，它一直都在那里，只是刻意忽视的时候就不会遵循墨菲定律发生罢了。就像他说："真正因上厕所时踩空了而受伤的事例却从没有听说过。"但却在"过年后的一个寒冷的夜晚，我喝得醉醺醺地出去买香烟时，掉进了香烟铺前面的下水道口"。

卖香烟的女孩良子成了最后一根救赎叶藏的稻草。良子是个处女。不只是身体上的处女，亦是心灵上的处女。她永远胸无城府地信任着他人，毫不设防地与人交心，丝毫未受人世间腐坏风气的沾染。这样一个天使般的少女唤起了叶藏仅存的一丝希望，让他看到了这个人世间还是有美好与纯粹的。

但是，最终良子却被性侵，这让叶藏感受到的这种难得的、安稳的幸福转化成比地狱还要可怖的现实。就像《追风筝的人》里所说的"得到了再失去，总是比从来就没有得到更伤人"。这最后一缕希望之火也被吹灭了。有人说："所谓悲剧，就是把美好的东西撕碎了给人看。"

造成叶藏"人间失格"的导火索，就是良子被侵犯，而且是由于对人毫无保留地信任之后的被侵犯。

第一时间目击的堀木没有第一时间出来制止，而是默默地叫叶藏来目睹了这一切。不曾想，这最后一根救赎的稻草就这样变为压死骆驼的最后一根稻草。叶藏对堀木那险恶内心的厌恶情绪达到了顶点，甚至开始怀疑在自己没有看到的地方，良子是不是早已不止一次和其他肮脏的男人出轨。

最后一丝停留人世的意义被无情地撕碎，叶藏的心已如一摊死水，再也不会泛起任何波澜。所谓"哀莫大于心死"。叶藏曾仰首问苍天："信赖他人也是罪过吗？""纯真无瑕的信赖之心，真的是罪恶之源吗？""纯真无瑕的信赖之心难道也是罪过吗？"三声质问，声声泣血。

叶藏与良子就好比是天平的两端，各自站在自己的极端。在这个不堪重负的杠杆上，只要有一处失稳，整个天平的平衡便会分崩离析。

最后，堕落于毒品里的叶藏被涩田哄上了车，送进了精神病院。从此，叶藏再也无法摆脱"疯癫"这个标签，彻底地成了一个"废人"。这一幕，与瑞典剧作家斯特林堡的《父亲》异曲同工。

在《父亲》中，一位有着赫赫战功和威名的上尉因为怀疑自己的妻子与他人有染，最终情绪失控，人格崩溃。为防止他自杀，与他最亲近的老女佣哄骗着为他穿上了束身衣。从此，这位上尉就成了一具精神崩溃的躯壳，一个永远无法求死之人。

很多时候，伤害我们最深的也许是最亲近的人。在《人间失格》的最后，京桥酒吧的女老板还向"我"解释："都是他（叶藏）父亲的错。"

回顾叶藏的一生，真可谓"成也女人，败也女人"。每当叶藏凄凉落魄、怀疑人生时，总会有一个女人出现拉他一把，让他能在人间存活下去。但同样是这些女人，在给了叶藏希望后，又将他一次又一次地打入更深的地狱。叶藏也因此毁灭得越来越彻底，终致万劫不复，到了那个"没有女人的地方"，失掉了为人的资格。

细想之下，叶藏这个主人公就好似一个矛盾的集合体。他努力想要融入现实社会，却终究做不到；他不得不戴着面具生活，骨子里却痛恨虚伪；他渴望爱情，却又患得患失、疑神疑鬼；他害怕人，却又生而为人。

就在这种种矛盾中，叶藏像海上的一叶扁舟，随波逐流。情绪也像古老的黑白电视机般，时好时坏。自己的一生就像那只风筝，想要纯粹的自由，却不可能挣脱开身上的那几条风筝线，命运被捏在线的另一端，任人摆布。关于叶藏这个人的矛盾，或许透过主人公复杂的内心，也可以窥视到我们内心那个曾经懦弱而又渴望自我实现的自己。

## 第三节
## 含泪小丑，玉壶冰心

"矛盾"是太宰治在《人间失格》中自始至终传达的一种情绪，主人公叶藏一生的关键词——羞耻，也是贯穿《人间失格》的一条主线。《人间失格》"第一篇手记"的开头是短短的一句："我这一生，多的是羞耻之事。"他究竟为何羞耻，为什么会发出这样的感叹呢？

小说一开篇就以叙述者"我"的身份提到了"那个男人的三张照片"，对每张照片都做了介绍，并娓娓道来"我"的感觉。

整部书都是围绕着"那个男人的三张照片"展开的，这是怎样特殊的三张照片呢？

第一张是少年时期，十来岁的男孩像是被亲戚家的女孩们围绕着，正丑陋地笑着。并不是男孩长相丑陋，而是那种笑容有些诡异，像是被挤出来的。有多诡异呢？叙述者"我"觉得，那就像是一只猴子咧开嘴的时候，在脸上挤出深深浅浅的褶皱，让人不寒而栗。

第二张照片大致是大学时期，男孩已长成了男人。令人吃惊的是那个男人的容貌与第一张照片相比发生了不可思议的变化。脸上的笑容不再是猴子般皱巴巴的笑，而已然是一个英俊的青年了。然而，这个青年却没有给人一种富有生机的感觉。那笑容细看之下是一种缺少了生命质感的、如羽毛般轻飘飘的笑容，如白纸一样，让人觉得苍白而又深不可测。

而第三张照片，也是"最奇怪"的一张。照片中男人的年龄已无从分辨，头发已见斑白，蜷缩在脏乱的房屋一角，双手拢在小火盆上，毫无笑意。那已经是一张人之将死般的不吉之照了。另一处"奇怪"的地方在于，那张脸竟毫无存在感，完全没有第二张照片中的那种美貌。不仅五官感觉平凡无奇，甚至一丝印象都不会留在脑海中，是移开视线后就再也不会想起的那种平淡与阴暗。

就如小说中叙述者"我"所想的那样，"即使是所谓的'死相'，也不至于毫无表情或毫无印象吧"。但是，这样一种匪夷所思的事情就是发生在了那个男人的第三张照片上。

这三张照片，是太宰治用来先声夺人的。通过细致地描写场景营造了一种压抑、诡异的气氛，令人感到窒息，并且循序渐进地选取了外貌特征最为明显的三个人生节点，用类似蒙太奇式的手法还原了那个男人逐渐变化的过程，之后在小说主体部分进行详细的解释作为呼应，让读者可以在短时间内将其代入故事之中。这对于理解故事和引起读者对人物命运的共鸣来说都是一个提前埋下的绝好伏笔。在介绍每张照片的最后，太宰治都用了类似的话做总结："（这样的事）我一次也没有遇到过。"

那么，究竟在那个男人身上发生了什么呢？

主人公叶藏从小的时候开始就很讨厌按部就班的生活，甚至连一日三餐的意义都感觉不到，反而是一些奇思妙想能让自己得到满足，过得更加自在。所以，叶藏不喜欢那些认为生存的意义和目的仿佛就在于进食的家人和邻居，对他们也充满了畏惧和隔阂。

然而，完全离群索居又是不可能的，叶藏也害怕脱离人群，害怕被周围的人抛弃，所以只能让自己扮演小丑一样的角色，插科打诨，出洋相，扮滑稽，博人一笑，成为焦点，从而假装融入其他人的大圈子，从不敢表露自己的真实想法。

小丑的面具，俨然就是叶藏的遮羞布，他将所有的恐惧和畏缩都隐藏于小丑面具下。和众人在一起时，他其实内心无比紧张，无比恐慌。这也就是为什么，第一张照片中的他，笑容诡异而不自然，像是挤出来的了。

长大之后的叶藏进入了中学，延续着小丑般度日如年的日子。最初一切顺利，老师和同学们都被瞒得死死的。可不曾想，在一次体育课上，叶藏被一个名叫竹一的人看出了破绽。竹一在叶藏的耳边说了两声"装出来的，装出来的"，这让叶藏日夜惶恐，总觉得自己的真面目被发现后，会被嘲笑、被排斥，失去那仅有的与社会的一丝联系。

于是，叶藏开始千方百计地讨好竹一，没承想歪打正着，两人竟成了知心好友。竹一能够看到叶藏的闪光点和内心，两人对于女性、艺术和人生都有着相同的认知。或许竹一和叶藏，本来就是一类人吧。

对于叶藏，竹一说出了两个预言，一是会走许多桃花运，二是会成为大画家。没想到，这竟成了叶藏人生的一个转折点。

对于第一个预言，叶藏并没有当回事，因为他始终对人怀有惧怕情绪，以及对女性有先入为主的消极偏见。倒是对于竹一欣赏自己的画技，鼓励自己一定能成为一个大画家的话语，让他觉得好似遇见了高山流水般的知音。于是，他毅然决然离开乡下，前往东京的美术学校学画。

但叶藏对于城市集体生活的脏乱和粗暴感到难以忍受，于是搬到了父亲的一处别墅中。脱离了集体生活的叶藏连他那"无懈可击"的演技也派不上用场了，只是偶尔像个旁听生一样去学校画几个小时的画。

在那段日子里，叶藏认识了一个人，正是这个人，让叶藏最终陷入了万劫不复的境地，此人名叫堀木正雄。

在叶藏的眼里，堀木是一个花花公子，画也画得难看，简直是个一无是处的蠢货。不过，也恰是因为堀木那"人来疯"似的性格，倒让叶藏在他面前不必费心戴着面具继续扮小丑。出于这种轻松的感觉，叶藏跟着堀木，见识了酒、烟、妓女、当铺和左翼思想。

在妓女身上，叶藏找到了久违的知心感，他觉得他与妓女是"同类"，都是那种完全游离于世间烟火之外、迷失在大城市之中、在客人面前逢场作戏的一类人。而对于左翼思想，也就是共产主义，叶藏最初只是跟着堀木凑个热闹而已，没想到小组成员竟把他当成自己人一般，派他做各种琐事。其实，这些事一点价值含量和实际意义都没有，但小组的人总能煞有介事地将其说得冠冕堂皇。

由此，叶藏发现所谓的"新思想"，也不过是一群虚伪的人为了自己的实际利益而忽悠旁人的幌子，因而对现实社会更加失望。

此后，叶藏身上又发生了什么？

他开始更加放纵自己，荒废学业，一心沉醉于灯红酒绿之中，并与一位陪酒女常子产生了感情。其实，在东京期间，也不是没有女孩子对叶藏倾心，只是叶藏觉得与她们不是一类人。反倒是这位陪酒女，作为一个同样被生活欺骗、抛弃的人，"相逢何必曾相识"，两人之间生出的也许不是真正的爱情，却一定有着某种惺惺相惜的信任。

然而，只凭家中每月寄来的一点点零花钱过活的叶藏，渐渐地负担不起"酒池肉林"的奢靡。他一直坚信，钱花光之日就是缘分到头之时，所以曾短暂离开过常子。可某次堀木约叶藏喝酒，却再次去了常子的酒吧，而且还当着叶藏的面吻了常子，这让叶藏难以接受。自此之后，叶藏与常子生活在了一起，甚至在没钱买醉的时候，常子也曾主动提出赚钱供叶藏消遣。但是，叶藏拒绝了，也许是仍想留住彼此之间的那种纯粹吧。最后，两人相约一同结束生命。

世事弄人，常子死了，叶藏却被救了过来，并以"协助自杀罪"被警察带走调查。最终，叶藏求一个曾经因父亲的地位时常献殷勤拍马屁的古董商人涩田帮忙，将自己保释了出来。

此时，父亲已年近退休，财力也大不如前，涩田表现得很不情愿，但最终还是把叶藏接到了自己家里。为了避免叶藏在外面鬼混又跟某个女人自杀，涩田只好将叶藏关在家中。

某日，叶藏老家传来消息，说如果叶藏愿意重返校园从头开始，那么家里还是愿意出钱支持的。然而，涩田在社会上"磨炼"出的讲话绕弯子的习惯，让叶藏怎么也无法抓住涩田的本意，苦恼之下，叶藏逃出涩田的家，想到堀木家中找他商量如何生活下去。

正是这次出其不意的拜访，让叶藏看清了真正的堀木。原来，堀木是个典型的双面人，对外表现得像是游戏人生般"洒脱"，实际却是个最善于趋利避害的自私吝啬的小人，甚至为了自己的前途，可以狠下心牺牲叶藏。叶藏痛苦不已，却也因此结识了在杂志社工作、来找堀木谈工作的静子。

在静子的安排下，叶藏、静子与静子五岁的女儿繁子三个人生活在了一起。叶藏经常为一些三流出版社画着模仿来的漫画，赚到钱就去喝酒，甚至没钱了就把静子的衣物拿去当掉。叶藏觉得自己就是一只丑陋的癞蛤蟆，连猫狗都比自己高尚得多。

某晚，在酒吧泡了三天的叶藏终于觉得过意不去，踉踉跄跄地回到静子家门口时，听到了静子和繁子的对话。那对话充满温馨、温情和温暖，也充满了对叶藏的理解，这让叶藏无地自容，只觉得自己是个灾星，总是在破坏别人原本幸福的生活。自责的叶藏从此再也没回那个"家"，而是去了位于京桥区的另一处酒吧，住进了女老板的家中。

之后，叶藏仿佛已经完全堕落一般，为车站里售卖的最下流的杂志画着最猥琐的插画，依旧泡在酒缸中，崇尚的是海亚姆《鲁拜集》中的享乐主义。

就在这个即将滑入万丈深渊的节骨眼上，叶藏遇到了他的最后一根稻草——良子。

竹一的那两个预言仿佛玩笑似的，想要成为了不起的画家的愿望没能实现，总是被女人围绕的预言却从未有失。

良子是一家烟草店的姑娘，叶藏去买烟时，总会在酒精的作用下和良子说些暧昧的话，但良子总认为这是因为叶藏喝醉了，不疑有他。甚至在约好了叶藏戒了酒两人就结婚之后，叶藏打破誓言向良子忏悔时，良子也只认为叶藏在演戏，因为她相信叶藏说出的承诺就一定可以做到。

这样一种无条件的信任又给了叶藏幡然悔悟的希望。两人结了婚，叶藏戒了酒，重新开始钻研绘画，吃完晚饭两人会一起看场电影，喝杯饮料，或者买盆花……生活平淡却又幸福。

看起来，一切都要朝着好的方向发展了，但是好景不长，有一个人重新出现在叶藏的面前，打破了这一切，他是谁？这个人就是曾经给他带来巨大伤害的堀木。这次重逢，导致了叶藏与堀木的彻底决裂，也导致了叶藏与良子产生裂痕，最终使叶藏跌落到万劫不复的深渊。

由于见到堀木，之前一直憋在心中想逃避的罪孽和羞耻全都涌上心头，于是，叶藏又开始饮酒了。某天，叶藏和堀木在自己家屋顶平台上饮酒时，良子在房中被一个肮脏的老男人侵犯了，而下楼去拿东西吃的堀木，明明目睹了一切，不仅不施救，反而不声不响地返回屋顶，故意叫叶藏下楼看到这一幕。

就在那一瞬，叶藏所有的信念全部崩塌，对于人世的怨愤达到了顶点。

叶藏开始自残式地酗酒，并且抄袭一些春宫图用来换酒钱。良子也变得越来越怕叶藏，甚至不敢与叶藏对视。

某晚，叶藏买醉归来，口渴想喝糖水，却无意中发现糖罐中装的，是一包早已超过致死量的安眠药，看样子是良子买来伺机自杀的。叶藏觉得良子无罪，该死的其实是自己，于是将一包药全部吞下。

然而，当他眼睛再度睁开时，眼前却是涩田和京桥酒吧的那个女老板。他们问叶藏之后的打算，叶藏觉得一切悲剧都是由女人而起，于是半梦半醒地说："我要去一个没有女人的地方。"

出院后，叶藏漫画也不画了，一心沉醉于酒精。在一个下过雪的夜晚，走在回家路上的叶藏第一次咳血，想着找点合适的药，就进了附近的一家药店。店主是一个瘸腿的老妇人，为了让叶藏戒酒，老妇给了叶藏一盒注射液——吗啡。

染上毒瘾的叶藏只惊喜于摆脱了酒精的束缚，而且一切的不安和焦躁全都无影无踪，自己也有精力不眠不休地继续画画，但注射量也渐渐地翻倍了。很快，吸毒的巨额支出让叶藏捉襟见肘，为了得到注射液，他不惜与老妇人发生了关系。

就在叶藏越陷越深，甚至决心要一口气注射十针吗啡然后投河自杀的那天，涩田带着堀木来，说要带叶藏去看医生，治疗后找一处地方休养。叶藏没有任何怀疑地上了车，到了之后才发现，那是一所精神病院，一个"没有女人的地方"。

那一刻，叶藏意识到，即使自己没有疯，即使从这个地方出去了，世人也会认为自己是个疯子——自己俨然已经失去了做人的资格。

三个月后，父亲去世，大哥带着涩田接叶藏出院，说只要叶藏离开东京，回乡下去好好休养，那么一应生活需求家里都能满足。大哥给叶藏在一个偏僻的村子里买下了一所破旧的茅屋，雇了一个老女佣，以便他度过余生。

明明才只有二十七岁的叶藏，却已白发斑斑，仿佛已逾不惑。经历了噩梦一般的青年岁月，他只明白了一件事：世事纷扰，但一切皆会过去。

看到这里，有的朋友可能觉得叶藏就是一个十足的废人和渣男，但在小说末尾，酒吧女老板却说："我们认识的阿叶，很淳朴，很机灵，要是不喝酒的话，不，即使喝酒……他也是一个像神一样的好人。"

《人间失格》这部作品难道就是在给我们传递各种负面思想吗？

虽然全书充斥着对社会阴暗面的讽刺、控诉和批判，主人公叶藏的人生也充满着颓废、消极的情绪和态度，但叶藏本身还是透露出了人性的光辉。即使他最后说自己"人间失格"，但他内心的那种纯粹、善良、温柔，实际上却丝毫未曾衰减。

叶藏在自己焦躁痛苦，不得不戴上面具生活时，也从未想过用谎言伤害别人或为自己带来什么利益；看到自己的存在会给一个幸福的家庭带来伤害，他会默默退出；他会敏感地察觉到自己的"同类"，并以一种平等的姿态与他们交流；他心中自始至终都保持着不被外界所侵蚀的玉壶冰心。

虽然表面上看起来像是这个世界、这个社会抛弃了他、淘汰了他，但反过来看，难道不也可以说是他坚决地抛弃了这个世界、这个社会吗？太宰治在战后发表的《潘多拉的盒子》中写道："我是自由人，我是无赖派，我反抗束缚，我嘲笑时代的宠儿们。"和他一样傲世不羁、醉酒当歌的文人们因而被称为"无赖派"。他们的作品游离于私小说等正统文学之外，如同他们的作品中无法融入主流社会登场的人物们，如此登不上大雅之堂，如此与传统道德格格不入，却又如此入木三分，至今仍被读者手不释卷。

柯南·道尔借福尔摩斯之口说道："世上的事都是前人做过的，阳光之下没有新鲜的事。"放眼一个世纪后的现在，虽然时过境迁，社会环境已大不相同，但更激烈的文化与思想的碰撞势必会产生不亚于百年前的异国的阵痛。

今天是一个人力无法追赶的飞速发展的时代，是一个要在不同场合精心扮演不同角色的时代，不迷失自我已不是唯一的生存需求，怎样能在时代的重压下活出原则，活出从容，活出自我，需要年轻人在不断成长、成熟、沉淀的过程中去摸索。

泰戈尔的"世界以痛吻我，我却报之以歌"亦不失为一种旷达。洒脱也好，旷达也罢，一切的道路都是选择的结果，重要的，是永不失去心中的那片火热。所以我们大可勇敢地往前走，然后好好呵护心里的那个叶藏，因为我们生而为人啊！

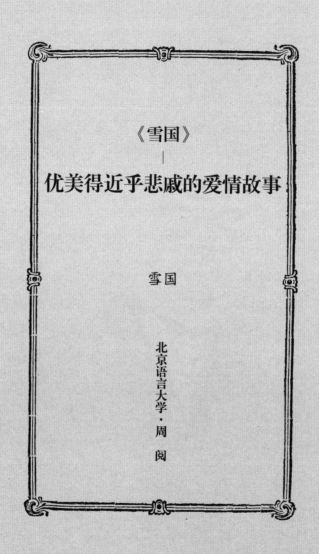

《雪国》
—
优美得近乎悲戚的爱情故事

雪国

北京语言大学·周阅

川端康成

## 📖 作品介绍

　　《雪国》是川端康成创作的第一部中篇小说。小说主人公岛村是一个有家室的中年男子，对西洋舞蹈抱着若有若无的兴趣，他来到雪国的温泉旅馆，邂逅了艺伎驹子，并因为她的美丽和单纯爱上了她。第二次来雪国，岛村又遇到并喜欢上了叶子。在岛村和驹子、叶子之间，构成了一种微妙复杂的情感关系。小说最后，叶子在一场大火中意外身亡，驹子继续在严寒的雪国坚强地生存，而岛村则回到了他从前的生活。在这部小说中，川端康成开始形成富于个人色彩的风格，其抒情的笔致、纤细的描摹、丰富的心理刻画可谓独具一格；作品将唯美的描写融入人物情感的表达之中，带着一种淡淡的哀思，表现了川端康成的物哀思想。川端康成曾以短篇小说闻名，对于他而言，中篇小说《雪国》无疑具有里程碑式的意义，也为他后来的创作道路奠定了重要的基础。

## 《雪国》思维导图

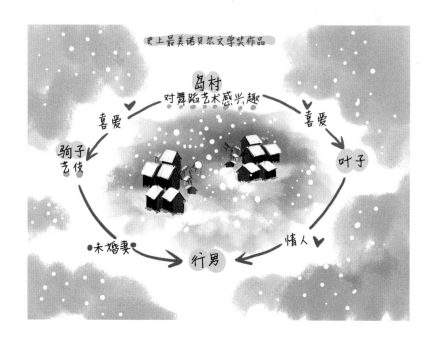

# 第一节
# 川端康成与十三年成就的《雪国》

　　川端康成是日本第一位诺贝尔文学奖得主，我想大部分人都知道，但是，人们不一定知道他的外号。他有好几个"名人"的外号，比如"参加葬礼的名人""搬家的名人"，还有"发掘文学新人的名人"等。

　　说川端是"参加葬礼的名人"，是因为他从出生到离世，始终没有摆脱为亲友送终的命运。川端刚刚一岁多的时候，本身就是医师的父亲患肺结核离开了人世，母亲因照料父亲也染上肺结核，在一年后离世，川端于是被祖父母抚养。

　　两位老人在经受了"白发人送黑发人"的大悲之后，对川端家族传宗接代的唯一命脉——川端康成更是百般宠爱。川端是个不足七个月的早产儿，自出生以来一直瘦骨伶仃，体质虚弱。祖父母对这个孙儿精心喂养，据说川端直到上小学之前还不会用筷子，而且由于担心川端的安全，祖父母几乎不让他出门。

　　就这样，川端封闭在老家阴暗潮湿的农舍内，几乎与世隔绝。成名之后的川端回忆说，小时候"除了祖父母之外，简直就不知道还存在着一个人世间"，他只好"把自己胆怯的心闭锁在一个渺小的躯壳里，为此而感到忧郁与苦恼"。

　　但即使这样的日子也没有持续很久，川端七岁的一个午后，祖母死了，这个寂寞的家里只剩下了相依为命的祖孙二人。祖父由于白内障几乎双目失明，此后的八年间，川端就是每天望着祖父那茫然无物的眼睛度过的。

川端十岁时，寄养在别人家的姐姐病故；十四岁时，他的最后一个亲人祖父也撒手人寰，他失去了仅有的一点点家庭的温暖。除了这些至亲，川端小小年纪还连续参加了姑奶奶、伯父、恩师以及其他亲友的葬礼。有一年暑假，在不到一个月的时间内，他连续出席了三次葬礼。

1948 年对川端来说是一个危机之年，横光利一、菊池宽两位最亲密的师友在冬去春来的短短时日里接连去世。这段时间成为川端的"第二次孤儿体验"时期，他的一生称得上从葬礼中走来、在葬礼中归去。

知己友人的死，一次次叠加在川端悲凉的心上，那时的日本、那时的文学界，在川端看来，也如同死了一样。

日本的战败也加深着这种凄凉，川端说，自己仿佛也已经死去，自己的骨头被日本故乡的秋雨浸湿，被故乡的落叶淹没。就这样，川端在大悲痛中步入了半百之年。之后他又参加了很多日本文艺界名人的葬礼，比如大家可能比较熟悉的岛崎藤村、片冈铁兵、佐藤春夫、三岛由纪夫等。川端撰写的哀悼文章也不计其数，所以"参加葬礼的名人"这个称号冠其一生。

川端成为"搬家的名人"，既与贫困相关，又与富足相连。川端上大学前后，一直靠家乡寄来的有限的钱过活，那时候因为交不起房租，他经常被迫搬家。川端在大学期间已经开始写作，用零星获得的少量稿费补贴日常生计，但仍然常常拖欠煤气水电费用。煤气公司曾经对他强行停止供气，电力公司也差点对他采取断电措施，米店还没收过他的购米证。

大学毕业后他立志写作，但有时连墨水也买不起，不得不把墨水瓶倒立在桌上，把瓶底的一点点余墨聚在瓶盖里勉强写作，他还曾典当手表去买墨水和稿纸。川端在报刊上连载小说，迫于生计预支稿酬也是家常便饭，他甚至还尝试把连载小说的约稿合同抵押，向高利贷者借款。在川端自己总结的"孤儿的品性、借宿者的品性、受恩惠者的品性"这三大品性之中，除了身世造成的第一点，后二者都与他的贫困有关。

但是，到了而立之年，随着川端在文坛站稳脚跟，物质生活也逐渐走向"小康"。他三十八岁时用自己获得的奖金在轻井泽购置了一幢别墅，当地的豪华别墅大都是英美传教士的财产，战争期间传教士们纷纷卖掉房产回国，川端正好抓住时机买下一栋。那里高远的天空和幽深的森林深深地吸引着川端，很长一段时间里，他几乎每个夏天都到这里度假。

直到现在轻井泽依然是日本有名的别墅区。川端的这幢别墅现在还在，但是非常破败，没有人居住，也没有人打理。我在2016年曾经踏访过，由于没有明显的标牌，院落周边一片荒芜，非常难找。川端最后的时光是在镰仓的一个独立院落度过的，那里现在是日本"川端文学研究会"的所在地，由他的入赘女婿川端香南里先生管理。川端香南里已经八十八岁高龄，是东京大学教授、俄国文学专家。

说川端是"发掘文学新人的名人"，是因为有很多日本作家是经他引荐而成名的，比如大家熟悉的三岛由纪夫就是川端一手扶植、引荐才走上文坛的，就连三岛的婚姻也是川端牵线搭桥的。川端还以杂志《文学界》作为平台，致力于发现文学新人并且积极扶持他们。

举个例子，经川端引荐而成名的作家中有一位名叫北条民雄。当时，北条民雄是个二十岁的文学爱好者，结婚不久就患上了麻风病，在最需要理解和安慰的时候，妻子却离他而去。婚姻生活还不到一年就结束了，他形单影只地来到人海茫茫的大都市东京，好几次自杀未果。

这时候，他怀着最后一线希望给川端写了一封信，表达自己对文学的热爱以及对生活的无奈。川端从这封信中发现了北条的文采，立即回函表示愿意为他阅稿。就这样，川端成为北条短暂的生命中扭转其人生方向的师长。虽然北条结识川端仅仅三年就去世了，但这三年在北条的生命中比以往任何时候都辉煌。

川端先后参加了众多文艺奖项的设立和评选工作。比如 1935 年文艺春秋社创立的"芥川奖"和"直木奖"，这两个奖项至今都是日本最著名的文学新人奖，分别侧重纯文学领域和大众文学领域，许多文学青年都是通过这两个奖项在文坛获得立足之地的。川端生前一直担任这些奖项的评选委员。

《雪国》是川端获得诺贝尔文学奖的三部代表作之一，全书不足八万字（中文译本字数，日文要比中文长），与很多中外名著相比，应该说算不上鸿篇巨制。但是这本书在日本，是真正的家喻户晓。

有一次我在日本跟一个朋友到一家很小的居酒屋吃饭，我们坐在柜台前的凳子上，老板在柜台里边忙活。朋友对老板介绍，说我是研究川端康成的中国学者。结果这个老板一边熟练地切着生鱼片，一边流利地背出了《雪国》的开头，着实让我吃了一惊。

《雪国》虽然篇幅不长，但创作过程非常特殊，可以说世所罕见。小说从 1935 年 1 月开始连载到 1947 年 8 月完成"定稿本"，前后花费了将近十三年的时间，跨越了整个"二战"时期。

这还不够，川端在生命的最后阶段再次把本来已经定稿的《雪国》重新删改、压缩，并且亲自用毛笔抄写出来，留下了两册非常珍贵的线装版手抄遗稿《雪国抄》。这个工作完成之后，川端就结束了自己的生命。所以也可以说，这八万字贯穿了一个作家从青年到老年的大半个人生。可见，这部作品确实值得我们去探究一番。

三岛由纪夫曾经在给川端康成的信中写道："《雪国》（这部作品我不知拜读了多少次！）太过高大，渺小的我就如同一个牧童仰望着远方青青的阿尔卑斯高峰一样，梦想着有朝一日能够登上那座山。"

1935 年 1 月，《雪国》开始以各个独立的部分在杂志上连载，最早的一部分以《晚景之镜》为题发表在《文艺春秋》一月号上，两年半之后，也就是 1937 年 6 月，出版了第一本以《雪国》为题的单行本。这个单行本实际上是一部作品集，还收入了其他小说。这本《雪国》获得了日本第三届文艺恳谈会奖，川端在轻井泽购买的别墅，就是用的这笔奖金，由此也可见日本对文学的支持力度。

《雪国》在最初连载的时候，并不是像我们想象的那样连续地按期发表，上一集和下一集之间经常间隔七八个月，到 1937 年更是完全停止了连载，直到三年半之后才重新开始。

为什么一部连载小说会发表得这么支离破碎呢？

《雪国》连载发表的时间段，正是日本染指中国东北，继而发动全面侵华战争的年代。1937 年先后发生了"卢沟桥事变"和"南京大屠杀"。日本当局对国内加强统治，疯狂镇压无产阶级文学运动。一些作家遭到逮捕和杀害；另一些意志不坚定的作家开始"转向"；还有一些作家试图保持沉默。

在这种历史背景下，川端做不到违心地追随日本政府的侵略政策，他无法作为御用文人去歌颂战争，但是他也做不到像革命斗士小林多喜二那样，正面进行抗争。川端总体上讲属于第三类：沉默、逃避、不附逆，所以川端也被称为"文坛隐士"。

恐怕这也是川端把《雪国》的背景设置在大山深处的原因：他试图在

偏远的雪乡躲避战争的硝烟，通过描写温泉旅馆、滑雪场的游妓生活来消解时局的重压。但即便如此，日本政府也认为这样的男欢女爱会消磨所谓的"国民的战斗意志"。所以川端终于无处逃避，只能暂且搁笔。

后来，《雪国》收入全集时，川端又进行了修改和增补。再后来，川端获得诺贝尔文学奖时，还对作家朋友说，《雪国》写得还不够，必须接着写。直到川端康成去世的前一年，《雪国》已经在世界上有了多种语言的译本时，日本又正式出版了称为"定本《雪国》"的版本。因此，译成外语的《雪国》，有些内容与日文版的"定本"是存在出入的。

川端在镰仓文库版《雪国》的后记中写道："我四十多岁的大半是在战争中度过的……作为战争中的作家，我未必是不幸的。""在我的作品中，《雪国》虽然拥有许多爱好者，但在战争中我才知道，滞留国外的日本人读着它时似乎被它勾引起更为浓郁的思乡之情。这加深了我对自己作品的认识。"同时川端不断强调自己献身于日本传统的心情不会有任何变化。

可见，正是由于看到了战争的残酷，川端才自觉地把表现日本的传统美作为自己的理想和目标。他所说的"作为战争中的作家，我未必是不幸的"，是因为"人们带着比和平时代更加痛切的爱来阅读我的作品"，所以他说，"在战争中我才知道"传统的意义何在。由此可见，《雪国》所体现的古典意蕴和传统风格，实际上与创作期间的战争环境有着不可分割的联系。

《雪国》的最后一个版本就是遗稿《雪国抄》，这份手抄遗稿是川端的亲属在他自杀后不久，在书斋中发现的。川端的自杀正是在他登上艺术巅峰的时候，1968 年他成为日本第一个获得诺贝尔文学奖的作家，三年半之后的 1972 年 4 月 16 日深夜，用人在他专门从事写作的工作室里发现了他的遗体。

　　川端在盥洗室里口含煤气管，身上裹着棉被。这间工作室是作为"搬家的名人"的川端在三个月前刚刚买下的海景公寓，他每周定期去那里工作三四次。川端自杀前没有留下任何遗言或暗示性的书信，而且他的许多工作还摊在案头，因此，他的自杀尤其令人感到震惊和迷惑。

　　川端曾经说过："最好不过的就是自杀而无遗书。无言的死，就是无限的话。"他确实以自己"无言的死"，给全世界留下了"无限的话"。川端在临自杀前，带着统一全篇的强烈意志整理抄写了《雪国》，进一步抹除了连载的痕迹，特别是，读者还可以通过川端亲自运笔的字迹品味小说的氛围和作者的情绪，这是迄今为止任何川端的其他作品所不具备的。一些评论家认为《雪国》到此已经发展到了极致。

# 第二节

# 《雪国》的故事梗概和人物分析

2000 年，我应约写一部关于《雪国》的专著，为了收集资料，我亲自去了一趟日本新潟县的越后汤泽，那里是《雪国》的创作地点，同时也是小说故事的舞台。我沿着川端当年的足迹逐一寻访了小说中主人公的所到之处。

汤泽是个山坳深处的小镇，四周群山环绕，道路非常狭窄——现在过了二十年，也许已经发生了巨变。我到汤泽的时候正是深秋，晴空之下，山体被树木染成了橘红色，公路两边满是丛生的芭茅，亲眼看见那种景色，才真切感受到了《雪国》中描绘的"好像倾泻在山上的秋阳一般"的银色。茅草光滑的茎秆顶着一团团柔细的绒球，阳光穿透过来，产生一种温柔的透明感，泛着银光的绒球在秋风中微微摇动，显得有些寂寞和柔弱。

《雪国》的开篇是这样的："穿过县界长长的隧道，便是雪国。夜空下一片白茫茫。火车在信号所前停了下来。"这也是上一节中我提到的那个居酒屋厨师脱口背诵的那句。我专程去乘坐了那列"穿过县界长长的隧道"的火车，小说中描述的跨越县界的隧道由长长短短一共五六段构成，我乘坐的火车在巨大的三国山脉腹内穿梭，车窗不断明暗交替，在最后一段隧道里奔驰了近九分钟之后才终于冲出山峦的重压，进入了"雪国"，这里的寒意确实比隧道的另一边浓重得多。

一出隧道就是小说中所写的"信号所"——土樽站。这是一个偏僻寂寥的山间小站，站内空无一人，既没有旅客也没有检票员，周围只有高耸的群山和静静延伸的铁道。当时我独自站在无人的站台，望着蜿蜒远去的铁轨，心想，这就是主人公岛村出入雪国的必经之所。

我投宿的高半旅馆，正是当年川端萌发灵感并创作《雪国》的地方。老板娘一身正规的和服装扮，服务员也都身着传统服装，房间全部是日式的榻榻米布置。到达旅馆时正是黄昏，透过落地推拉门的玻璃，远处的群山和滑雪场一览无余。西斜的阳光把蜿蜒层叠的山脉映现得非常清晰，形成橘红与暗褐相间的奇妙的立体感。房间里挂着一幅字"开窗青山远"，我想，小说中的艺伎驹子当年或许就这样站在窗前凝望远山。

高半旅馆的不远处就是诹访神社，小说中岛村和驹子就是在这里相会。神社显得有些破落苍凉，但周围茂密幽深的杉树林无言地证明着这个神社悠久的历史。我从诹访神社沿坡而上，在细雨中走过通向旅馆的"竹林小道"。路窄小得几乎不成为道路，还透着几分荒野的气息。

路上满是濡湿的落叶，山坡很陡，两侧笔直的杉树与坡道形成的夹角更衬托出了小路的坡度。杉树的根部全部朝下坡方向弯曲成优美的弧线，那是长年累月被下滑的积雪压迫的痕迹。这样的景色不禁令人想到，当年曲终人散的深夜，驹子是怎样在酒后走过这条积雪覆盖的狭窄陡坡去岛村房间的？那需要多么大的热情啊！

小说中的情景是，一个冬日的清晨六点多，天刚发亮，投宿在高半旅馆的岛村醒来看见驹子在房间里，两人之间有了下面这段对话：

"太冷了。"岛村抱着被子说，"客栈的人都起来了吗？"

"不晓得，我从后面上来的。"

"从后面？"

"从松林那边爬上来的啊。"

　　"那边有路吗？"

　　"没有像样的路，但是近呀。"

　　岛村惊讶地望了望驹子。

　　《雪国》的情节其实非常简单，从比较世俗的角度来说，就是一个有妇之夫来到异乡寻欢作乐的故事。但是，假如仅仅这样理解就完全抹杀了小说的文学价值。无论在叙事技巧、艺术手法还是在思想意义上，这都是一部耐人寻味的作品。

　　日本学者小林芳仁把川端的文学称为"不拘泥情节的情景绘卷""没有图画的连环画"，《雪国》是对这一定性的经典诠释。作品的情节线索很不明晰，时空线索也很混乱，整篇小说实际上是由一幅幅四季流转的画面拼接而成，有严冬的暴雪、早春的残雪、初夏的嫩绿和仲秋的初雪等。读完小说，脑子里留下的不是一个完整的故事，而是一幅幅画面。

　　前文多次提到的开篇那句，就是典型的视觉描写，它精确地捕捉了火车穿过隧道进入雪国的一瞬间的情景，给人强烈的视觉印象。所以无论在小说封面、《雪国》的电影海报还是汤泽的旅游手册或杂志宣传上，通常都用一幅由铁轨、隧道和雪野组成的经典图片，来代表《雪国》。

　　说到画面感，《雪国》中有两个经典的镜像画面，一个是黄昏时候火车的车窗玻璃上映照出来的叶子，另一个是清晨梳妆台镜子里出现的驹子，这两面镜子一虚一实，在小说中多次交错出现，成为日本现代文学史上著名的镜像描写。第一面虚的镜子，就是我在第一节中提到的"晚景之镜"：

　　映在玻璃窗上的，是对座那个女人的形象。外面昏暗下来，车厢里的灯亮了。这样，窗玻璃就成了一面镜子。……黄昏的景色在镜后移动着。也就是说，镜面映现的虚像与镜后的实物好像电影里的叠影一样在晃动。出场人物和背景没有任何联系。而且人物是一种透明的幻象，景物则是在夜霭中的朦胧暗流，两者消融在一起，描绘出一个超脱人世的象征的世界。特别是当山野里的灯火映照在姑娘的脸上时，那种无法形容的美，使岛村的心都几乎为之颤动。

第二面实的镜子，是清晨驹子面对着梳妆台的镜子：

镜子里白花花闪烁着的原来是雪。在镜中的雪里现出了女子通红的脸颊。这是一种无法形容的纯洁的美。

也许是旭日东升了，镜中的雪愈发耀眼，活像燃烧的火焰。浮现在雪上的女子的头发，也闪烁着紫色的光，更增添了乌亮的色泽。

实际上，《雪国》最初连载时第一期和第二期的标题就是《晚景之镜》和《白色的晨景之镜》。两面镜子中出现的是小说的两位女主人公叶子和驹子，而观看镜子的，就是男主人公岛村。

他们是《雪国》的三个主要人物。

岛村是一个皮肤白皙、略微发福的中年男子，靠祖上留下的家产生活，对西洋舞蹈抱着若有若无的兴趣，在百无聊赖的生活中来到雪国。驹子是生长在雪国的艺伎，她与师傅的儿子行男从小青梅竹马，两人的关系像是订有婚约。行男身患重病，照料他的叶子似乎是他的新恋人。

驹子、叶子和行男的关系在小说中并没有明确的表现。岛村第一次来到雪国时被驹子深深吸引，为了跟驹子会面，他再次来到雪国，途中见到了叶子。与此同时，驹子对岛村的恋情日益加深。但是，岛村又对纤细、宁静的美少女叶子倾心不已。最后，叶子在一场大火中坠楼身亡，驹子坚强地在严寒的雪国继续生存，岛村则回到了他从前生活的都市。

在《雪国》中，岛村是一个穿针引线的人物，整个故事情节的发展都是靠岛村的移动来推进的。他对西方舞蹈的那点知识，成为接近驹子的契机。驹子正是被岛村关于舞蹈的一番高谈阔论所吸引，仿佛找到了共同的话题。但这只不过是一个假象，岛村无论对舞蹈还是对驹子都没有投入真情。他的所谓研究就是"描写没有看过的舞蹈"，他欣赏的也是"自己空想的舞蹈幻影"。岛村对西方舞蹈的态度实际上映射了他对驹子，甚至对人生的态度。他与驹子的谈情说爱也是一场过眼云烟，所以小说中反复出现"徒劳"这个词，驹子对岛村的恋情注定是一场悲剧。岛村的精神世界也侧面表现出知识分子在战争年代中的无力感，他们试图通过埋头于这类不着边际的研究来躲避现实的激流。

岛村的目光是呈现雪国故事的镜头，两个雪国女子的音容笑貌和雪国独特的风物人情都是通过岛村的眼睛展示给读者的。岛村的目光有一个特色——对于"空想的舞蹈幻影"的特殊关注，停留在他视野里的事物都具有虚幻的性质。岛村目光的另一个特色，是对于瞬间美感的敏锐捕捉。

比如，车窗玻璃上的叶子的眼睛同山野的灯火交叠时的美，清晨镜中驹子红润的面颊与远山白雪相映的美，这些都是稍纵即逝的。但是，在岛村眼中，时间的连续性被消除了，瞬间的美被无限延长，就像电影中被定格的镜头。与此相连的是细节美的突出，驹子的嘴唇、脖颈，叶子的眼睛、声音等，岛村的目光把局部的美放大为一个个特写画面。

川端曾经一再声明，岛村只是陪衬，驹子才是中心人物。驹子给岛村留下的最初的印象是洁净："女子给人的印象洁净得出奇，甚至令人想到她的脚趾弯里大概也是干净的，岛村不禁怀疑起自己的眼睛……"川端不惜笔墨地渲染驹子的洁净：日常生活中，驹子总是勤快地打扫房间，"神经质地连桌腿、火盆边都擦到了"；要洗的衣服她也会叠起来；跟岛村说话时，总不忘随时捡起脱落的发丝；一旦看见烟灰掉落下来，就悄悄地用手绢揩净……驹子把这些称作自己的"天性"，她对岛村说："只要环境许可，我还是想生活得干净些。""洁净"这个关键词不仅是指驹子的身体和生活习惯，更重要的还指她的生活态度和心灵世界。

另一方面，驹子又是一个笼罩在红色调中的形象，她的红扑扑的脸颊在小说中反复出现。岛村以为如此通红的脸颊，一定是被冻成这样的，但驹子说："不是冻的，是卸去了白粉。"也就是说，红色才是驹子的本色。

小说中，积雪的山脉和艺伎化妆的白粉，叠合成远近交叠的背景，以强烈的色差反衬出驹子的红色，象征着严峻生活中执着的生命。小说中有这样一句："岛村正陷在虚无缥缈之中，驹子走了进来，就像带来了热和光。"这是对岛村与驹子这两个人生命状态的暗喻。岛村既没有目标又没有追求，他的人生就是一场虚无，而驹子浑身都焕发着青春和活力。

驹子这个人物是有原型的，她就是川端第二次去汤泽时认识的艺伎松荣。松荣原名小高菊，正式成为艺伎时取艺名为"松荣"。据高半旅馆家的经营者回忆，许多艺伎由于生活环境所迫，举止言谈都不甚文雅，松荣却不一样，看上去谨慎朴实。

与有原型的驹子不同，叶子的形象是虚无缥缈的。她的出场就不同寻常，小说开头，岛村听到"站长先生，站长先生！"的呼唤声，说话的人就是叶子。她的声音"仿佛向远方呼唤","久久地在雪夜里回荡"。所以，叶子出场伊始就给人一种梦幻的感觉。

值得注意的是，这是雪夜里的梦幻，带着寒冷的氛围。接着，在"晚景之镜"的段落中，叶子的一只眼睛映在黄昏的车窗玻璃上，小说描写，"一束从远方投来的寒光，模模糊糊地照亮了她眼睛的周围"。这里的"寒光"再次强化了寒意。映在玻璃上的叶子成为一个透明的人物，使岛村"就像是在梦中看见了幻影一样"。这样，在冰天雪地、暮色苍茫之中，以声音和影像出场的叶子，她的形象基调是虚幻和冰冷的，仿佛来自彼岸世界。

川端多次写到，叶子"近乎悲戚的优美的声音，仿佛是某座雪山的回音"。小说中没有具体描写叶子的外貌，除了声音，描写最多的就是叶子冷峻的眼睛。这与驹子热情的话语、炽烈的目光形成了鲜明的反差。叶子是宁静的，驹子是躁动的；叶子是冰凉的，驹子是火热的；叶子是飘忽的，驹子是实在的；叶子是幽暗的，驹子是明媚的……叶子与驹子一虚一实，两相对照，成为《雪国》中两条重要脉络。

最后，在"雪中火事"的大结局中，叶子作为一个纯粹的生命体回归了虚幻世界，而实在的生命体驹子仍然活在现实世界中。雪是白色的，火是红色的，同时，"火光在叶子那张惨白的脸上摇曳着"。白色的叶子与红色的驹子在互相映衬和对比中达到一种别致的平衡。

# 第三节

# 《雪国》的艺术特色

1968 年，川端以《雪国》《古都》《千只鹤》三部代表作获得诺贝尔文学奖时，瑞典皇家文学院的授奖辞中有这样一句概括："在川端先生的叙事技巧里，可以发现一种具有纤细韵味的诗意。"

那么，这种"纤细韵味的诗意"在《雪国》中究竟是怎样的呢？

下面我结合小说的具体内容，从细腻独特的环境描写、独辟蹊径的比喻手法和声、光、色的诗意表现这三个方面，和你一起品味。

首先是细腻独特的环境描写。说到环境，人们一般都会马上想到自然环境，而在川端笔下，周遭的一切都可以成为烘托人物的"环境"，除了自然界的花草树木、江河湖海，甚至居住的房舍和小小的昆虫也都是与人相伴的环境。

《雪国》中这样描述驹子居住的"奇特的房子"：那个房间"使人觉得恍如钻进了一个旧纸箱。……房子显得很矮，黑压压的，笼罩着一种冷冷清清的气氛。一想起墙壁那边不知是个什么样子，也就感到这个房子仿佛悬在半空中，心里总是不安稳"。驹子这个山村艺伎，被命运束缚于北国的偏僻角落，她的生活就像被封闭在这个低矮、黑暗而又压抑的旧纸箱中，看不到出路。

而墙那边的未知数正如她无法预料的未来，即便她能够突破现实这面墙壁，走到另一边的世界，等待她的又会是什么？"房子仿佛悬在半空中"

的描写，实际上是通过驹子所处的环境来象征她的生存状态，她在理想与现实的矛盾中求生存，因此才会"不安稳"。

在对房间的整体描述之外，川端还极为敏感地关注到了挣扎的秋虫。描摹秋虫的笔触之细腻，就像中国的工笔画。秋虫出现在秋色满山的背景下，好像贴在纱窗上，静静地一动不动。它的翅膀是透明的淡绿色，小说描写这火红秋色中的一点淡绿"反而给人一种死的感觉"。这里，视觉感受与心理感觉叠加在了一起。驹子房间里的这只小虫，薄弱的翅膀在秋风中瑟瑟颤动，形象地表现了驹子在命运之流中的渺小、无力。

小说接下来描写，随着秋凉渐浓，秋虫"乍看好像是静静地死去，可是走近一看，只见它们抽搐着腿脚和触觉，痛苦地拼命挣扎"。驹子这样的艺伎也同样挣扎在人生的荒漠中，最终仍将走向悲哀和徒劳的结局。接着，小说再次把视觉的焦点从细部退回到整体：八张榻榻米的房间作为秋虫死亡的场所，"未免显得太宽广了"。显然，这里影射的是，艺伎们生的挣扎和死的悲哀对于整个社会来说，是多么的微不足道。

除了细腻独特的环境描写，川端的比喻手法也独辟蹊径。

我简单举几个例子。驹子为岛村送行时，岛村从火车上望见候车室里的驹子，觉得她"好像一个在荒村的水果店里的奇怪的水果，独自被遗弃在煤烟熏黑了的玻璃箱内似的"。

水果是美好的事物，用它来形容女子本不足为奇，但这里的驹子却是一个"奇怪的水果"，暗示出这个形象的复杂性和多面性；同时，"荒村"和"煤烟熏黑了的玻璃箱"象征着驹子闭塞而艰辛的生存环境。

川端的比喻经常出人意料，小说中有这样一段对驹子的描写：她"后领空开，从脊背到肩头仿佛张开了一把白色的扇子。她那抹上了厚脂粉的肌肤，丰满得令人感到一种无端的悲哀。看起来像棉绒，又像什么动物"。这里的比喻用词恍惚，有一种只可意会、不可言传的微妙感觉。驹子在岛村面前是完全敞开的，正如张开的扇子，"白色"代表她的纯洁无垢。"丰满"是个褒义词，但驹子的丰满却有着"无端的悲哀"，"丰满"与"悲哀"这两个毫无关联的词被川端无缝对接在了驹子身上。

在同一个人物身上，川端能够轻而易举地使用两个对立范畴的事物来作比。小说写驹子的头发"像黑色的金属矿一样乌亮发光"，女性头发的意象一般来说应当是柔顺的，而金属矿则是坚硬的，这个比喻在不经意间传递出驹子内在的坚毅和刚强。

《雪国》中对驹子最为特异的比喻要数水蛭了。岛村初次见到驹子，"感到这个女子的倩影是多么袅娜多姿"，接着，有一段岛村目光中的驹子外貌描写：

> 玲珑而悬直的鼻梁虽嫌单薄些，在下方搭配着的小巧的闭上的柔唇却宛如美极了的水蛭环节，光滑而伸缩自如，在默默无言的时候也有一种动的感觉。如果嘴唇起了皱纹，或者色泽不好，就会显得不洁净。她的嘴唇却不是这样，而是滋润光泽的。

水蛭无论被川端描写得多么美丽，毕竟是不洁环境中的生物，驹子在混浊的环境中终于为生活所迫沦落风尘。小说写两人第二次见面时，驹子"到底还是当艺伎了"。水蛭意象的出现已经把这样一丝预感传递给了读者。

川端的比喻往往不动声色地把美、丑两极的事物统一起来。写驹子的肤色由于艺伎的化妆而显得惨白，但"又渗入了山野的色彩"，因而"娇嫩得好像新剥开的百合花或是洋葱头的球根"。这里，百合花的优雅与洋葱头的尘俗完美地叠合在了驹子身上。可以看出，彻底打破日常中美与丑、高雅与低俗的界限，这样的比喻极具川端特色。

第三个方面的艺术特色是《雪国》中声、光、色的诗意表现。

声音描写在上一节分析叶子这个人物时已经有所提及，可以说，叶子就是以"优美得近乎悲戚的声音"而呈现的形象。《雪国》中，自然之声、音乐之声与人物的心理之声有着奇妙的交融。比如，下面这一段从水壶中沸水的声音开始的描写：

> ……冬雪将至，他靠近火盆，听见了客栈主人特地拿出来的京都出产的古老铁壶发出了柔和的水沸声。……水沸声有二重音，听起来一近一远。而比远处水沸声稍远些的地方，仿佛不断响起微弱的小铃声。岛村把耳朵贴近铁壶，听了听那铃声。驹子在铃声不断的远处，踏着同铃声相似的细碎的脚步走了过来。她那双小脚赫然映入岛村的眼帘。岛村吃了一惊，不禁暗自想道：已经到该离开这里的时候了。

同一个铁壶同一时间发出的水沸声在岛村听来却仿佛有两重，这一远一近的两重声音代表着岛村与驹子二人之间的心理距离。这一距离无法弥补，因此当驹子突然出现在岛村面前时，岛村反而意识到自己该走了。

岛村听驹子弹琴时，感到她的琴声有一种摄人心魄的力量，这种震撼的力量来自大自然：

> "这样的日子里连音色都不一样啊！"驹子仰头望了望雪后的晴空，只说了这么一句。的确，那是由于天气不同。要是没有

剧场的墙壁，没有听众，也没有都市尘埃，琴声就会透过冬日澄澈的晨空，畅通无阻地响彻远方积雪的群山。

雪国的琴声具有不同于都市的魅力，因为这里没有都市的喧嚣和尘埃。广袤的雪野之上、澄澈的晴空之下、远方的群山之间，三味线的声音也变得更有穿透力。

《雪国》中大量对声音的独特描写与川端早年的经历是分不开的。祖父几乎全盲，因此对声音极为敏感，这也使朝夕相伴的川端对声音有着超乎常人的感受。当年，川端守候在生命渐渐褪去的祖父床前，拖着困倦不堪的身体给他接尿时，随着祖父痛苦的喊声传入耳鼓的，是尿壶壶底响起的"山谷清泉的流淌声"。这是一个少年在日记中写下的感觉，它已经暗示出日后川端文学的精髓。

所以，川端能够以声音来表现严寒：寒冷的冬夜"仿佛可以听到整个冰封雪冻的地壳深处响起冰裂声"。甚至灯光和火焰也可以用声音呈现。驹子在午夜曲终人散之后走向岛村的房间，灯火在寒峭中闪烁，"好像在啪啪作响，快要崩裂似的"。"啪啪作响"的声音更加突出了午夜的寂静和寒冷，驹子表面上平静如远山的灯火，内心却快要"崩裂"一般。

在最后雪中火灾的场景中，"从高处望下去，……大火宛如一场游戏，无声无息"，但驹子却"听见一种猛烈的火焰声逼将过来"。这里，"无声无息"的世界却发出了"猛烈的火焰声"，火焰有了声音，这强烈对比下的声音充分表现了驹子内心的恐惧——对现实中大火的恐惧，对未来人生的恐惧。

光线描写也是川端文学的一个突出特征，《雪国》中多次借助光来描写叶子的眼神："宛如远处的灯光，冷凄凄的。""她的眼睛同灯火重叠的那一瞬间，就像在夕阳的余晖里飞舞的妖艳而美丽的夜光虫。"小说还借助光来描写驹子的头发："浮现在雪上的女子的头发，也闪烁着紫色的光，更增添了乌亮的色泽。"

川端对光的执着也与几乎双目失明的祖父有关。祖父总是面东而坐，隔一会儿就把脸扭向有阳光的南方，而绝不是北方。这使川端感到寂寥，成年后他在作品中回忆：难道只有向阳才能使盲人感受到一线光明？

《雪国》的风景就是首先在声光中呈现的，岛村走进村子，听到"从屋檐滴落下来的轻轻的滴水声""檐前的小冰柱闪着可爱的亮光"。这里就是雪国。小说最后也是在光影幻化中结束：烈火中，"庭院一个角落里，一排菊花的枯枝，说不清是借着客栈的灯光还是星光，浮现出它的轮廓，令人不禁感到那上面映着火光"。枯菊上的幻影，灯光、星光和火光的交映，都带给人一种不真实的感觉。这段银河与火场相互映衬的场景，不仅在川端文学中，而且在日本文学中也是经典段落。

《雪国》的色彩表现也极具诗意。恰如比喻手法的与众不同，川端描摹色彩也很少采用通常的颜色名词，而是以他自己的独特感觉来表现。如"装饰灯上落着六七只玉蜀黍色的大飞蛾"，濒死的秋虫贴在纱窗上，"伸出了它那像小羽毛似的桧皮色的触角。"前一处"玉蜀黍色"，即玉米色；后一处"桧皮色"，即桧树树皮的颜色。

叶渭渠先生翻译的中译本中，这两处都译为"黄褐色"，但实际上玉米色和桧树皮色还是有微妙差异的。再比如："土坡上围着一道狗尾草的篱笆。狗尾草绽满了桑染色的花朵。"这里的"桑染色"是用桑树的汁液染出的颜色，由于川端的色彩表现过于独特，使翻译者不得不意译为"淡黄色"。

《雪国》中的色彩与人物的喜怒哀乐是相通的，换言之，人物心理与物象色彩水乳交融。岛村看到驹子的房间时，感觉有一种"黑色的寂寞"，原文是"黑い寂しさ"。"寂寞"是一种心理，原本没有色彩可言，但在川端笔下却呈现为"黑色"。

再如前边提到过的驹子肤色中"渗入了山野的色彩"，"山野的色彩"十分微妙，很难说清到底是什么颜色，只可意会不可言传。这实际上是从都市来到雪国的岛村对驹子的心理感觉。《雪国》中充分运用了各种事物来表现不同情境下驹子的肤色，如："月光照在她那艺伎特有的肌肤上，发出贝壳一般的光泽。"她的"肤色恰似在白陶瓷上抹了一层淡淡的胭脂"。

当年，幼小的川端被祖父母封闭在那间低矮的农舍里时，他在黑暗中练就了一双敏锐的眼睛和丰富的想象力。为了逃避小屋中萦绕不散的寂寥和凄凉，他喜欢浸身于大自然，因而，群山的声音、日出的光线、晚霞的色彩，共同培育出了川端特殊的发现和追随美的眼光。他看到玻璃杯中的冰和水，就能觉察到那里折射出的五彩光晕的美；他看到夜间开放的花朵，就能从这深夜未眠的花中体会到"一种哀伤的美"……连他本人也认为，这种美"倘使不留心就发现不了"，"我对这种美感受太深了"。

中国当代作家余华说过："我曾经迷恋于川端康成的描述，那些用纤维连接起来的细部……他叙述的目光无微不至，几乎抵达了事物的每一条纹路……川端康成喜欢用目光和内心的波动去抚摸事物，他很少用手去抚摸。"川端获得歌德奖章的证书上这样写道："法兰克福市参事会以此表彰您以日本式的梦幻般的美，写出了日本文化本质中富于创造性的个性以及日本文化所特有的诗一般的境界。"

这一节，我围绕一个中心分析了三个方面。一个中心就是"纤细韵味的诗意"；三个方面是细腻独特的环境描写、独辟蹊径的比喻手法和声、光、色的诗意表现。希望你能从中品味到川端文学的艺术特色。

## 第四节

## 《雪国》的翻译传播及影视化

　　川端能够获得诺贝尔文学奖，与他作品的海外传播密不可分，特别是英语翻译，在这方面美国学者塞登斯特卡（Edward G.Seidensticker，1921—2007 年）的作用不可低估。塞登斯特卡是哥伦比亚大学的名誉教授，日本文学研究家和翻译家。除川端文学外，他还翻译了谷崎润一郎、三岛由纪夫等众多日本作家的作品，此外，他还用十五年的时间翻译了《源氏物语》。

　　在第一节里我曾经交代过，《雪国》从开始落笔，经历了十三年，到 1947 年 8 月才出版了称为"定稿本"的版本。十年之后的 1957 年有了最早的英文译本。当出版社与塞登斯特卡商量出版川端的哪部作品时，他毫不犹豫地选择了《雪国》，他认为日语小说译成英语，《雪国》无疑会成为最畅销的一本。

　　有趣的是，虽然塞登斯特卡选择了《雪国》，但他又认为《雪国》是不可能翻译的小说。为什么呢？

　　原因之一，是《雪国》中的日语过于微妙，也过于暧昧，而且往往是刻意的暧昧，许多用词都具有两重甚至多重含义；另一个原因，是方言的大量使用；第三个原因，是作品不知道何时、何处结束。塞登斯特卡把川端称作"未完成的名人"，《雪国》就是"未完成"作品的最典型的例子。在他看来，"川端不是小说家而是诗人"，而小说一旦向诗歌靠拢，翻译就难以实现。

最令塞登斯特卡头疼的是开篇第一句。反复推敲之后，他采用了意译的方式，后半句"夜空下一片白茫茫"译为"The earth lay white under the night sky"。英语中的"night"（夜）和"white"（白）的主要元音一样，而发音相似的词撞在一起会破坏英语的听觉美感，塞登斯特卡绞尽脑汁才避免了这两个词连在一起。

《雪国》中十四次出现了"老实"（素直）这个词，塞登斯特卡根据不同的场合译成了不同的英文。此外，"想"（思う）这个日语中最常用、最简单的词，在《雪国》的英译本中也分别以十几个不同的词汇出现。塞登斯特卡说，川端所使用的"想"具有非常微妙的意味，仅仅用一个词来翻译是不够的。

但也有完全忠实于原文的直译，如驹子的嘴唇像"水蛭的环节"就是原样翻译的，虽然有可能引起读者的迷惑，但原文本身的表现就不可思议。当然也有译者本人感到误译了的地方，如前面提到过的独特的"桧皮色"，被译成了"淡绿"（light green），后来塞登斯特卡总觉得还是译成褐色比较贴近原意。为了《雪国》这部作品，塞登斯特卡先后去过三次汤泽，三次都是住在高半旅馆。

说到川端获诺贝尔文学奖，还跟三岛由纪夫有关。川端从 1962 年开始，每年都被列入诺贝尔文学奖的候选人名单。实际上，在此前一年，也就是 1961 年 5 月 27 日，川端曾专门致信三岛，就诺贝尔文学奖候选问题，拜托三岛为他写一封推荐信："还是诺贝尔奖的问题，我想只发一封电报于各方面都不太负责任（尽管希望甚微），因此能否烦请写一封推荐信，极简单的便可，同时冒昧地请你附上其他必要资料并译成英文或法文寄给文学院。"三岛慨然应允。

四年之后，三岛本人也被列入了候选人名单，七年之后，川端以《雪国》等作品实现了诺贝尔文学奖之梦。尽管川端比三岛早三年成为诺贝尔文学奖的候选人，但在川端获奖的 1968 年，三岛的获奖呼声实际上并不亚于川端。

可以说，川端与三岛既是文坛的师友，又是夺奖的对手。对此，川端强调是因为三岛太年轻，这份荣耀才让自己碰上了。当时，川端曾发表感想说："我的成功承蒙日本的传统、翻译和年轻的三岛君的恩惠。"此话并不仅仅是客套和谦虚，塞登斯特卡的翻译和三岛由纪夫精彩的推荐信的确立下了汗马功劳。川端获奖之后，曾经要把奖金的一半赠给塞登斯特卡。当然，后者没有接受。

与《雪国》英文译本问世的同一年，也就是 1957 年，最早的中文译本在台湾地区出版了。此后，在台湾和香港地区又先后出版了近十种不同的中译本。但是《雪国》在中国大陆的译介却很晚，直到 20 世纪 80 年代才实现。

值得注意的是，在 1981 年一年之内，大陆同时出版了两种《雪国》译本：上海译文出版社的《雪国》单行本和山东人民出版社的《雪国·古都》合译本。两种译本不约而同地选择了《雪国》，足以说明这部作品的经典性。中国大陆的川端文学研究乃至日本文学研究，也是在这一时期，才随着改革开放的到来而起步。

20 世纪 70 年代末以来，文学研究界对文学社会功能的单一认识以及对文学阶级性的片面强调开始发生变化，以《雪国》为发端的川端文学研究，也开始从单一走向多元。一部分论者仍然局限于道德评价或阶级划分，把驹子定性为自甘堕落的烟花女子，并据此批判《雪国》意在歌颂腐朽没落，此类观点在 20 世纪 80 年代前期占有相当大的比例。但也有学者摆脱了泛政治化的标准，从艺术层面展开分析，认为驹子身上蕴含着日本的传统美。此后，对《雪国》的研究出现了多元化和批量化的特点。

《雪国》是世界上传播最广的川端文学作品，先后被翻译成了十六种语言，包括世界语、马其顿语等，在世界二十多个国家和地区传播。仅在中国大陆，就先后以单行本、合译本、文集等各种形式出现了近三十种版本。

与《雪国》的文字传播相伴随的，是作品的影视化。

早在 1957 年，日本著名的东宝电影公司就把《雪国》拍成了黑白电影，主演驹子的是当红影星岸惠子，她与川端保持了多年的友谊。川端第一次见到她时就说过："与其说她是女影星，莫如说她是一个有志于当作家的少女。"川端去汤泽观看影片拍摄时，岸惠子诉苦说，她同法国导演桑皮订婚后，遭到周围人们的冷眼，可是桑皮在巴黎的朋友听说订婚的消息，都为他们高兴。

可见在当时的日本，人们的思想还非常保守，难以接受涉外婚姻。川端曾亲自指导过岸惠子写作，还为她写了散文《岸惠子的婚礼》。岸惠子也没有让川端失望，后来真的成为作家活跃于文坛，先后获得过多种文学奖。

众多当地的孩子也参加了拍摄，生平第一次走上了银幕。

岸惠子主演的《雪国》，前半部分几乎严格忠实于小说原著，特别是片首，在一阵轰鸣声中，一列火车穿过长长的隧道驶进雪国。火车头两侧有两块挡雪板，几尺厚的积雪在列车速度的作用下被挡雪板喷射向两边的天空，雪国的氛围瞬间被渲染得十分浓郁。电影着意表现了"晚景之镜"，叶子映在车窗玻璃上的眼睛、窗外移动的黄昏景象、山野的灯火照在叶子的脸上等。

影片虽然拍摄得十分精心，但是实际效果却不尽如人意。远方投来的寒光本该"模模糊糊"地映照在叶子眼睛周围，但影片将灯火处理得过于清晰，形成一个明亮的光点，长时间地凝聚在叶子的眼睛里，失却了朦胧的幻觉般的美感。

电影的后半部分与原作差异逐渐增大。叶子在小说中是个虚幻的形象，但影片中有很多叶子直接出场亮相的场面，甚至还跟驹子发生了正面冲突。两人之间不仅有大大小小的争吵，驹子还对叶子动了手，这样的较量也许是出于吸引观众的需要，但却有违川端的风格。

此外，许多微妙的心理感受在影片中都通过对话明明白白地说了出来，如驹子对岛村说自己根本不爱行男，而小说中她自始至终没有明确表达过这样的意思，小说中所有的感觉都依赖读者自己从字里行间体会。电影里叶子在行男死后对驹子说："他一直爱着你，最后叫的是你的名字，可是你一点儿也不爱他。"火灾发生后，驹子狂奔着寻找叶子，这时岛村对旁边的人说："她说过恨不得让叶子被烧死才好，可是她心里不是这样想的。"影片制作人似乎担心观众的理解力，所以要清晰地交代人物的感情取向。

影片对小说最大的改动在于结局。小说中叶子坠楼的瞬间被川端极尽渲染的文字刻意拉长，成为一个开放性的高潮，留下无穷的余韵。但电影并没有结束于大火，而是给了观众一个有团圆色彩的结局：叶子没有葬身火海，她在大火中毁容，之后在山间过着闭塞的生活，驹子也与她达成了和解。

1965 年，日本另一家著名电影公司松竹公司出品了新的彩色版《雪国》，但松竹公司的彩色版似乎不如东宝公司的黑白版影响深远，如今高半旅馆只存有黑白版影片，投宿的客人可以免费观影。

松竹版《雪国》的开头同样忠实于小说，这大概是因为，《雪国》的开篇是川端经过长年累月的反复斟酌才最终固定下来的，因此把小说搬上银幕的人也很难有勇气做出改动。松竹版影片中，驹子的愈陷愈深、无法自拔和叶子病态的洁白给观众留下了深刻印象。

《雪国》除了这两次拍成电影，还六次被拍成同名电视剧。最早的电视剧在 1961 年就由日本教育电视台（NET，现朝日电视台）放在"周一剧场"播出；紧接着，著名的东京广播公司（TBS）在 1962 年播出了作为"文艺系列"的七集连续剧；随后，日本放送协会（NHK）在 1970 年重新拍摄了电视剧；1973 年、1980 年、1989 年，富士电视台等三家不同的制作方又分别拍摄并播出了不同版本的电视剧。扮演驹子的演员们大都亲自前往汤泽，体验那里的艺伎生活和风物人情。

几十年来，《雪国》还不断地被改编成各种舞台剧乃至广播剧。《雪国》搬上舞台最早的一次是 1937 年，在当时极其繁荣的新桥演舞剧场上演，轰动一时，那时《雪国》"定稿本"还没出版。此后，《雪国》几乎成为新桥演舞剧场的传统节目。20 世纪 70 年代，东京艺术剧场又重新排演了同名舞台剧。NHK 又在 1969 年和 2006 年两次录播了广播剧。日本大牌出版社新潮社 2001 年还出版了《雪国》的朗读版 CD。

《雪国》这部小说不仅对于川端个人，而且对于日本文学史都有着重大的意义。对川端个人来说，这是他对自己以往创作的经验教训进行清理之后完成的阶段性作品，这时他已走过两个极端化时期：一个是 20 世纪初全盘接受西方现代主义的"新感觉派"时期，另一个是执着于东方佛教轮回思想的时期。他认识到，对于西方以及世界其他地区的文学经验，应当按照日本式的爱好来汲取，并将其日本化。

因此，日本自《源氏物语》以来的"物哀""幽玄""空寂"等传统审美理念，同现代西方的自然主义、象征主义、意识流手法以及古老的佛法思想都交织在《雪国》之中。小说中"镜子""透明""洁净""徒劳"以及"优美得近乎悲戚"等许多关键词，都是这二者相互交织的联结点。

如果说《伊豆的舞女》是在吸收西方经验的基础上，突出了日本文学传统色彩，那么《雪国》则是将两者彼此渗透地结合在了一起，传统与现代、东方与西方完美和谐地融为一体。

《雪国》标志着川端所说的"日本式的吸收法"的最终形成，是其文学创作的分水岭，也是他创作生涯中的一座高峰。而对于整个日本文学来说，《雪国》是文学艺术穿过硝烟，愈合战争创痛时期的作品，在承前启后的同时具有开创新境界的意义。

另一方面，《雪国》还标志着川端的文学创作个性的定型。

从《雪国》开始，川端富于个人色彩的创作风格开始为世人所瞩目，他的抒情的笔致、纤细而感性的描摹、丰富的心理刻画、对美与爱的礼赞，以及对人生无常的叹息，贯穿了日后几乎全部的作品。

《雪国》也影响了余华、莫言、贾平凹等当代中国作家。莫言曾说："川端康成《雪国》中的一句话，如同暗夜中的灯塔，照亮了我前进的道路。"贾平凹说，他看到川端康成的文学道路，就坚定了自己"在作品境界上趋西方、在形式上要建立中国做派"的主意。

《雪国》对川端个人以及日本文学史具有重要意义，对中国作家的影响也不容忽视。希望你有机会前往雪国旅行时可以带上这本小说，在山野之间静静地翻看。

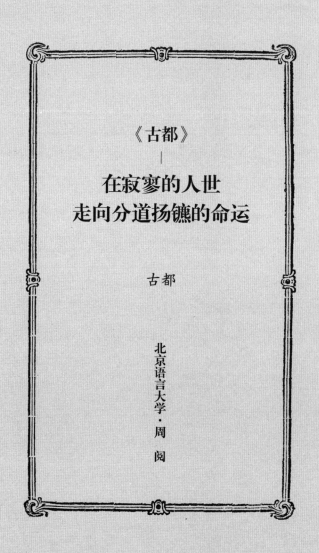

《古都》
—
在寂寥的人世
走向分道扬镳的命运

古都

北京语言大学·周 阅

## 📖 作品介绍

　　《古都》是川端康成创作的中篇小说。小说的主人公千重子童年时期因父母穷苦，遭到遗弃，后来由商人太吉郎夫妇收留。在优越的家境中，千重子却因为怀疑自己的身世，形成了多愁善感的性格。而在日本民间，流传着弃儿会终身不幸的说法，这使得千重子常常陷入苦恼。有一天，千重子在京都郊外的北山偶然遇见了当地的一个贫寒少女，和自己长得非常相像，此人正是她的孪生姐妹苗子。两人姐妹情深，但苗子感到与姐姐的社会地位悬殊，不愿意给姐姐带去任何麻烦。最终，苗子选择了悄然离开，消失在了姐姐的生活中。通过讲述这对孪生姐妹的悲欢离合，小说传达出一种人世的寂寥之感。小说中也处处遍布着对古都的自然景色、名胜古迹、传统节日风俗等的描写，川端借《古都》的创作来追怀故土、找寻传统，流露出作者对日本传统文化在现代化进程中逐渐走向衰落的惋惜与哀叹。

## ✒ 《古都》思维导图

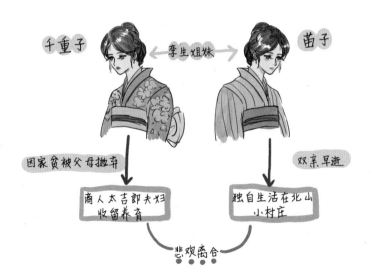

第一节

《古都》中的自然

1968 年，川端康成以《雪国》《古都》《千只鹤》三部代表作获得诺贝尔文学奖。下面，我们来聊聊《古都》这部作品。

《古都》的女主人公千重子和苗子是一对孪生姐妹，小说以这对离散的姐妹为主轴，穿插了复杂的爱情故事。手艺出众的织匠秀男爱上了家境优越的千重子，后来错把妹妹苗子认作了千重子。他自觉与千重子门第悬殊，就转而把苗子作为千重子的化身来追求。

苗子在伐木工人的家庭长大，她不愿离开养育自己的山林进入城市，同时也出于对千重子的尊重，没有应允秀男的求婚。千重子与大批发商的次子真一从小青梅竹马，他们的爱情可谓门当户对，本应顺理成章。然而，真一的哥哥龙助却也爱上了千重子。最后，所有的爱恋都未能如愿，所有的努力都没有结果，小说始终笼罩在一种渗透着淡淡的凄凉的宁静中。

川端曾说，自己在小说家中是喜欢写景的。他的许多作品中都有大量的景物描写，《古都》就是一个典型。

但川端并不是简单地为写景而写景，也不是单纯地为写人而写景，而是人物寄托于自然，自然包容着人物，人与自然微妙地呼应，和谐地交织，融为一体，真正达到了王国维在《人间词话》中所说的，"有我之境，以我观物，故物皆著我之色彩"的境界。

《古都》一开篇，紫花地丁就与女主人公千重子同时出现在读者面前："千重子发现老枫树干上的紫花地丁开了花"，她也随着紫花地丁的开放"感受到了春光的明媚"。这里，朴素的措辞不动声色地传递出了妙龄姑娘春心萌动的感觉。而且人与自然——即千重子与紫花地丁是并置的、相生的，就连他们的感觉也是相通的。

川端顺着千重子的目光，由紫花地丁写到了庭院中雕有基督像的灯笼。"在紫花地丁的下面、枫树的根旁，竖立着一个古色古香的灯笼。……千重子把凝望着树上的紫花地丁的目光移到下方，直勾勾地盯着基督像。"她感到基督像上的紫花地丁"很像玛利亚的心"，而雕像没有怀抱婴儿，这使千重子的思绪飘回到自己的身世，猜疑自己是个被遗弃的孩子。

接着，小说的笔墨又循着千重子的联想，转向了饲养在壶里的金钟儿："她又把视线从灯笼移到紫花地丁上——忽然想起了饲养在古丹波壶里的金钟儿。"它们生活在逼仄幽暗的壶里，在这里度过短暂的一生。"千重子把春风吹乱了的头发，撩在一只耳朵边上，面向着紫花地丁和金钟儿寻思对比。'那么，自己呢？……'"无论是紫花地丁，还是金钟儿，都不得不寄生在狭小的空间，这是对主人公生存状态的影射，也是对作品主题的象征——人生何尝不是这样。

人物目光的游移串联着一个又一个联想，景物的变化翻动着内心一篇又一篇幻象，共同拉开了主人公心路历程的序幕，同时给读者留下了巨大的悬念——千重子的身世一定不同寻常。

紫花地丁共有两株，在老枫树长满青苔的树干下方有两个小洞，紫花地丁就分别寄生在那里。上下两株相距约一尺，一到春天就悄然开放。千重子为紫花地丁的生命所打动，涌起无限孤寂的感伤情绪。这里，人物的感情与自然息息相通，自然的演变暗示着人物的命运。紫花地丁的寄生生涯便是这两姊妹的生活写照。

千重子的脑海里经常浮起缥缈的思绪："上边和下边的紫花地丁彼此会不会相见呢？会不会相识呢？"这实际是在追问她自己的身世。上下两株紫花地丁有着同样的花朵、相似的个性，却在不同的地方各自生长，这正是血脉相连却互不相知、近在咫尺却不能相聚的千重子和苗子的象征。

几乎没有人注意到这威武高大、长着老树瘤的粗干上还开着小小的紫花地丁，但是，蝴蝶却认识它们。当千重子发现紫花地丁开花时，成群的小白蝴蝶也低低地飞过来，在上面翩翩起舞。人世间的知性所不能了解的，自然界的生灵却能够感知。紫花地丁勾起千重子的惆怅，这暗示着她是一个弃儿。而紫花地丁的优雅纤巧以及有老树作为坚实的依靠，又暗合了千重子被富有家庭收养并被待若千金的人生际遇。

小说中一共四次集中地描写紫花地丁这一意象，从春季的开花、初夏的凋谢，到秋季的枯黄，而这对姐妹也经历了春、夏的几次欢聚，迎来了深秋的悲离。她们的人生轨迹无声无息地渗透在紫花地丁的生命之中。紫花地丁因此成为人物精神的依托、心灵的表象。

《古都》中除了紫花地丁，川端倾注笔墨和心血最多的另一个景物是什么呢？

那就是北山的杉树林。在清泷川岸边陡峭的山上，有一大片笔直参天的杉树——这里就是《古都》展开情节的主要舞台。从客观事实来看，杉林是吞噬了这对孪生姐妹生父的地方。应该说，这里是不幸命运的源头。但是，小说中的杉林却宁静葱翠、优美挺拔。

而且，为了突出杉林的美，川端还特意引用了日本小说家大佛次郎的名作《京都之恋》中的一段描写："北山的杉林层层叠叠，漫空茏葱，宛如云层一般。山上还有一行行赤杉，它的树干纤细，线条清晰，整座山林像一个乐章，送来了悠长的林声……"读者从字里行间丝毫感觉不到任何怨愤、伤痛和阴霾，相反，却能够体会到主人公对杉林的真挚情感。作品中的千重子始终为那片亭亭玉立的杉林所吸引，拂之不去，以至于她梦见自己掉进了郁绿的深渊。

祇园节的时候，千重子在典礼的伴奏和节日的喧闹中，感到山峦的音乐和森林的歌声具有渗透她心灵的力量，小说描写"她仿佛穿过北山浓重的彩虹，倾听那音乐和歌声"。这是借助自然的声音对姐妹二人在祇园节的突然邂逅进行铺垫。

杉树被赋予了人性的美，千重子常想："要是人们的心也都那样，该多好啊。"挺拔的杉树就是呼吸着山林空气长大的孪生妹妹苗子的化身。她周身散发着泥土的馥郁和草木的馨香，有着杉树般正直、坚毅的性格和健壮的身体。虽然父亲的生命就消失在这片山林间，但这反而使苗子觉得自己"说不定是被父亲的灵魂召唤"，才如此深刻地爱恋这片山水。而苗子内心深处对失散的姐姐的呼唤，也使千重子产生了对北山杉林难以割舍的眷恋。

作品中北山杉林是先于苗子出现的，它成为千重子内心的一种憧憬，冥冥之中吸引着千重子身不由己地去欣赏它。小说在经过对北山杉林的一番铺陈之后，才引出了苗子。最后，生活在杉林间的苗子的身世才逐渐明朗起来。

景色风物的自然转换、人物对环境的感觉变化以及人物自身的感情起伏和心理流程，犹如交响乐中的和弦，有着相同的韵律和节拍。杉林维系着姐妹二人的命运，凝聚着她们的喜怒哀乐，也推动了小说情节的发展。

同紫花地丁一样，小说中一共四次描写北山杉林，这片杉林已成为《古都》的标志。

川端为了描写杉林，曾亲自去了北山三次，在那儿静静地体会杉林的风韵。《古都》原著的卷首画就是北山杉林图，是由著名画家东山魁夷创作的。川端在完成《古都》的创作之后，就住进了医院。当时，东山魁夷亲自把这幅画送到川端床前，川端说他"每日在病室里凝望着这幅画。随着临近的春光日益明媚，画中杉树的绿色也渐渐明亮起来了"。

北山杉林不仅是苗子生活的自然环境，也是姊妹二人幸福欢聚、倾吐衷肠的场所。杉林包容着姐妹之间无法被命运阻隔的手足之情，以及她们对生身父母的深切思念。千重子由于亲生父母生活穷困而被遗弃，由商人夫妇收养。但孪生妹妹苗子也没能在父母的呵护下成长，由于自幼父母双亡，她不得不独自在杉林间辛苦谋生。

小说中北山杉林骤雨突降的场景，不仅是《古都》的精彩片段，也作为川端文学富于抒情性的经典段落被广为传颂。千重子去北山找苗子，被震耳欲聋的雷声吓得脸色煞白，二人在杉林中避雨，苗子让她把身子蜷缩起来，自己趴在千重子身上，几乎把千重子的整个身体都覆盖住了。雨水积在杉树末梢的叶子上，变成大滴的珠子落下来，淋湿了苗子的衣服。

但苗子的体温仍然在千重子的身上扩散开去，而且深深地渗透到她的心底，使她感到一股不可名状的至亲的温暖。两人相拥在一起，沉醉在骨肉亲情的欣喜之中。作品在此完美达成了自然与人情的和谐统一，形成了全书的一个艺术高潮。

如果说紫花地丁是与千重子并置的自然意象，那么北山杉林则是与苗子并置的，两两相对、互为表里。这样，在姐妹俩不同的生存环境中就分别有各自的自然风物成为她们的化身。无论是紫花地丁，还是北山杉林，都超脱了客观的物质外壳，附上了人类的灵魂，因而形神兼备，难分物我。

通过上面的分析，我们可以看到，在川端的文学世界里，主人公与自然环境并不表现为主体与客体的对立或支配关系，而是平等合一，共同构成了一个整体，自然即人，人即自然。

一方面，川端在行文时从不把人的思想感情生硬地灌注于自然，避免了使自然仅仅沦为表达的手段和工具。他笔下的人物与风景总是不着痕迹地、天衣无缝地重合在一起，同呼吸共命运。另一方面，川端在创作中几乎没有描写过人与自然的抗争。无论客观环境多么恶劣，人物的主观感情都是对自然充满眷恋的，传达给读者的氛围也都是优美的。

川端在其诺贝尔文学奖的获奖演说中，谈到自然的恩赐正是他创作中美的源泉，他说："当自己看到雪的美，看到月的美，也就是四季时节的美而有所醒悟时，当自己由于那种美而获得幸福时，就会热切地想念自己的知心朋友……这就是说，由于美的感动，强烈地诱发出对人的怀念之情。"

川端对自然的感受与理解有一点非常值得注意，那就是充满了敏锐的季节感。《古都》中很多章节的题目就是四季流转的自然物象，比如"春花""秋色""深秋的姐妹""冬天的花"。这种手法在川端文学中十分普遍，如川端晚年的作品《山音》的小标题"冬樱""春钟""秋鱼"，《日兮月兮》的"秋风吹聚""春天的梦"，等等。

川端以他对季节纤细入微的感悟，把人物情感的起伏冷暖融入四季变迁之中，超越了一般意义的触景生情和寓景于情，使人情美与自然美共同升华为艺术美。《古都》全篇共有九章，覆盖了一年中四季的变迁："春花""尼姑庵与格子门""和服街"是春天；"北山杉""祇园节"是夏天；"秋色""松林的翠绿""深秋的姐妹"是秋季；从"深秋的姐妹"的结尾部分到"冬天的花"是冬季。紫花地丁的枯荣就是以四季流转为依托的。

小说的画卷从春光初绽的季节展开，女子伤春，千重子看到"春花"而涌起无限的感伤。整个春天，她都在为自己是个弃儿而伤怀。进入初夏，姐妹俩擦肩而过。当局者迷，旁观者清，千重子和苗子彼此都没有发现对方，只有千重子的好友注意到了两人的酷似。这时，千重子内心也波澜渐起，表面的平静之下荡漾着亲情的微澜。

盛夏是火热的季节，也是激情迸发的季节，姐妹二人终于相见并相认。到了暑热未消、秋色暂露的时节，感情的余波依然浓烈。但随着初秋隐约的凉意静静袭来，姐妹俩对离别的愁绪已经依稀可感。当细雪纷纷飘落时，杉树的叶子不知不觉间披上了一层白色。小说展开了最后一个画面，那是冬季寒冷的清晨，千重子抓住红格子门，目送苗子远去的背影。"苗子始终没有回头。在千重子的前发上飘落了少许细雪，很快就消融了。整个市街也还在沉睡着。"小说就这样在静谧中结束。

自然的美是无限的，人类能够感受到的美却是有限的，至少人的一生中感受到的美是有限的，因为人感受美的能力和人的生命都是有限的。川端曾经慨叹文学家对自然美的忽略："人感受美的能力，既不是与时代同步前进，也不是伴随年龄而增长。""今天的小说家如同今天的歌人一样，一般都不怎么认真观察自然。……我们仔细观赏画中花，却不怎么留心欣赏真的花。"自然界被人们视而不见的美，在川端看来却"格外引人注目"。川端认为："美是邂逅所得。是亲近所得。这是需要反复陶冶的。"在他眼中，深夜未眠的花朵、寂寞黄昏的天色、被水濡湿的陶瓷、花瓣上的水珠、一片落下的枯叶，都是苏醒的美，都有日本的色彩。他认为，像这样的与美的邂逅，就是文学，就是人生。

　　这节的核心内容是《古都》中的自然。我主要讲了三个知识点：一是紫花地丁；一是北山杉林；另一个是季节感。希望通过这三点，你能感受到川端康成自然描写的特点，以及川端文学抒情性的由来。同时，也希望你在今后的人生中，能够多一些与美的邂逅。

## 第二节
## 《古都》中的节日

　　小说的名字"古都"是指日本京都，英语为 Kyoto，位于日本西部，属于日本三大都市圈之一的大阪都市圈。京都有"千年古都"之称，为什么呢？因为从 794 年桓武天皇迁都平安京——也就是现在的京都，到 1868 年明治维新定都东京，京都近一千一百年一直都是日本的首都。京都也是文学之都，日本历史上最早的长篇小说《源氏物语》的舞台就在京都。当代作家村上春树是京都人，他的代表作《挪威的森林》的故事舞台也设定在京都。

　　京都位于盆地，东北高、西南低，所以夏天闷热异常，冬天却潮湿寒冷。之所以是东北高的盆地，是因为从东边经过北边直到西边，有五座山连绵围绕着京都市。在这五座山上，都面向市区整理出一片空地，空地中竖立着一些特别的桩子，这些桩子其实是排列成文字或图案的火把，每年 8 月 16 日晚上八点开始，会按照从东到西的顺序依次点燃，这就是京都的"五山送火节"。

　　燃烧起来的火把，依次构成了："大"字、"妙"字、"法"字、"船形"图案、左侧"大"字和"鸟居形"图案。其中"妙"字和"法"字在同一座山上，合为"妙法"。每座山相隔五分钟点火，点燃之后大约持续燃烧半小时。用现代航拍技术从夜空中俯瞰六个燃烧的文字和图形，蔚为壮观！

　　《古都》一开头，千重子和真一就一起眺望过大文字山，后边又详细地描写了"五山送火"：

> 八月十六日的"大"字，就是送神的篝火。传说从前有这样
> 的风俗：夜里将火把抛上空中，以送别到空中游荡的鬼魂回阴府，
> 后来由此而演变成在山上焚火。
> 东山如意岳的"大"字虽是正统，其实是在五座山上焚的火。
> 除了如意岳"大"字外，还有金阁寺附近大北山的左"大"
> 字、松崎山的"妙·法"、西贺茂明见山的"船形"、上嵯峨山的
> "鸟居形"，这五座山相继焚起火来。在约莫四十分钟的焚火时间
> 里，市内的霓虹灯、广告灯都一齐熄灭。

每当临近"五山送火节"时，京都市就会图文并茂地通知大家观看的
时间、最佳地点和交通路线。能够看到"五山送火"的宾馆房间也应时涨
价，特别是"大文字"的观景房提前一年就开始预订，预订申请截止到前
一年的年底，即使这样也会因为预定人数过多而需要抽签决定是否能够入
住。而且一旦中签，4 月之前就必须付清全款。由此可见京都传统节庆的
火爆程度。

2016 年 8 月 16 日晚上，我和朋友为了看"大文字"，早早地赶到鸭
川岸边的观赏点，在人群的缝隙中找到一个位置占据下来。但还没到点火
时间就突降暴雨，我们虽然带了雨具，依然被淋得全身湿透。在返回住处
的地铁里，全是如落汤鸡一般的市民。据京都府警方统计，当天约有 3 万
人冒着大雨前去观看。虽然绝大多数人都没有看到期待的景观，但人们的
脸上都没有抱怨的神色，这给我留下了很深的印象。

《古都》描写了京都的很多节日，日语中把传统的节日庆祝活动称为"まつり"，日文汉字写成"祭"。这里我还是按照中国的习惯称"节"。小说中出现的时代节、祇园节、葵节，是京都最隆重的三大传统祭典。

小说第一部分《春花》在开篇不久就写到了时代节：

> 平安神宫的"时代节"也是有名的。这座神宫是为了纪念距今一千多年以前在京都建都的桓武天皇，于明治二十八年（1895年）营造的。神殿的历史不算太长。不过，据说神门和外殿，是仿当年平安京的应天门和太极殿建造的。它右有橘木，左有樱树。

这里描写的平安神宫，至今都是京都旅游必去的一个名胜古迹。我曾经在 2001 年和 2016 年两次去过平安神宫，那里的建筑带有明显的中国唐代的风格。在追求精致小巧的日本，平安神宫让我感觉到格外的大气磅礴。神宫入口处矗立着朱红色的巨大牌坊式建筑，高 24.4 米、宽 33 米，日语称为"大鸟居"。日本的神社入口处都有这种"鸟居"。穿过"大鸟居"就可以看见本文引文中所说的"神门和外殿"，小说中介绍："很多人就在此地举行神前婚礼。"这应该是川端安排千重子和真一在这里相约赏花的原因。

从平安神宫落成的 1895 年开始，每年 10 月 22 日都举办时代节活动。小说描写："由于这是庆祝京都建都的节日，所以尽量把千年来都城风俗习惯的变迁在仪仗队中表现出来。而且为了显示各朝代的不同服饰，还要推出为人们所熟悉的各朝代的人物来。"这完全是纪实性的内容。

10 月 22 日那天，约有两千人身穿从平安时代到明治维新这一千一百多年间的不同服装行走四五公里的路程，还有当地人扮演的著名历史人物坐在高大的木制车上，比如《源氏物语》的作者紫式部，著名公卿和武将织田信长、丰臣秀吉等。从扮演名人的京都市民脸上，可以看到对历史的敬畏和对庆典的仪式感，连小孩子都能专心、敬业地走完全程。

时代节使用的物品都是根据历史记载进行复制的，尽可能地使用相同的材料加工制作，目的就是再现历史，因此人们也将时代节的仪仗队称为"行走的博物馆"。仪仗队的行进路线都是事先规定好的，连几点钟会到达哪个位置都计算得十分精确，游客可以根据自己的情况提前到马路两边等候观看，在长达两公里的队列中一览京都的千年风情，恰如小说中所写"这活像京都风俗画卷的仪仗队，相当的长"。

祇园节也是"京都三大祭"之一，《古都》第五部分的标题就是"祇园节"。

> 远方来看热闹的游客，也许以为祇园节只有七月十七日这天才有彩车游行，所以尽量赶在十六日晚以前来到宵山。
> 其实祇园节的典礼是在整个七月份举行，中间不间断。

这些关于祇园节的描写也都是真实的。每年 7 月持续整整一个月都是著名的祇园节盛会。祇园节起源于 9 世纪末，已经有一千二百年的历史了，由京都的八坂神社举办，因为以前八坂神社叫作"祇园神社"，节日庆典也因此得名。当时作为日本中心的京都正流行瘟疫，为了祈求消除瘟疫，居民们把神社内的神像搬出来，在京都的中心街道巡行，从而开始了祇园节。

祇园节最核心、最盛大的活动就是 7 月 17 日举行的"山鉾巡行"，这是整个活动的高潮。"山鉾"是神灵乘坐的彩车的总称，"山车"是普通彩车，"鉾车"是在山车之上建有小屋子的彩车。彩车的数量是固定的：9座鉾车和23座山车，一共32座。鉾车巨大无比，高达25米，最重可达12吨，巡游时前边有人拽，两侧有人扛，后边有人推，大概需要四五十人。组装鉾车的时候，只使用绳索而完全不使用钉子，所以无论怎样拉拽，巨大的山鉾也不会垮塌。

我在2016年的7月17日这天，看到了鉾车转弯，堪称高潮中的高潮。由于鉾车的轮子无法转向，鉾车在街角拐弯时完全依靠人力拉拽来转动90度，需要四个人进行指挥，保证大家同时、同方向用力，还需要有人在轮子下边垫竹筒以减少摩擦。转弯的瞬间确实非常震撼，我耳边响起了游客们的惊呼和掌声。

《古都》这样描写："每年由童男童女乘坐的彩车，都走在游行队伍的前头。至于其他彩车的顺序，则于七月二日或三日由市长举行仪式抽签决定。"其中最前列的彩车叫"长刀鉾"，因为它的顶部装有一把长刀，笔直地刺向天空，据说装饰了长刀疫病就可以治愈。有趣的是，这架领头的"长刀鉾"彩车上一定要有一个男孩，日语写作"稚儿"，相当于"童男"的意思，这个童男作为神的使者要完成各种规定动作。

《古都》中真一小时候就曾扮作童男乘坐在长刀鉾彩车上，小说写道，真一"画眉毛，涂口红，化妆打扮成王朝的装束，乘上了祇园节的山车，这是真一的童男形象——当然，那个时候，千重子也是个小孩子"。真一的哥哥龙助如今还时常揶揄真一，管他叫"童男"，这让成年的真一非常不爽。但千重子的脑海里总是反复地浮现真一的童男形象，她觉得："或许是在真一身上至今还保留着当年那股子'童男'般可爱而温存的性格吧。"

所以，祇园节需要有很多孩子参与。小说描写："童男童女要吃'特别灶'。就是说，他们吃的东西，要用与家人不同的炉灶来烧，以表示洁净的意思。……总之，繁文缛节，童男童女不是游行一天就能完事。"这些内容都真实而详细地再现了祇园节的传统习俗。

彩车都被装饰得豪华绚丽，包括各种考究的织物和雕刻，这些装饰大多都有古老的渊源。前面说过，时代节被称为"行走的博物馆"，而祇园节则有"活动的美术馆"之称。但是，大家可能都想不到，这些倾注了大量心血、耗费了大量财力的山鉾彩车，在祇园节活动结束后，会立刻毁掉。这是为什么呢？这与祇园节的来历有关，因为彩车在整个城市巡游的过程中，汇集了各种恶疾，所以必须通过销毁来除疾避祸。

"京都三大祭"中最早的一个是葵节，这个"早"包含双重意思：首先是葵节在一年的三大祭中时间最早，是初夏的 5 月 15 日。其次是葵节在"京都三大祭"中历史最悠久，距今已有约一千四百年，虽然也曾经中断过，但葵节的传统依然保留得很好。《古都》中是这样描写的：

> 打昭和三十一年起，就让斋王加入了葵节的敕使队伍。这是古时候的一种仪式，相传斋王在隐居斋院之前，要在加茂川把身体洗净。由坐在轿子上、身穿便礼服的女官领先，女嬬和童女等随后，乐师奏着雅乐，斋王则穿一身十二单衣坐在牛车上，游行过去。

你可能觉得有些难懂，如果不太了解京都的历史风物，这段描写确实信息量比较大。葵节以前叫"贺茂节"，是京都下鸭神社和上贺茂神社的祭礼。到江户时代开始使用一种叫"二叶葵"的植物的叶子来做装饰，才改称"葵节"。为什么要用葵叶来做装饰呢？因为这种葵叶是下鸭神社和上贺茂神社代表神灵的纹样。

跟祇园节有点类似，葵节的各种活动实际上从5月初就开始了，不过5月15日这天有最盛大的"路头之仪"巡行，意思是马路上的仪式。五百余人穿着平安时代的服装，装扮成王朝的文武百官，此外还有三十六匹马、四头牛、两辆牛车和一顶轿子，整个队伍要行走八公里的路程。

前边引文中的"斋王"是葵节的主角。古代日本在天皇即位时，要选未婚的公主侍奉伊势神宫和贺茂神社，这个被选出来的人就是斋王。葵节中扮演斋王的，一般都是居住在京都市内的未婚女性，通常是从大学在校女生中选出。

引文中斋王"穿一身十二单衣坐在牛车上"，这里的"十二单衣"是古代宫廷的正装，就是把十二件正式的、华丽的和服一件套一件地穿在身上，所以加起来衣服的重量就有三十公斤左右。小说写"由于这身装束，加上斋王是由女大学生一般年龄的人装扮，所以看上去更加风雅华丽"，"千重子的同学中，有个姑娘被选上扮斋王"。

以斋王为主角的女子队列，往往成为整个巡行队伍中最引人注目的。实际上，这个女子队列在镰仓时代曾经消失，1956年，为了把节日活动推向高潮才复兴起来的。被称为"御所车"的牛车也是看点之一，这是天皇的敕使乘坐的车，用象征王朝的紫藤花装饰，牛车行进时，一片淡紫的色彩在车篷周围摇曳，荡漾出一种古雅的风情。

如果说时代节是"行走的博物馆"，祇园节是"活动的美术馆"，那么葵节就是"平安时代的王朝绘卷"，通过华丽的王朝服饰和物品，展现了日本传统的美意识。平安时代是贵族的时代，所以葵节也被看作贵族的庆典。

可以说，《古都》的情节都是在京都这些古老节日中演绎的，恰如小说中所写"在古神社、古寺院甚多的京都，可以说几乎每天都要举行大大小小的节日"。小说故事的展开也以京都的名胜古迹为背景，人物形象更是在京都的传统习俗中呈现出来的，同时，古都的风貌也穿透淡淡的故事和朦胧的人物，富于感性地呈现出来。

整部作品仿佛是一幅幅古都的风物画卷，读者的阅读过程就是通过文字游历古都的过程，掩卷之时，节日的盛况、古朴的街道、典雅的服饰、精致的手工艺品等，代表日本传统文化的意象与景色都历历在目。

这节的核心是《古都》中的传统节日。在简单介绍古都京都的同时，主要讲了三个知识点：一是 10 月的时代节；二是 7 月的祇园节；三是 5 月的葵节。希望读者可以通过小说对这三个节日的描写，感受到川端康成对古老传统的执着。如果你有机会去京都旅游，希望能有机会参加这些节日活动。那时候你就不是盲目地看热闹，而是带着对古都历史文化的了解，亲身体验，亲自欣赏了。

## 第三节
## 《古都》里的中国文化

《古都》这部作品，与中国文化有着密切的关系。尤其是一些看似日本本土的"传统"，实际上却源自中国。在这里，我就讲讲《古都》中蕴含在日本传统里的中国文化因素，最后顺便谈谈川端创作《古都》时的特殊状态。

古都就是京都，即平安时代的首都平安京，这座城市本身就与中国有着很深的联系。首先是定都京都的选择。其实在定都平安京之前日本曾经几次迁都，先是平城京（也就是今天的奈良），然后是长冈京，但迁都之后总是天灾频发——日本是个岛国，火山、地震、台风、海啸屡有发生，英语中的"海啸"这个词就来源于日语"つなみ"。人们认为灾害是风水问题，所以根据中国的风水思想重新选择了京都，从此都城历经千年而不变。

在日语中有两个词：一个是上京（じょうきょう），一个是上洛（じょうらく）。"上京"指外地人去东京，而"上洛"则指外地人去京都。"上京"很容易理解，可是去京都为什么会说"上洛"呢？这就涉及京都这个城市的建设，整座城市是严格按照规划建设的，以朱雀大路为中心，分为东西两个对称的部分，西边称"右京"，又称"长安"；东边称"左京"，又称"洛阳"。从命名就可以清晰地看出中国隋唐时期的痕迹。

但是，既然京都分为"长安"和"洛阳"两个部分，为什么去京都不说"上长"而说"上洛"呢？这又涉及京都地理。京都是东北高、西南低的盆地，西边的右京，也就是长安地势低洼，沼泽和湿地星罗棋布，既不利于城市建设，也不方便人们居住，久而久之就衰败寥落了。而东边地势较高，气候也相对干爽，京都的人口和建筑就逐渐集中在东边的左京洛阳了。后来，左京洛阳日益繁荣，又先后建造了很多寺院和离宫，人们就干脆把京都称为"洛阳"或"洛城""京洛"，简称为"洛"，去京都自然就称为"上洛"了。

接下来谈谈《古都》中千重子暗自比况赫映姬[1]的细节。先看小说里赫映姬出现的相关段落。千重子和父母一起吃晚饭的时候，哀伤地说："我顶多就像生长在枫树干小洞里的紫花地丁。"在第一节中我分析过，紫花地丁的意象暗含着千重子的身世，所以想到紫花地丁的千重子突然问："妈妈，真的，我是在什么地方生的？"父亲太吉郎在与母亲相视一愣之后，断然地说："在祇园的樱花树下呀！"小说接下来是一段千重子的内心独白：

> 什么晚上在祇园樱花树下生的，这不是有点像《竹取物语》这个民间故事了吗？据说赫映姬就是从竹节之间生出来的。
>
> ⋯⋯⋯⋯⋯⋯
>
> 千重子心想：要是真在樱花树下生的，也许会像赫映姬那样，有人从月宫里下来迎我回去呢。⋯⋯

赫映姬是《竹取物语》的主人公，也称辉夜姬。《竹取物语》创作

---

[1] 日本古老的物语文学作品《竹取物语》中的人物，也译作辉夜姬。

于 10 世纪初，是日本第一部"物语体"小说，是日本古代小说形成的代表，同时也是日本第一部以假名书写的文学作品。《竹取物语》讲述一位伐竹老翁在伐竹时，看到一棵竹子熠熠生光，走近一看，发现竹筒里面有一位美丽可爱的姑娘，身长三寸。老翁将她带回家，取名赫映姬。后来，赫映姬成长为亭亭玉立的少女，许多男子前来求婚，赫映姬为拒绝他们，提出让他们去寻找根本无法求得的五种珍宝。最终，赫映姬在八月十五升天而去。

《古都》中千重子的心理活动，显示出她渴望一个区别于人间的神仙世界，渴望现世的失落能够在那里得到补偿。她对月宫的期待和幻想，其实正是中国道家文化为人们构筑的忘却烦恼、获取快乐的仙境。

《竹取物语》是川端自少年时代就非常喜爱的古典小说。值得注意的是，川端从一开始就对《竹取物语》故事中的中国文化渊源有着清晰的了解，甚至还曾努力澄清这一事实。早在大学毕业的时候，他就在毕业论文《日本小说史小论》中明确提出，《竹取物语》的作者作为小说家的想象力和创造才能，并不像日本的国学家们所认为的那么出色，他说："《万叶集》的竹取翁故事，是以《宝楼阁经》（佛教经典）以及《汉书·西南夷传》等为基础的，不仅如此，从赫映姬看见月亮而啜泣的情节开始，到五种珍宝以及其他构想，都太多地承受了汉文学和佛书的恩惠。"

据此，川端进一步指出："被认为是作者的美丽想象的，其实是作者的学识。"对于历来被奉为日本文学瑰宝的《竹取物语》，年轻的川端却直言它与中国古代文学的差距。大家可以想见，如果没有对"汉文学和佛书"，没有对中国文化的足够知识，是不可能有底气去质疑权威学者的论断的。可见，川端对中国文化在日本古典文学发展过程中所产生的影响，是有明确认识的。

实际上，川端在大学毕业前后，曾经参加过《中国文学大观》第八卷《唐代小说》的现代日语翻译，这也成为他了解中国古代文学的一个重要途径。川端一生的文学创作，都在借鉴中国文学的想象和吸取中国文化的要素。川端文学与中国的禅宗思想、宋元美术、围棋精神、道家文化等诸多方面，都有着内在的联系。因此，在《古都》中，也处处表现出中日古代文化的密切关联，比如小说对曲水宴的描写：

> 近年来又恢复了在岚山河流上泛龙舟的迦陵频伽，和在上贺茂神社院内小河上举行的曲水宴等仪式。这些都是当年王朝贵族的高雅游乐。
>
> 曲水宴，就是身穿古装的人坐在河岸边上，让酒杯从小河上漂过来，在这工夫，或写诗作画，或写别的什么，待漂到自己跟前时，拿起酒杯，把酒一饮而尽，然后又让酒杯漂到下一个地方去。……

这里的"曲水宴"就是中国的"曲水流觞"。所谓曲水流觞，是中国古代的民间习俗，后来发展成为文人墨客诗酒唱和的雅趣。王羲之举世闻名的《兰亭集序》就记述了这一雅事，其中写道："此地有崇山峻岭，茂林修竹，又有清流激湍，映带左右，引以为流觞曲水，列坐其次，虽无丝竹管弦之盛，一觞一咏，亦足以畅叙幽情。"

再比如第二节说到的"五山送火节"，其实也与中国文化相关。京都五山送火的时间是每年 8 月 16 日，这是日本盂兰盆节的最后一天，日语中盂兰盆节叫作"おぼん"，写成汉字是"御盆"。而日本的"おぼん"，恰是源于中国古代的"盂兰盆节"。

中国的盂兰盆节是农历七月十五，日本明治维新之后改用阳历，所以就定在了 8 月。现在一般在阳历的 8 月 13 日前后迎接祖先的灵魂，和家人一起共度几天，8 月 16 日以送魂火的方式再把祖先的灵魂送走，京都的"五山送火节"正是这种仪式。第一个"大"字是送火的顶峰，横着的第一笔画有 73 米，第二笔 146 米，第三笔 124 米。整个"大"字篝火一共有 75 个火桩，在晚上 8 点同时点燃。

中国现在已经几乎没有盂兰盆节的活动了，反倒是在日本，盂兰盆节成为仅次于元旦的最重要的节日。因此，很多国人甚至以为盂兰盆节是日本的节日。日本人一般每年有两次归乡省亲的长假，一个是相当于中国春节的元旦，另一个就是盂兰盆节。节日前后往往出现高速路大拥堵，而节日期间，大城市往往变得空旷冷清。

"盂兰盆"是梵语，意思是"解倒悬之苦"。《佛说盂兰盆经》里讲述了目犍连得佛祖指点，把他的亡母从饿鬼道中的倒悬之苦解救出来的故事。因此盂兰盆节也有助父母脱离苦海、报答养育之恩的含义，所以《古都》中千重子会在盂兰盆节"增添了新的哀伤。因为她在祇园节上遇见了苗子，从苗子那里听说亲生父母早已与世长辞"。在苗子还是婴儿的时候母亲就去世了，父亲也在一次伐木工作中坠亡。同胞姐姐千重子在盂兰盆节这样的日子想到这些，自然会更添伤感。

我以几个具体例子分析了《古都》与中国文化存在的内在关联，你可能已经发现，这些联系都是在中日两国自古以来源远流长的历史发展中形成的，中国文化的要素已经深深地渗透进了日本传统中，成为日本文化的组成部分。就像盂兰盆节的习俗已经完全嵌入了日本人的生活一样。

实际上，从《古都》与中国文化的内在关联，可以探析川端创作这部

小说的目的和诉求。那么，川端为什么要创作《古都》，为什么要把背景
设定在京都？

其实他本人早已给出了答案。《古都》是 1961 年 10 月至 1962 年 1 月
在《朝日新闻》上连载的，在执笔时川端就明确表示："想写一篇小说，
借以探访日本的故乡。"后来川端又在随笔中强调了这一想法："京都是日
本的故乡，也是我的故乡。"可见，川端就是要借《古都》的创作来追怀
故土、找寻传统。

为什么我用"追怀"和"找寻"这两个词？因为川端看到了战争对传
统的破坏，看到了现代文明对传统习俗的淹没，他在《古都》中也隐晦地
表达了内心的忧虑。比如，在介绍祇园节童男童女应该遵守的各种规矩时，
他不无哀伤地写道："但是，如今这些规矩都省略了。"

1945 年 8 月，日本宣布无条件投降，战争终于结束了，此时川端下
决心：要为复活"行将灭绝的日本的美"而在日本这块土地上坚强地活下
去。他在作家岛木健作的葬礼上说：

> 我将独自回到那古老而破碎的山河中去。作为一个同已经结
> 束的时代一起回归的人，我只会将歌咏日本的山川作为我今后创
> 作的信条。别的，我也许一行字都不会写了。

1949 年，川端年满五十。在"知天命"的年龄，他怀着复杂的心情
为自己的文学生涯画了一道分界线，他说："以战后为界，我的脚从这里
离开了现实，遨游太空。"他要"遨游"的"太空"，就是传统美的世界，
他重申了日本战败时他说过的话："除了日本的悲哀美以外，今后我一行
字也不想写了。"在这一意义上，《古都》的创作代表了川端后半生的方向。

　　总的来说，川端在战争期间很少受到尘嚣四起的所谓"国策文学"[1]的影响，至少在表面上他尽力保持着旁观者的姿态。他在《天授之子》这篇文章中这样回顾道："我对发动太平洋战争的日本，是最消极的合作，也是最消极的抵抗。"他认为自己在战争中的表现是"一种与战争龃龉的举动"，并且认为自己在精神上有一种"摆脱了战争的美"，认为这也是"对时事的反抗和讽刺"。在《独影自命》中，他又总结道："我也不曾有过对日本像神一样的狂热和盲目的爱。我只不过经常地怀着孤独的悲哀为日本人感到悲伤。……反过来它又使我的灵魂获得了自由和安定。"

　　《古都》正是这样一部"怀着孤独的悲哀"写作的，并且在灵魂上"获得了自由和安定"的作品。或许正是因为内心承受着深刻的孤独和悲哀，川端在创作《古都》的时候，对安眠药的依赖达到了顶峰。此前，从青年时代川端就有失眠的毛病。由于他经常通宵达旦地写作，即使感到疲劳也勉强支撑，所以身体的节律逐渐被打乱了，有时会服用安眠药。但战后，他服用安眠药的剂量越来越大，逐渐成瘾，欲罢不能。

　　创作《古都》时，川端实际上主动利用了服药后半混沌半清醒的状态。在《古都》连载的一百多天时间里，川端几乎每天都在开始写作之前、写作的过程中服用安眠药，因此很多时候是在似睡似醒的状态下进行创作的。后来虽然对小说中过于怪异的部分进行了修改和删补，但仍然可以从部分段落中感觉到气氛的混乱和笔调的癫狂。川端自己也说："《古都》是我在'异常状态下'创作出来的。"有些文字干脆就是失去睡眠的绵软无力与从药物抑制中清醒过来的瞬间兴奋交织的结果。

---

[1] 国策文学：指 1937 年七七事变后日本出现的鼓吹侵略战争，为军国主义国策服务的文学。——编者注

《古都》完成后，川端立即尝试摆脱安眠药，所以就在 1962 年 2 月的一天停止了服药，没想到出现了严重的禁断症状，被送进了东大医院，连续十天昏迷不醒。这就是我在第一节中提到的他完成创作后住院的原因。此事川端在《古都》的后记中也很直率地告诉了读者。

《古都》的结局是，千重子和苗子姐妹由于客观现实的巨大差异而不得不选择了分离，但小说连载时，川端并没有预先设计好这样的结局。他曾明确地说，本来只是"打算写一个小小的恋爱故事"，但是最终却"完全出乎意料地写成了双胞胎女儿的事情"，"对我自身来说，如此奇妙的作品，迄今还没有过"。

阅读完《古都》的最后一节，希望你能有两个方面的体会：一是通过京都洛阳、赫映姬、曲水宴、盂兰盆节这几个细节，体会到中日传统文化的关联；二是通过了解《古都》的创作诉求，体会到川端在战后的创作状态。

如果去京都旅行，希望你能够想起《古都》中的自然、《古都》中的节日、《古都》中的中国文化，能够沉浸在川端所描绘的古雅的传统美之中。

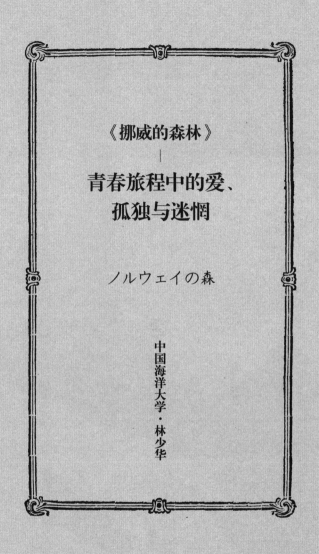

《挪威的森林》
|
# 青春旅程中的爱、孤独与迷惘

ノルウェイの森

中国海洋大学·林少华

村上春树

## 📖作品介绍

　　《挪威的森林》是村上春树的长篇爱情小说。小说主人公渡边是个离乡背井的大学生，他先爱上了性格忧郁、情绪不稳定且患有精神疾病的直子，后又被开朗活泼、热情奔放的女孩小林绿子吸引，在她们之间苦闷彷徨。这个初涉人世的年轻人感受着爱情与痛苦的纠葛，也品尝到青春的孤独与迷惘，展开了一段自我成长的旅程。直子自杀的噩耗，让渡边失魂落魄，他独自一人四处徒步旅行。小说最后，在直子同房病友玲子的鼓励下，渡边开始思索此后的人生。小说以纪实的手法和诗意的语言着重表现青春期男女在复杂的现代生活中的情感体验与精神困境。村上春树善于从琐碎庸常甚至百无聊赖的日常生活层面发现情调，发现美感，整部小说中弥散着特有的感伤和孤独气氛，很能激发年轻读者的心灵共鸣。

## ✒ 《挪威的森林》思维导图

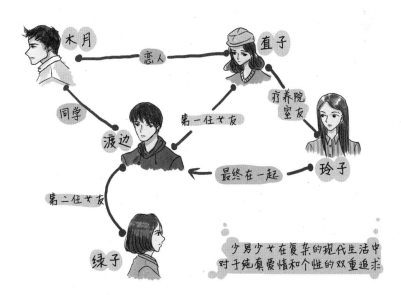

# 第一节
# 《挪威的森林》是一部怎样的小说

我是翻译匠，也是教书匠。迄今为止，教书之余，我至少翻译了八十本书，其中至少一半是村上春树的书，四十三本。在这四十三本里最有名的，不用说，一定是《挪威的森林》。

前不久上海译文出版社出版了我翻译的第四十三本书，这是一本村上访谈集，名叫《猫头鹰在黄昏起飞》。村上在书中这样说道："我也看了数量相当不少的书，但真正好的故事意外之少。出的书虽然铺天盖地，可是一个人一生当中遇到的真正精彩的故事、能扑入心灵深处的小说，我觉得为数不多。"差不多同样意思的话，后来他又说了一遍："在我看来，人生中真正值得信赖的或深有感触的作品，某种程度上数量是有限的。……无论写小说还是不写小说的人，都觉得对自己真正有重要意义的小说，一生当中不外乎五六本。再多也就十来本吧！而归根结底，那类少数作品成了我们的精神筋骨（backbone）。"

已经出版的书的确铺天盖地。在中国，据说仅长篇小说每年就能出版几千部，例如 2018 年 7800 部，而让人深有感触的、能走进心灵深处的小说又能有几部呢？可能也就五六部。这五六部，就当代外国文学来说，可能有玛格丽特·杜拉斯的《情人》，有欧内斯特·海明威的《老人与海》，有加西亚·马尔克斯的《百年孤独》，还可能有米兰·昆德拉的《不能承受的生命之轻》、司各特·菲茨杰拉德的《了不起的盖茨比》，以及 J.D. 塞林格的《麦田里的守望者》。

除此以外，大概率应该有村上春树的《挪威的森林》。据上海译文出版社责编沈维藩先生统计，截至 2019 年 5 月 20 日，四十三部村上系列作品总发行量已达 1160 万册，其中仅《挪威的森林》就达 528 万册之多。一般认为平均每本书有四个读者。这样，村上作品的读者就有四五千万。而且这还是仅就拙译村上作品而言，不包括别人的译作，也不包括 1989 年至 2000 年漓江出版社的《挪威的森林》等五卷本"村上春树精品集"，不包括 1995 年至 2000 年译林出版社的《奇鸟行状录》，更不包括无法统计的盗版。2018 年 10 月武侠小说大家金庸先生去世。有人说有中国人和华人的地方就有金庸；而关于村上，不妨说有年轻人的地方就有村上。

可以断言，以《挪威的森林》为主的村上作品，三十年来不同程度地影响了以城市青年为主体的不止一两代人的阅读兴趣、审美趋向、生活格调乃至心灵品位。一句话，拓展了读者精神世界的丰富性。以至某个时期，"读不读《挪威的森林》"成了"小资"资格认证的一个指标，而村上春树或者《挪威的森林》成了一种文体符号、文化现象。特别耐人寻味的是，这一现象主要发生在小说作品走向衰弱、文学日益被边缘化的时代。可换个角度看，是不是也可以说，即使在这个互联网时代，小说这一文学样式或者文学这一艺术形式依然具有无可替代的独特优势，仍是一种无法轻易告别的"了不起的武器"，既可以承受生命之重，又可以承受生命之轻。

虽说大家对《挪威的森林》已经耳熟能详了，但还是允许我简单介绍几句。小说名称"挪威的森林"来自 20 世纪 60 年代披头士乐队的同名乐曲。那是一支"静谧、忧伤，而又令人沉醉莫名"的曲子，小说主人公渡边的旧日恋人直子曾百听不厌。十八年后，渡边在飞往汉堡的波音 747 上从机舱广播中重新听得此曲，不禁闻声生情，伤感地沉浸在往事的回忆里，这是小说的开头。接下来，主人公渡边以第一人称展开他同两个女孩之间的爱情纠葛。渡边的第一个恋人直子是他高中时代最要好的同学木月的女朋友，后来木月自杀了。一年后渡边同直子不期而遇并开始交往。直子二十岁生日晚上两人发生了性关系，不料第二天直子便不知去向。几个月后，直子来信说她住进了一家远在深山里的精神疗养院。渡边前去探望时发现直子开始带有成熟女性的丰腴与娇美。晚间两人虽然同处一室，但渡边约束了自己，分手前表示永远等待直子。回校不久，由于一次偶然相遇，渡边开始与低年级同学绿子交往。绿子同内向的直子截然相反，"简直就像迎着春天的晨光蹦跳到世界上来的一头小鹿"。交往期间，渡边内心十分苦闷。一方面，他念念不忘直子缠绵的病情与柔情；另一方面，又难以抗拒绿子大胆的表白和迷人的活力。不久，疗养院传来直子自杀的噩耗，渡边失魂落魄地到处徒步旅行，最后在直子同房病友玲子的鼓励下，开始探索以后的人生。

　　一般说来，村上的小说的确富有后现代主义和超现实主义色彩。在这点上，《挪威的森林》可谓村上作品中的另类。其中没有《寻羊冒险记》那般扑朔迷离的情节，没有《世界尽头与冷酷仙境》那样神出鬼没的地下迷宫，没有《海边的卡夫卡》中的卡夫卡式的隐喻，更没有《奇鸟行状录》中残酷的历史和诡异的现实。《挪威的森林》只是用舒缓平静的语言讲述已然逝去的青春，讲述青春这辆绿皮火车沿途经过的实实在在而又刻骨铭心的风景，尤其置身其中的男女主人公内心的凄苦、迷惘、孤独、无奈，以及夜半的叹息和泪水。如此写法的小说，在村上文学世界中仅此一部，也是最受追捧又广受非议的。

　　美国著名华人学者李欧梵教授在他的散文集《世纪末的反思》中，将《挪威的森林》列为"20世纪对中国影响最大的十部文学译著"之一。进入21世纪之后，《挪威的森林》入选"金南方·新世纪10年阅读最受读者关注十大翻译图书"之列。主办方是广东南方电视台，经由读者投出 18 万张选票并由专家推选最后得出评选结果。我有幸应邀参加为此举行的"2009 南方阅读盛典"电视晚会。担任终审评委的中山大学哲学、史学教授当时八十高龄的袁伟时先生告诉我，他读了《挪威的森林》，认为《挪威的森林》中体现的对于个人主体性的尊重和张扬，逐渐形成共识和社会风潮后，将有助于促进社会的变革，推动多元化公民社会的形成。说实话，事关《挪威的森林》的评价，我听的、看的已经不算少了，但从这个角度评价《挪威的森林》的，迄今为止仅此一次，而且仅有袁伟时先生一人。不妨说这是对《挪威的森林》的最大肯定和最高评价，也是对我这个译者的极大鼓励，让我切切实实觉得自己总算做了一件有益于社会、有益于青年的好事。

不过在日本，《挪威的森林》得到的评价可就没有这么高了。例如，有人认为它是"恋爱小说"，有人说它是"青春小说"，还有人说它是"自杀小说""自慰小说"，甚至有人说它是"黄色小说"。那么写这部小说的村上本人是怎么看的呢？若以村上本人的说法为准，这点本来是不存在争议的，因为日文原版上下册的金色腰封上明确强调《挪威的森林》是恋爱小说。红色封面的上册写的是："这部小说是我迄今一次也没写过的那一种类的小说，也是我无论如何都想写一次的小说。这是恋爱小说。虽然称呼十分老套，但此外想不出合适的说法。一部动人心魄的、娴静的、凄婉的百分之百的恋爱小说。"绿色封面的下册写的是："他们所追求的大多已然失去，永远消失在进退不得的黑暗的森林深处……一部描写无尽失落和再生的、时下最为动人心魄的百分之百的恋爱小说。"其中上册的"恋爱小说"和下册"百分之百"字样的下面打了横线以示重要。既然作者本人如此言之凿凿地断定《挪威的森林》是"恋爱小说"且是"百分之百的恋爱小说"，那么为何有人在这上面争论不休呢？（当然不是说不可以争论）

何况原本就不是个大问题。问题首先在于村上本人另有说法。1991 年 3 月他在《创作谈》一文中这样写道：

> 我之所以在腰封加入"百分之百的恋爱小说"这句话，说起来，那其实是自己对于出这样一种小说一事本身的辩解（excuse）。我想说的简单概括起来就是："这不是偏激的（radical）、不是新潮的（chic）、不是知性的（intellectual）、不是后现代的（postmodern）、不是实验性的小说，而是普普通通的现实主义（realism）小说——请就这样读好了！"问题是，毕竟不好在腰封上写这东西，于是绞尽脑汁搬来"恋爱小说"这个说法。因此，虽说《挪威的森林》被人从"恋爱小说"这一观点加以评论是自己招致的，但老实说，即使现在我也非常困惑。这是因为，在准确意义上《挪威的森林》不能说是恋爱小说。或者不如说我连恋爱小说到底意味什么都不晓得（现在也不晓得）。我看过许多小说，其中大半都写的是爱，处理的始终是如何给予（不给予）爱和如何接受（不接受）爱，但我几乎没有把那样的小说看作恋爱小说。而我自己在这本书中所描写的种种样样的爱，我想也没有超越那种意义上的爱的形式。所以，如果有批评说《挪威的森林》这部小说中没有描写真正意义上的恋爱因而不能称为恋爱小说，我想那大约是对的。
>
> 如果勉强下个定义，我认为将这部小说称为"成长小说"还是接近的。

那么《挪威的森林》到底是怎样一部小说呢?

## 第二节

## 《挪威的森林》：一个爱情故事

《挪威的森林》到底是怎样一部小说、怎样一个故事？先说说我的看法。我认为，从手法和风格（文体）来看，《挪威的森林》是现实主义的；而从内容来看，说是"恋爱小说"或"青春小说"也未尝不可。我不大赞成在恋爱小说、青春小说、成长小说之间还要明确画一条非此即彼的界线，仿佛势不两立。一般来说，青春时代谁都要恋爱，谁都要成长，或者说爱情和成长是青春时代的主旋律，再加以区分又有多大意义可言呢？况且"恋爱小说"和现实主义小说也并不矛盾，前者指内容或性质，后者指风格或手法——完全可以粗线条归纳说成现实主义风格的恋爱小说（中文更习惯说爱情小说或言情小说）。不难看出，《挪威的森林》基本没有出现此前和此后作品中经常出现的大跨度的想象力，没有让人感到莫名其妙的描写，而是大体老老实实地讲述主要发生在一个男孩和两个女孩之间的爱情故事，讲述青春这辆绿皮火车沿途经过的实实在在而又刻骨铭心的青春风景。

归根结底，《挪威的森林》之所以无论在日本还是在中国卖得那么火，影响那么大，最根本的原因在于，这部小说讲的是一个通俗而完整的故事，而且是爱情故事、独特的爱情故事。之所以说通俗，是因为里面没有不知何所来、不知何所去的双胞胎女郎，没有神神道道的羊男和同样神神道道的海豚宾馆，更没有莫名其妙的夜鬼和忽然比例失调的大象，读起来无须劳心费神。毫无疑问，只有通俗才能为更广泛的普通读者所接受。之所以说完整，是因为这部小说不像村上其他作品那样采用拼图式、双轨式或交错式、跳跃式的结构，基本按照时空顺序和人物性格逻辑步步推进。而且村上显然很会讲故事，有条不紊，娓娓道来，读起来十分引人入胜，让人享受到一种阅读特有的快感。

更吸引人的是，这个通俗而完整的爱情故事，含有几乎所有的青春元素：恋爱与孤独，开朗与感伤，追求与失落，坚定与彷徨，充实与寂寞，纯情与放荡，时尚与乡愁，奔走与守望，无奈与救赎，忏悔与迷惘……青春离不开爱，《挪威的森林》也是如此，它们构成一个通俗完整而又刻骨铭心的爱情故事。能说渡边同直子和绿子之间没有真正的爱或者没有恋爱吗？如果那不是恋爱，便只能是友爱，但那明显超越了友爱的程度。直子或许没有真正爱过渡边——"直子连爱都没爱过我的"——但渡边对直子的感情应该发自爱。不错，如渡边自己所说，他和直子之间情况极为复杂，千头万绪，而且由于天长日久，实情都渐渐变得模糊不清，可是他始终没有放弃自己对直子应尽的责任。而那种责任感，较之友情，更多的还是来自爱情。第十章有这样几句话："……我仍在爱着直子，尽管爱的方式在某一过程中被扭曲得难以思议，但我对直子的爱是毋庸置疑的，我在自己心田为直子保留了相当一片未曾被涉足的园地。"紧接下去，渡边在就绿子的事写给玲子的信中仍然写道"我爱过直子，如今仍同样爱她。……在直子身上，我感到的是娴静典雅而澄澈晶莹的爱"。渡边最大的优点就是坦诚，他说爱，便是真的在爱。因为爱，才产生责任感，才一直希望直子出来和自己住在一起，才会在直子离开人世后独自失魂落魄流浪一个月之久。

另一方面，渡边对绿子的爱或许是有所犹豫和保留的，但绿子对渡边的爱则是那样汹涌澎湃，没有怀疑的余地。第十章中有这样的表达：

"为什么？"绿子吼道，"你脑袋是不是不正常？又懂英语假定形，又能解数列，又会读马克思，这一点为什么不明白？为什么还要问？为什么非得叫女孩子开口？还不是因我喜欢你超过喜欢他吗？我本来也很想爱上一个更英俊的男孩，但没办法，就是看中了你。"

…………

"我可是有血有肉的活生生的女孩，"绿子把脸颊擦在我脖颈上说，"而且现在就在你的怀抱里表白说喜欢你。只要你一声令下，赴汤蹈火都在所不惜。虽然我多少有蛮不讲理的地方，但心地善良正直，勤快能干，脸蛋也相当俊俏，乳房形状也够好看，饭菜做得又好，父亲的遗产也办了信托存款，你还不认为这是大甩卖？你要是不买，我不久就到别处去。"

在《挪威的森林》中，我们既不能否认爱的存在，又不能否认这种爱或者恋爱呈现为非同一般的特殊形态。最特殊的表现，就是性与爱的分离，或者说爱未能归结为身心合一即肉体和精神融为一体这一传统"恋爱小说"的形式。直子真心爱着木月，而肉体却违背其意愿，拒绝同木月做爱；相反，直子未必真心爱渡边，而身体却"等待"对方的进入。这种性与爱的分离是直子一个解不开的心结，同时未尝不是她自杀的原因之一。另一个表现是，虽然小说写的是所谓的"三角恋爱"，但就三人的"关系性"而言，丝毫没有同类小说中常见的类似争风吃醋的心理纠葛及相应的行为模式。绿子知道渡边另有喜欢的人，却没有不快的表示，只是说"我等你，因我相信你"。而直子固然不晓得渡边和绿子的关系有了实质性进展，即使晓得，也不至于妒火中烧——渡边曾在信中提到绿子和绿子的父亲，直子在回信中淡淡地说道："绿子那个人看来很有趣。读罢那封信，我觉得她可能喜欢上了你。"当然，心理纠葛不是完全没有，但只发生在渡边一个人身上，两个女孩基本置身其外。或许正因如此，正因为恋爱采取了新的形式，这个爱情故事或者青春物语才如此引人入胜，如此刻骨铭心。

不过，细想之下，渡边心目中最理想的女性，恐怕既不是直子又不是绿子，而是初美："娴静、理智、幽默、善良，穿着也总是那么华贵而高雅。我非常喜欢她，心想如果自己有这样的恋人，压根儿就不会去找那些无聊的女人睡觉。"尤其在第八章吃饭时永泽同初美吵嘴后他送初美搭出租车回宿舍的途中，渡边更加感到初美身上有一种引起他"感情震颤"的东西，并且一直思索那东西究竟是什么：

> 当我恍然领悟到其为何物的时候，已是十二三年以后的事了。那时，我为采访一位画家来到新墨西哥州的圣菲城。傍晚，我走进一家意大利比萨饼店，一边喝啤酒嚼比萨饼，一边眺望美丽的夕阳。天地间的一切全都红彤彤一片。我的手、盘子、桌子，凡是目力所及的东西，无不被染成红色，而且红得非常鲜艳，俨然被特殊的果汁从上方直淋下来。就在这种气势夺人的暮色当中，我猛然想起了初美，并且这时才领悟到她给我带来的心灵震颤究竟是什么东西——它类似一种少年时代的憧憬。这种直欲燃烧般的天真烂漫的憧憬，我在很早以前就已遗忘在什么地方了，甚至很长时间里我连它曾在我心中存在过都未记起。而初美所摇撼的恰恰就是我身上长眠不醒的"我自身的一部分"。当我恍然大悟时，一时悲怆至极，几欲涕零。她的确、的的确确是位特殊的女性，无论如何都应该有人向她伸出援助之手。

也就是说，初美之所以是渡边心目中最理想的女性，主要是因为初美是他"少年时代的憧憬"的象征，而少年时代的憧憬总是纯真的。从中不难窥见渡边身上除坦诚之外的又一个优点：向往纯真。这点也可从他对待其他几个人的态度上看出。他喜欢和欣赏死去的木月，木月是他绝无仅有的朋友，"除了他，过去和现在我没有一个可以称得上朋友的人"。而木月是纯真——至少是单纯的男孩，纯真得"就像在无人岛上长大的光屁股孩子"。木月之死无论对直子还是对渡边的冲击都是震撼性以至毁灭性的。这是因为，木月的死不仅仅意味着一个朋友的失去，而且意味着至高无上的纯真客体的毁灭。关于初美也是一样，所以渡边在得知初美自杀之后，同永泽彻底绝交。对于"敢死队"（渡边的大学室友），较之反感，莫如说感到求之不得，因为"敢死队""近乎病态地爱洁成癖"，而且不会谈恋爱，买衣服嫌麻烦，讨厌裸体画，他所留心的仅限于海岸线变化之类。而这在某种意义上也是一种纯真，至少不失纯真。唯其如此，渡边才在作为笑料对直子讲起"敢死队"后感到内疚："……说心里话，真不大忍心把他作为笑料。他出生在一个经济并不宽裕的家庭，是家里不无迂腐的第三个男孩。况且，他只是想绘地图——那是他可怜巴巴的人生中的一点可怜巴巴的追求，谁有资格来加以嘲笑呢！"那么对于永泽是怎样的呢？渡边对他怀有好感，是因为"他最大的美德是诚实"；而从来没向他"交心"、从未将他视为朋友的一个原因，就是因为永泽缺乏纯真情怀——"想方设法捉弄女孩子"，甚至捉弄作为恋人那么难得的初美。用村上的话说，永泽是一个"在道德意义上破产"的人。另外，渡边爱不释手——"一次都没让我失望过，没有一页使人兴味索然"的《了不起的盖茨比》中的盖茨比也是个历经坎坷而始终不失纯真的典型人物，为了与往日情人黛西重温旧梦不惜任何代价，而死于阴谋也是带着诱人的迷梦死去的。凡此种种，都显示出渡边向往和追求纯真的倾向，而追求纯真的过程，无疑是精神升华的过程。在这个意义上，《挪威的森林》也可以说是村上认为的"成长小说"。这也是这部小说的闪光点和价值所在。

读者或许要问：渡边同那么多女孩睡觉，怎么还能说是纯真的呢？该说放荡才对。不错，渡边是同很多女孩睡过觉，说是放荡也有道理。但有两点需要注意：一是自从他去阿美寮确认自己对直子的感情之后，就再也没同哪个女孩随便睡觉。二是他在确认对绿子的感情之前，刻意避免同绿子发生性关系，即使和绿子一起躺在一张小床上，即使"绿子把鼻子贴着我的胸口，手搭在我腰部"，渡边也极力克制了自己，待绿子响起睡熟的声音后，溜下床去厨房看《在轮下》。可以说，渡边一旦确认了自己对对方的感情的性质，在性上面就变得严肃起来，开始有了责任感。而这未尝不可视为他对纯真、对纯真爱情的追求，不宜同一味放荡（比如永泽）画等号。

最后，我想不妨引用文学评论家白烨先生的话来作为这一节的结束语：《挪威的森林》"以纪实的手法和诗意的语言"注重表现"少男少女在复杂的现代生活中对于纯真爱情和个性的双重追求……超出了一般爱情描写的俗套，而具有更为深刻的人生意义"。在这个意义上，未尝不可以断言，《挪威的森林》作为青春旅程中的一道凄婉而迷人的风景线，将陪伴一代又一代人走向成长，走向远方。

## 第三节

## 《挪威的森林》是村上的自传吗？

村上春树 1949 年 1 月出生，1986 年即三十七岁开始写这部小说，年龄恰好与《挪威的森林》的渡边君一致——"三十七岁的我坐在波音 747 客机的座位上"。难怪有人说这部小说有村上的自传色彩。村上本人也不完全回避这点，他在《挪威的森林》后记中承认"这部小说具有极重的个人性质……属于个人性质的小说"，并且"希望这部作品能够超越我本人的质而存续下去"。心想事成也罢，天遂人愿也罢，这部作品果真存续下来，一晃就过了三十多年。而且存续的并非自然生命，而是真真正正的文学生命。

关于这本书的个人性质，后来当一位名叫柴田元幸的东京大学教授问及村上书中主人公和他有没有重合部分的时候，村上首先承认"那样的部分我想是有的"。但又马上强调："那终归只是一个视点。因为主人公是第一人称，所以需要有相应的'感情移入'，在某种程度上这样。我的喜好也好想法也好直接融入其中的情况也是有的。不过就拿小说里出现的'料理'来说吧，较之我的喜好，不如说游戏成分更多些——实际上我只做极其单一的东西。如切干萝卜丝啦羊栖草啦煮蒟蒻等。但若光写这个，'料理'谈资很快就枯竭了。所以要适当编造。明知那玩意儿做不来，但还是往下写。不是全部一丝不苟。因此，这些细小地方读者如果一一信以为真可就糟了。再比如音乐，我个人向来不怎么喜欢'披头士'。倒也不是说讨厌，听还是听的。不过一定程度上的确是和自己相重合的。另外，也有的融入主人公以外的其他人物身上。"例如永泽这个人身上，村上就承认多少有自己的投影。"因为我在某种程度上也存在那种极端部分"。村上还说他对永泽那种性格感兴趣（永泽在道德意义上破产了，跌落了）。"这是因为我亲眼看到有人在现实生活中跌落。还有，在某种意义上，自己也是个差点儿跌落的人。人生这东西到处是又黑又深的地洞。我觉得那种恐惧感无论谁都是有的。……所以，他们——那些人——的存在之中也有我自身的存在，可那不就是我；我也存在于作为主人公的'我'之中，但那不过是一个选项罢了，正如我本身也不过是一个选项。"

　　除此以外，小说的舞台和时代背景也有不少和村上本人经历类似的地方。例如书中出现的 20 世纪 60 年代的"学潮"是村上亲身经历的；渡边住的宿舍是以村上当年实际住的宿舍为原型的；主人公就读的大学显然指村上和夫人阳子的母校早稻田大学，村上学的就是戏剧专业；绿子身上多少带有村上夫人阳子的影子；主人公喜欢读的《了不起的盖茨比》和一些美国当代作家正是村上同样喜欢的……可是不管怎样，《挪威的森林》是虚构的。即使"具有极重的私人性质"，即使主人公是作者的"分身"，《挪威的森林》也不是自传体小说，更不等同于自传。

　　村上后来再次谈起这本小说的创作时，他说："写《挪威的森林》时我要做的事有三件。一是以彻底现实主义的文体来写；二是彻底写性和死；三是彻底消除《且听风吟》那本小说含有的处女作式羞涩，即把'反羞涩'推上前台。"关于性和死，村上在另一篇文章中毫不"羞涩"地写道："在《且听风吟》中我遵循一个原则，就是不写性与死。后来想全部推翻，想放开手脚来写性与死。彻底地写，写够写腻为止。这个愿望是达到了，写得尽情尽兴。人一个接一个死，性场面一个接一个出现。只是，性场面根本就不性感，居然还有人说是色情。我是想把它写得纯净些的。生殖器也好性行为也好，越如实地写就越没有腥味。我是以这个想法写的。但不少意见认为并非如此，说是色情，说现在的年轻人难道是那样的不成？可若连那个都算是色情，我倒是想问那些人到底过的是怎样的性生活。"

关于《挪威的森林》的创作，除了以上三点，村上又说：

此外还有一点，那就是我眼看就四十了，想趁自己的三十年代还拖着一条青春记忆尾巴的时候写一部类似青春小说的东西。记得我当时接受采访时曾表示要写一部让全国少男少女流干红泪的小说。

也就是说，《挪威的森林》是村上在手法上改弦更张和怀有青春危机感的产物。手法上面已经说了，青春危机感则在《挪威的森林》开头第一章借主人公之口再次提起："……记忆到底还是一步步离我远去了。我忘却的东西实在太多了。……但不管怎样，它毕竟是我现在所能掌握的全部。于是我死死抓住这些已经模糊并且时刻模糊下去的记忆残片，敲骨吸髓地利用它来继续我这篇东西的创作。"在这个意义上，不妨认为村上是想对青春时代——包括自己在内的一代人的青春时代做一个总结性交代。

至于让不少人感到困惑的书名，村上说直到要交稿时还是另一个书名。"当然，'挪威的森林'这个书名作为选项一直存在。但因为过于贴切了，我是想极力避免的。而且直接挪用披头士乐曲名称这点也让我有所抵触。毕竟那一代人的气味沾得太多了。但另一方面，'挪威的森林'这一说法又总是在我脑袋里挥之不去，而其他任何书名都同作品两相乖离。最后在不告知'挪威的森林'这个书名的情况下叫老婆读，之后问她什么书名好。她说'挪威的森林'好，于是书名就此尘埃落定。"

关于村上夫人和小说女主人公绿子的关系，借此机会我想多说两句。据村上的朋友"揭发"，村上的夫人村上阳子其实就是绿子或绿子的原型。一来村上阳子的确毕业于基督教系统的大学，二来村上本人也说他和夫人正式确定关系费了好长一段时间。因为两人原先都有相处的对象，一下子甩掉不容易。我倒是见了村上两次，但因为是在村上事务所见面的，所以没见到村上夫人。看照片，无论长相还是气质倒是都有几分和绿子相像。不过小说中倒是一开始就做出了否定性回答："三十七岁的我坐在波音747客机上"——尽管不能据此明确断定，但一般说来，此时的"我"应该没有旅伴。"为了不使脑袋胀裂，我弯下腰，双手捂脸，一动不动。很快，一位德国空中小姐走来，用英语问我是不是不大舒服"——假如有旅伴即绿子作为夫人陪在身边，按常识应由绿子首先向"我"表示关心，大可不必空姐特意过问。"机身完全停稳后，旅客解开安全带，从行李架中取出皮包和上衣等物。而我，仿佛依然置身于那片草地之中"——若有绿子随行，那般活泼好动的绿子早一把拉起"我"抢先冲出机舱了，就像当年说一声"走吧"就拉"我"离开教室一样，怎么可能把"我"独自留在"那片草地之中"不管呢？显然，渡边后来并没有和绿子结为夫妻。不过，作为现实情况，前面说了，朋友"揭发"村上的确和绿子的原型阳子结婚了，而且婚后也十分要好——借用村上2001年写给中国读者的信上的说法，"我，妻，加一只猫，一起安安静静地生活"。

这部小说在中国卖得好就不用说了，那么在日本卖了多少呢？出版七年后的2004年，上下册加起来卖了826万册，到2009年就已超过1000万册，创日本小说单行本印行纪录。又过十多年的现在肯定就更多了。

书卖得这么多，一来财源滚滚，二来声名赫赫，想必村上整天笑得合不拢嘴吧？然而实情并非如此。村上在2015年仍在感叹："迄今为止的漫长时间里，我一直觉得自己被世间所有人讨厌。不是说谎，真的。"记者问他《挪威的森林》大卖以后是否情况依然。村上回答："一成未变。或者莫如说《挪威的森林》以后变本加厉啊！正因为那让我心烦，才离开日本去国外生活……"去国外（希腊、意大利）生活期间，村上写了一本名叫《远方的鼓声》的随笔集。他在书中较为详细地写了《挪威的森林》畅销后的心情：

> 说起来甚是匪夷所思，小说卖出十万册时，我感到自己似乎为许多人喜爱、喜欢和支持；而当《挪威的森林》卖到一百几十万册时，我因此觉得自己变得异常孤独，并且为许多人憎恨和讨厌。什么原因呢？表面上看好像一切都顺顺利利，但实际上对我是精神上最艰难的阶段。发生了几桩讨厌的事、无聊的事，使得自己的心像掉进了冰窖。现在回头看才明白过来——说到底，自己怕是不适合处于那样的立场的。不是那样的性格，恐怕也不是那块料。
>
> 那一时期我心力交瘁，老婆病了一场。我没心思写文章。从夏威夷回来，整个夏天一直在搞翻译。自己的文章写不出，但翻译还是可以做的。一字一句翻译别人的小说，对于自己不妨说是一种治疗行为，这也是我搞翻译的一个缘由。

你看，村上的人生也大为不易。本以为《挪威的森林》"爆卖"式畅销将他的人生推向风光无限的顶峰，实际上却使他跌入了凄风苦雨的谷底。"木秀于林，风必摧之"，看来不但在中国，在日本这句话也同样适用。"木秀于林"的林即便是"挪威的森林"，也无由幸免。可以说，这既是人生得失的一种"能量守恒"，又是未必光彩的一种人性使然。

## 第四节

### 直子和绿子：红玫瑰和白玫瑰？

据说有些读者在读完《挪威的森林》之后，很想跟周围人交流一下读后感或简单倾诉几句，遗憾的是对方不是不屑一顾就是露出不无诡异的神情，总之找不到交流对象，这让他们感到孤独。那么我就替这样的读者找几位"朋友"交流交流。

翻阅我手头保留的剪报资料，得以确认《挪威的森林》在国内最早的读者评论是 1990 年 1 月 6 日《文汇读书周报》署名郑逸文的文章，题为《一半是叹息，一半是苦笑》。文章写道："从友人处借得一册《挪威的森林》，一夜挑灯苦读，待晨曦微露时合上小说，却没有半点放松感。那样真切地从文字上读懂都市人的压抑与无奈还是头一次；那样不知所措地让小说的悲凉浸透全身竟也是头一次。绝的是那样深沉的凉意并不能轻易引下泪来。尽管一夜风雨，书中人已泪眼迷蒙各自退回原路寻其归宿，但惜别之际留下的微笑却一拂往日之忧苦，不容你对他们（她们）是否懦弱妄加评述。"

读者中后来较有影响力的人物广东秦朔也较早注意到了《挪威的森林》，他说："1990 年的秋天，带着将逝未逝或者永不消逝的青春梦幻，我走进了一片《挪威的森林》。在日本，它是漫卷每一个年轻人的春风秋雨。当我听到'请你永远记住我 / 记住我这样存在过'的青春呼喊时，我觉得即将 22 岁的我和异国的心林流荡着同一样的烟霭和山岚——就像卡夫卡说的，'我们大家共有的并非一个身躯，却共有一个生长过程，它引导我们经历生命的一切阶段的痛楚，不论是用这种或那种形式'。"

集中讨论和品评《挪威的森林》的书，最早的应该是 2001 年由当代世界出版社出版的《遇见 100% 的村上春树》（稻草人编著）。其中一段这样写道：

> 《挪威的森林》带给我们一个奇异的空间，轻描淡写的日常生活片段唤起的生活气氛令我们有所共鸣。更重要的是他们以 60 年代的背景道出 90 年代，甚至世世代代的年轻人心声：年轻的迷茫与无奈，年轻的反叛、大胆与率真，年轻的变动与消逝……（P95）

此外，华夏出版社 2005 年出版了一本也是较早的专门评论集：《相约挪威的森林——村上春树的世界》（雷世文主编），书相当有分量，洋洋三十余万言。作者大多是北大在读或毕业不久的硕士和博士。其中一篇以"写给青春的墓志铭"为题，以张爱玲的"红玫瑰与白玫瑰"之说（"也许每一个男子全都有过这样两个女人，热烈的红玫瑰与圣洁的白玫瑰"），把绿子比喻成红玫瑰，把直子比喻成白玫瑰。具体是这样说的：

> 无论得到白玫瑰还是红玫瑰，对于男人而言都永远意味着失去。因而"我"与直子、"我"与绿子之间的爱，热烈而忧伤，没有不可原谅的错误，只有不可挽回的失去。"百分百"的爱情故事发酵出静谧、忧伤而又转瞬即逝的对于气氛的感觉。它不仅可以吸引年轻人，被人标以"青春小说"之名，而且经历了荒唐青春或"红白玫瑰战争"的中年人更容易被打动，仿佛触到早已

结痂愈合的痛处，多少青春回忆扑面而来。那个在飞机上听着披头士乐队《挪威的森林》而落泪叹息的中年渡边，正是他们的影子。相信书中的渡边有很大一部分就是村上自己，否则他断然没有办法把他的心境描画得如此清晰。写书的年龄也绝不是巧合，三十七岁的村上写了一个三十七岁的渡边，两人合做一个梦。或者，这是所有男人所做的梦！总之，三十七岁的渡边在天上打开的这瓶酒，带着呼之欲出的青春气息和中年人的隐痛。

无独有偶，一位名叫无畏的南京读者在给我的信中也不把《挪威的森林》单纯看成青春小说，他写道：

> 我从来就不认为村上的书是青春小说，我从二十多岁的小伙子一直看到年近不惑。那种莫可名状的喜爱往往涌现在我打开冰箱看见不曾喝完的啤酒或是看见草丛中的猫的一瞬间，另一个人描述的另一个世界里的细节精确地映射在眼前。感叹之余每每有些欣慰：毕竟这样的存在也被感知着、被人以奇妙的文字记录下来，并且被越来越多的人所读所想。

不过总的说来，读者来信中以大学生、高中生居多，尤其以高三女生居多。几年前来自浙江上虞春晖中学的高三女生这样表达她读《挪威的森林》的感受：

> 上了高中以后，面对学校偌大的图书馆，心中满是欢喜。在一排排散发着墨香的书架间漫步，心中的满足难以言喻。无意间、

无意间我又遇见了多年前邂逅的《挪威的森林》。心底泛起的阵阵暖流，指尖划过它的时候莫名的停顿，激活了血液中流动的活力，给了我一次次看它的冲动。这一个冲动，让我相信我会看着它，直到死去。

　　临近午夜时看完了它。看完是什么感觉？就像什么戛然而止了，而我的生命也就此终结了。字斟句酌地看，吃饭看，走路看，睡觉看，似乎我生来就是为了看《挪威的森林》的。……最绝望的时候，总想让一切都结束。可是他们一直都告诉我，什么都不曾结束。渡边也好，绿子也好，玲子也好，"我们都在活着，我们必须考虑的是如何活下去"。《挪威的森林》带我走出了一个又一个低谷。三年了，一直带它在身边。学习，旅行，总在包里有它的位置。打开它，无论哪一页，字字句句总能让我平静下来。平缓又安静的语句像一个温泉，慢慢地渗入肌肤、渗入骨髓、渗透灵魂。


这位也许已经考上理想大学的可爱的女高中生来信的最后几句让我由衷欣慰和兴奋了好一会儿。恕我不懂谦虚是美德，那几句是这样的："一本一本地看下来，忽然发觉，我们所喜欢的并不只是村上，还有先生您，更确切地说，我们真正喜欢的是先生与村上的结合体。"

　　下面介绍一封最近接到的信，一位大三女生寄来的，从和我有关系的中国海洋大学附中考去山东师范大学。


　　有一次，我看一个博主在某日的爱物分享中提到了《挪威的森林》，她说她很遗憾没在年轻的时候遇到这本书。当时我觉得，嗯，这本书一定要再读一次。第一次读的不是你（指林少华——编者注）译的，加上第一次读，没感到一种冲击力。这周第一次来学校图书馆的我，径直去找了《挪威的森林》。从译序开始，一字不落地读了一遍。……读完我发了一条微博，是这么写的：我是绿子，但不是渡边的绿子。可能是因为我和绿子一样都想找"一个一年到头百分之百爱我的人"，所以觉得渡边这种渣渣的男生配不上绿子的妙趣横生，配不上她的鲜活。

2014 年 12 月，我通过微博做了一项"微调查"，主题是作为理想的婚恋对象，在《挪威的森林》中你选谁？选项有直子、绿子、玲子、初美和渡边、木月、永泽、"敢死队"。

"评论"人数很快达 148 人，其中明确表态者 122 人。122 人中，男性组选绿子的 70 人，选初美的 11 人，选直子的 8 人，选玲子的 6 人。女性组选永泽的 12 人，选渡边的 8 人，选木月的 4 人，选"敢死队"的 3 人。显而易见，男性的选择中，绿子遥遥领先，作为译者也好，作为男性也好，对此我不感到意外。颇为意外的是女孩们的选择：永泽的票数居然超过渡边。须知，永泽可是有人格和道德污点的人啊！那么女孩们喜欢他什么呢？概括起来，A 喜欢"他对自己事业的态度"；B 喜欢他"活得明白"；C 喜欢他那句名言："不要同情自己，同情自己是卑鄙懦夫干的勾当"，甚至有人说曾用这句话鼓励自己度过人生艰难阶段。

相比之下，喜欢绿子的理由丰富得多也有趣得多。例如，率真自然、热情奔放、生机勃勃，"简直就像迎着春天的晨光蹦跳到世界上来的一头小鹿"。再如，"活泼可爱能干，关键是还很漂亮""身上汇集着一个少女所有的乐观、好奇、调皮的生命力""这个活泼可爱的妹子在无聊的生活中点亮了我"。还有的说得那么感性，简直让人看得见笑脸："选绿子啊，那么暖洋洋的姑娘！"不过也有男孩相对理性："绿子那个状态，如果放在三十过后的人身上，就不合适了，有点二百五。二十多岁的残酷，就在于不得不去直面人生黑暗的现实，无人能免。绿子的洒脱有赖于旺盛的性欲、充沛的体力和不怕死的闯劲。渡边是早熟的，他早看清了青春迟早要挥霍一空，因而提前进入中年人的静观静思状态。"嗬，这个男孩是不是快成渡边君了？

逝者如斯夫，不舍昼夜。日文原版《挪威的森林》迎来三十二岁生日，中译本也已诞生三十年了。其间有无数读者来信朝我这个译者飞来，每三封就有两封谈《挪威的森林》。或为故事的情节所吸引，或为主人公的个性所打动，或为韵味的妙不可言所感染，或为语言的别具一格所陶醉。有人说它像小河虾纤细的触角刺破自己的泪腺，有人说像静夜皎洁的月光抚慰自己的心灵，有人说它引领自己走出四顾茫然的青春沼泽，有人说它让人刻骨铭心地懂得了什么叫成长……早年的《挪威的森林》迷如今已经四五十岁——又一代人跟着《挪威的森林》涉入青春的河床。《挪威的森林》，不仅是青春的安魂曲或墓志铭，更是青春的驿站和永恒的风景线。

最后，我选一段《挪威的森林》中饶有兴味的一段话来结束这篇关于《挪威的森林》的阅读分享：

"春天的原野里，你一个人正走着，对面走来一只可爱的小熊，浑身的毛活像天鹅绒，眼睛圆鼓鼓的。它这么对你说道：你好，小姐，和我一块儿打滚玩好吗？接着，你就和小熊抱在一起，顺着长满三叶草的山坡咕噜咕噜滚下去，整整玩了一天。你说棒不棒？"

"太棒了。"

"我就这么喜欢你。"

应该说，村上春树的一个高明之处，就在于他能从琐碎庸碌甚至百无聊赖的日常生活层面发现情调，发现美感，发现童话，善于在精神废墟上小心聚拢希望之光，从而为我们在滚滚红尘中守住一小块灵魂栖息地，为我们在风雨欲来的茫茫荒野中搭建一座小而坚固的木屋。

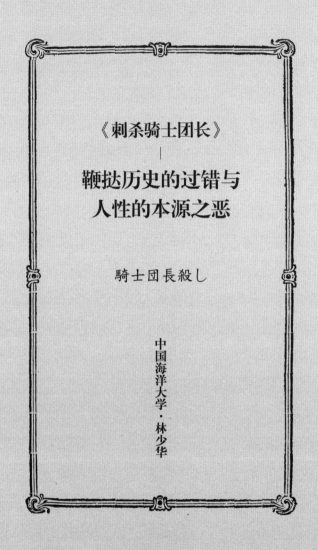

《刺杀骑士团长》
—
鞭挞历史的过错与
人性的本源之恶

騎士団長殺し

中国海洋大学·林少华

## 📖 作品介绍

　　《刺杀骑士团长》是村上春树的超现实主义小说。小说以第一人称讲述一个中年画家的人生困境和奇异经历。他靠画肖像画维持生计，妻子在一家建筑事务所工作，然而婚后第六年的某一天，妻子忽然宣布离婚。此后，他独自开车去日本的北方四处流浪，住进郊外山间的空房子。奇妙的事件就此连续发生：画家在房子的阁楼里发现一幅名叫《刺杀骑士团长》的画，又在深更半夜听见了不可思议的铃声，为了寻找失踪的女孩而进入地下迷宫并历尽艰险……小说中既有可感可触、温馨幽默的常规生活场景，又有可惊可叹、险象环生的超验地下世界；既有深度哲理思考，又有瞬间艺术感悟。在荒诞的情节背后，村上春树的长剑指向的是历史："刺杀骑士团长"所刺杀的，其实是由纳粹德国和战前日本军国主义所集中体现的体制之恶。村上春树说："历史乃是之于国家的集体记忆。所以，将其作为过去的东西忘记或偷梁换柱是非常错误的。"

## ✒ 《刺杀骑士团长》思维导图

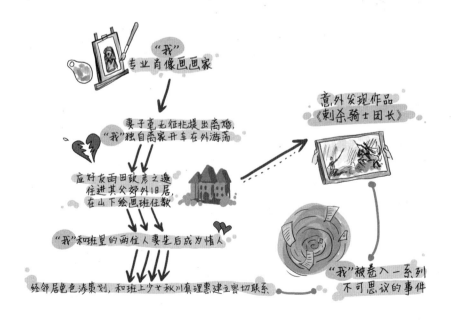

第一节

## 《刺杀骑士团长》是如何诞生的

《刺杀骑士团长》这部长篇小说的日文原版于 2017 年 2 月 25 日在东京出版发行，分两部，共 1048 页。第一部"显形理念篇"，第二部"流变隐喻篇"。第一部的封面写道："旋转的物语，以及乔装的话语：自《1Q84》以来期盼七年的最新严肃长篇。"封底照录第一章开头："那年的五月至第二年的年初，我住在一条狭长山谷入口附近的山顶上。夏天，山谷深处雨一阵阵下个不停，而山谷外面大体是白云蓝天……那原本应是孤独而静谧的日日夜夜，在骑士团长出现之前。"第二部的封面写的是："渴望的幻想，以及反转的眺望：物语将由此驶向何处。"封底写的是："1994—1995 年《奇鸟行状录》、2002 年《海边的卡夫卡》、2009—2010 年《1Q84》，进一步旋转的村上春树小说世界。"一把镶有宝石的金柄长剑笔直穿过封面、封底正中，锐利的剑锋前端现出英译书名：*Killing Commendatore*。

日文原版问世之后，围绕翻译版权的商务报价很快开始。上海译文出版社这回终于花天价拿得版权，我因之得以重出江湖。说起来，2017 年我翻译了两部书。一部是渡边淳一的《失乐园》，寒假在青岛城里翻译的；另一部就是《刺杀骑士团长》，暑假在东北乡下翻译的。《失乐园》译得我活活失去了快乐，苦不堪言；《刺杀骑士团长》译得我神思恍惚，苦乐参半。

那么，这部《刺杀骑士团长》到底讲的什么呢？下面我先简单介绍一下故事梗概，然后分两方面加以剖析：一方面是为什么要画骑士团长和刺杀骑士团长；另一方面是和以往村上作品相比，这部长篇的不同之处或看点在哪里。

　　先看故事本身。小说以第一人称讲述一个中年画家的人生困境和奇特经历。这位中年画家不用去上班，靠在家画肖像画维持生计，画家的妻子在一家建筑事务所工作，两个人过着小康生活，风平浪静。不料，婚后第六年的某一天，妻子忽然冷静地向他宣布再不能和他一起生活了。画家因此得知妻子有了外遇，并且已有半年之久。而他甚至没问妻子外遇的那个男人是谁，就乖乖离开两人生活了六年的公寓套间，独自开车去日本的北方四处流浪。流浪一个半月后，他在山顶上一座孤零零的空房子里孤零零地住了下来，更多的故事便由此开始。首先是画家在房子的阁楼里发现一幅名叫《刺杀骑士团长》的不可思议的画，画的是一个年轻男子手握一把长剑深深刺入一个年老男子的胸口，旁边站着一名年轻貌美的女子和一名侍从模样的男人。画的内容显然取材于莫扎特的歌剧《唐璜》：浪荡公子唐璜要对美貌女子非礼，女子的父亲骑士团长赶来相救而被唐璜当场刺杀。时过不久，画家在深更半夜听见了不可思议的铃声。铃声是从房后树林的一个地洞里传出来的。于是画家请一位名叫免色涉的富有的中年绅士帮忙打开了地洞。在同免色交往的过程中，画家得知他为了看一个可能是自己女儿的十三岁女孩，买了附近一座位于山顶的白色豪宅，每天夜晚用望远镜观察住在对面山顶房子里的那个女孩。后来免色请求画家为女孩画肖像画。画的过程中女孩突然失踪，画家为了找女孩进入了所谓充满双重隐喻的地下迷宫，历尽艰难险阻找了三天三夜。最后，他忽然发现头顶闪出一线亮光，又听见免色叫他。原来自己就在自家房后的那个仿佛深井的洞底。与此同时，女孩在骑士团长的帮助下返回家中。不久，画家同已经怀孕的妻子言归于好，尽管他知道妻子怀的不是自己的孩子。小说结束时，主人公画家表示不会忘记骑士团长等出场人物。"每次想到他们，我就像眼望连绵落在贮水池无边水面的雨时那样，心情得以变得无比安谧。在我的心中，这场雨永远不会止息。"

如此这般，虚拟与现实、历史与当下、理念与隐喻、常规与反讽、推理与真相……故事波谲云诡，情节千回百折，人物神出鬼没，笔调变化多端。既有可感可触、温馨幽默的常规生活场景，又有可惊可叹、险象环生的超验地下世界；既有深度哲理思考，又有瞬间艺术感悟，的确是一部能够提供超常阅读体验和奇妙审美感受的鸿篇巨制。

就篇幅而言，《刺杀骑士团长》明显长于《海边的卡夫卡》（2002 年），约略短于《1Q84》（2009 年），同《奇鸟行状录》（1995 年）不相上下。创作时间间隔均为七年。常言说十年磨一剑，村上则七年磨一剑。第一剑刺向政治精英绵谷升，第二剑刺向山德士上校，第三剑刺向奥姆真理教，第四剑刺向骑士团长——《刺杀骑士团长》。说武断些，第一剑刺杀体制之恶，第二剑刺杀暴力之恶，第三剑刺杀邪教之恶。那么第四剑刺杀的骑士团长意味着什么？这可能就是书中涉及主题的主要设问。

众所周知，日本历史上有武士没有骑士，自然不存在骑士团长。那么书名为什么叫"刺杀骑士团长"呢？据《朝日新闻》2017 年 4 月 2 日报道，村上在接受该报采访时首先谈了这点。他说："'刺杀骑士团长'这个书名一开始就有了。"骑士团长是莫扎特歌剧《唐璜》中的出场人物。"每次品听都心想骑士团长是怎么回事呢？我为其发音给我的奇妙感触吸引住了，随即涌起好奇心：如果有一本名为'刺杀骑士团长'的小说，那将成为怎样的小说呢？"就这样，骑士团长在村上笔下不仅成了书名，而且成了小说中的关键词、关键性出场人物。

此外，还有两个因素促成了《刺杀骑士团长》的诞生：小说《二世缘》和《刺杀骑士团长》第一章第一段。《二世缘》是日本江户时期的作家上田秋成（1734—1809 年）写的类似《聊斋志异》的志怪小说《春雨物语》中的一篇。故事的主人公夜半看书时，不时听得院子一角有类似"钲"（一种中国古代乐器）的声音传来。第二天请人挖开一看，里面有一口石棺，石棺里有一具尸体，虽然干得像鱼干，但手仍一个劲儿敲钲不止。后来主人公给尸体穿衣、喝水、喂食。一来二去，尸体恢复得和普通人没什么两样，娶妻生子，喝酒吃肉，所谓"开悟僧"的形象全然无从谈起，前世记忆也荡然无存，只知道经营今世的世俗生活。村上说他很早就喜欢《二世缘》这个故事，一直想以此为主题写点什么。问题是，"二世缘"和"骑士团长"根本捏不到一起。如此困惑之间，村上鬼使神差地写下了《刺杀骑士团长》第一章的开头：

那年五月至第二年的年初，我住在一条狭长山谷入口附近的山顶上。夏天，山谷深处雨一阵阵下个不停，而山谷外面大体是白云蓝天——那是海上有西南风吹来的缘故。风带来的湿乎乎的云进入山谷，顺着山坡往上爬时就让雨降了下来。房子正好建在其分界线那里，所以时不时出现这一情形：房子正面一片明朗，而后院却大雨如注。起初觉得相当不可思议，但不久习惯之后，反倒以为理所当然。

周围山上低垂着时断时续的云。每当有风吹来，那样的云絮便像从前世误入此间的魂灵一样为寻觅失去的记忆而在山间飘忽不定。看上去宛如细雪的白亮亮的雨，有时也悄无声息地随风起舞。差不多总有风吹来，没有空调也能大体快意地度过夏天。

村上春树在后来出版的《猫头鹰在黄昏起飞》这本访谈集中特别谈起

这两段话。村上说这开头两段是某个时候早已写好的，没什么目的，突如其来的。写完一直以"那年五月"为标题粘在电脑界面的一角置之不理。某日忽然心生一念："啊，这么开头写文章好了！"写完半年时间里，"时不时掏出来修修改改，慢慢、慢慢打磨，看它能不能在心中存留下来。就像把一块黏土甩在墙上，看它是粘上还是掉下"。采访他的女作家小川未映子听了有些吃惊，毕竟常见的是保存意念而不是留用某段文章。村上说他很少保存小说意念那类东西。"我是通过写文章来思考东西的人，所以写一定长度的文章这项作业是很重要的。姑且把一段文章写下来，再一次又一次修改。如此过程中，就有某种什么在自己身上自行启动——我要等待那一时刻。"结果，加上倏然浮出脑海的"刺杀骑士团长"这个书名，再加上类似《聊斋志异》的起死回生《二世缘》故事，这三个要素成了starting point（起始点），促成了《刺杀骑士团长》这部译成中文近五十万言的大长篇的诞生。

是的，假如小说中没有骑士团长出场，因妻子有外遇而离家出走的三十六岁的主人公画家"我"很可能在山顶那座别墅继续打发"孤独而静谧的日日夜夜"。然而骑士团长出现了，如刚才所说，"我"在老画家留下的空房子的阁楼里发现一幅题为《刺杀骑士团长》的日本画。于是故事急转直下，一切围绕这幅画、围绕骑士团长展开。尤其令主人公画家费解的是，为什么老画家雨田具彦把这幅堪称杰作的画藏在阁楼而不公诸于世？为什么画中人物穿的不是骑士服装而是一千五百年前日本飞鸟时期的服装？一句话，画家想通过这幅画表达什么？可以说，解读了这一点，也就可能解读了刺杀骑士团长到底意味着刺杀什么。

## 第二节
## 《刺杀骑士团长》到底要刺杀什么

　　刺杀骑士团长实质上要刺杀什么？要回答这样的疑问，首先要从画这幅画的名叫雨田具彦的老画家说起。雨田具彦出身于极为富裕的日本乡间大地主之家，从小就有绘画天赋，长大后考入东京美术学校。1936 年到 1939 年在维也纳留学。1938 年 3 月奥地利被希特勒纳粹德国吞并。雨田具彦的恋人、一位奥地利姑娘参加了由大学生组织的地下抵抗运动，计划暗杀纳粹高官。雨田具彦也参加了。后来雨田具彦和他的恋人被纳粹盖世太保逮捕，他的恋人和其他抵抗组织的成员全都被残忍地杀害了。只有雨田具彦一人在被关押拷打两个月后，由于日本和纳粹的特殊关系而侥幸死里逃生，被遣送回国。作为交换条件，要他终生不得说出这一事件的真相。

　　与此同时，雨田的弟弟在音乐学校学钢琴期间被征召入伍，很快被派到中国战场，由上海一路攻入南京。并且参加了南京大屠杀，在上级军官的命令下接连砍杀"俘虏"的脑袋。雨田的弟弟退伍后由于战争造成的精神创伤而在自家的阁楼里割腕自杀。雨田得知后悲痛不已，却又为了家族的声誉而不能说出弟弟自杀的真相。

　　一次痛失恋人，一次痛失胞弟，而两次都不能说出真相。书中写道，雨田"因此怀有的愤怒和悲伤想必是极为深重的。那是无论如何也无法对抗世界巨大潮流的无力感、绝望感"。于是他拿起画笔，创作了《刺杀骑士团长》这幅画，以便"将全然无法诉诸语言的事物作为寓言赋以画的形式。那是他所能做的一切"。如此看来，画中的骑士团长首先直接象征的，有可能是纳粹高官以至希特勒。而间接象征的，不妨看作是作为日本军国主义和天皇制代表的天皇——骑士团长身穿日本古代服装也暗示了这点。正因如此，目睹主人公画家把骑士团长刺杀之后，老画家雨田具彦脸上才浮现出"安然恬适的表情"。也就是说，"刺杀骑士团长"所刺杀的，是由纳粹德国和战前日本军国主义所集中体现的体制之恶，以免它以偷梁换柱、以历史修正主义的形式死灰复燃。

但是，村上手中的这把长剑或笔锋的进攻并没有到此为止，没有在刺杀完历史上东西方两大体制之恶后就擦干血迹放下。这是因为，村上意识到除了外在的体制之恶，还有内在的人性之恶或人的本源恶。

在这部小说中，村上试图通过"理念"来追溯潜在于人性深处的本源恶。"理念"是整部小说的关键词。第一部的名称就是"显形理念篇"（顕れるイデア編）。理念（idea）来自希腊语的"看"一词，是柏拉图哲学的原本概念。柏拉图由此提出"三张床"命题：第一是 idea 即理念世界，乃一般情况下无法看见的世间万物的原型；第二是现实世界，各类工匠、手艺人制造的所有东西都是对万物原型之理念的模仿；第三是艺术世界，这是对现实世界的模仿，由此构成关于世界的虚幻镜像。在《刺杀骑士团长》里面，骑士团长是 idea 的化身，以 idea 自称；"我"及所有出场人物、未出场人物制造的所有东西则是现实世界。其中免色涉的白色豪宅，主人公画家发现《刺杀骑士团长》那幅画的房子，尤其是那似井非井的地洞，都可视之为对 idea 原型的模仿。而绘画作品《刺杀骑士团长》和主人公画家创作的所有肖像画又是对现实世界的模仿或艺术再现抑或隐喻（metaphor），小说第二部的名称即"流变隐喻篇"。由此看来，整部小说的构思未尝不可以说来自柏拉图的"三张床"命题，或者说是"三张床"命题的文学演绎。不过村上本人倒是说书中的理念和作为柏拉图哲学原本概念的理念毫无关联。他说："表达骑士团长到底是什么的时候，除了'理念'一时想不出别的词儿。灵魂啦魂灵啦（spirit），这个那个倒是很多，但哪个都不正相合适。不知为什么，单单'理念'（idea）一拍即合。此外'长面人'那时候也想了好多。叫什么名字好呢？最终'隐喻'（metaphor）这个说法恰如其分。别的都不合适。"

说回柏拉图。柏拉图还认为理念是永恒不变的存在。"它是世界万物的基础和本源；理念不存在于时空之中，它既不产生也不消失，有生有灭的只是'分有'或'模仿'理念的可感事物。""理念没有伦理道德那样的东西。理念永远是中立性观念，使之变好变坏完全取决于人。"也就是说，理念本身无所谓善恶，善恶属于理念的一种，在个体身上势必有所体现。在小说中，骑士团长是理念的显形或外化。

不过这并不局限于骑士团长。例如：给人以宽容和善印象的主人公画家也有潜在的邪恶念头。他曾在宫城县的海边小镇勒过一个女子的脖子——尽管是被动的——事后恨不得把那时的记忆永远打入冷宫，然而女子睡袍带的感触仍真切地留在主人公画家的双手上——包括她脖颈的手感——怎么也忘不掉。此外，他曾梦见自己跟踪妻子和她的性伙伴走进情人旅馆，并且用睡袍带勒紧妻子的脖颈，一边勒一边狂喊乱叫。他还在梦中不顾一切地强暴了熟睡中的妻子。书中写道："我是习惯体力劳动的臂力强劲的男人。我一边使出浑身力气勒紧妻的脖颈，一边大声喊叫什么。"这意味着，即使善解人意的主人公画家身上也潜伏着另一个自己——邪恶的自己。而那个"白色斯巴鲁男子"就是主人公的分身，是另一个自己，也是刺杀的对象。其刺杀过程，就是主人公为救助十三岁美少女秋川真理惠而进入充满"双重隐喻"的黑暗的地下迷宫、地下隧道的历险过程。主人公在经过三天三夜的千辛万苦之后爬上地面，不妨理解为主人公终于战胜、刺杀了另一个自己，邪恶的自己。在这个意义上，这部小说可以说是个自我救赎的成长故事。以上讲的是第一方面：刺杀骑士团长意味着刺杀什么。概而言之，一是刺杀由纳粹大屠杀和南京大屠杀所体现的外在的体制之恶，二是刺杀由另一个自己，即"白色斯巴鲁男子"体现的内在的个体之恶。前者意味政治抗争，后者意味自我救赎。

比之村上以往的作品，《刺杀骑士团长》的不同之处在哪里？或者说看点或新意何在？

不同之处也好，看点或新意也罢，我想首先在于村上的"历史认识"。关于这点，即使没读小说的朋友，也可能知道书中写了南京大屠杀。书中借出场人物之口说道："是的，就是所谓南京大屠杀事件。日军在激战后占据了南京市区，在那里杀了很多人。有同战斗相关的杀人，有战斗结束后的杀人。日军因为没有管理俘虏的余裕，所以把投降的士兵和市民的大部分杀害了。至于准确说来有多少人被杀害了，在细节上即使历史学家之间也有争论。但是，反正有无数市民受到战斗牵连而被杀则是难以否认的事实。有人说中国人死亡数字是四十万，有人说是十万。可是四十万与十万人的区别到底在哪里呢？"老画家雨田具彦的胞弟参加了攻打南京的战役，"弟弟的部队从上海到南京一路历经激战，途中反复进行无数杀人行为、掠夺行为之事"。攻入南京城后被上级命令用军刀砍杀"俘虏"。"如果附近有机关枪部队，就令其站成一排砰砰砰集体扫射。但普通步兵部队舍不得子弹（弹药补给往往不及时），所以一般使用刃器。尸体统统抛入扬子江 [1]。扬子江有很多鲇鱼，一具接一具把尸体吃掉。"

---

[1] 扬子江：长江。——编者注

其实村上在二十多年前的《奇鸟行状录》就曾经提到过那场骇人听闻的巨大灾难，但只是寥寥几十个字。而这次，译成中文都至少有一千五百字之多。不仅篇幅无法相比，而且加大了力度，明确借书中出场人物之口质问：杀害四十万人与十万人的区别到底在哪里呢？必须说，这恰恰是击中日本右翼分子要害的一问。众所周知，日本右翼分子的惯用伎俩，就是以具体数字有争议为由来淡化大屠杀的性质，甚至否认南京大屠杀作为史实的真实性。而村上一针见血地提出四十万人和十万人的区别到底在哪里，言外之意是，难道可以说四十万人是大屠杀，而十万人就不是吗？

继《刺杀骑士团长》出版两个月后出版的访谈集《猫头鹰在黄昏起飞》里面，村上再次提到南京大屠杀，进一步强调较之直接的政治诉求，还是采用故事或小说这一形式对付右翼分子更为有效。他说：

> 以南京大屠杀问题为例，否定的一方备有预设问题集那样的东西。若这么说，对方就这么应对；这么驳斥，这回又这么反击——模式早已定下，无懈可击，一如功夫片。可是，如果换成故事这一版式，就能超出那种预设问题集，对方很难有效反击。因为对于故事或者对于理念和隐喻，对方还不知道如何反击好，只能远远围住嚎叫。在这个意义上，故事在这样的时代反而拥有百折不挠的力量……

二十多年前，村上的作品《奇鸟行状录》曾提及南京大屠杀，其中通过滨野军曹之口这样说道："在南京一带干的坏事可不得了。我们部队也干了。把几十人推下井去，再从上边扔几颗手榴弹。还有的勾当都说不出口。"不仅如此，早在 1982 年出版的《寻羊冒险记》中，村上的笔锋就开始从东亚与日本的关系这一切入口触及由南京大屠杀集中表现的日本侵华的历史。不妨说，所谓"寻羊"，就是寻找明治以来始终伴随日本现代化进程的军国主义的源头。村上借《寻羊冒险记》出场人物之口尖锐地指出："构成日本现代的本质的愚劣性，就在于我们在同其他亚洲民族的交流中什么也没学到。"而村上之所以追索日本军国主义或国家性暴力的源头及其在"二战"中种种骇人听闻的表现，一个主要目的，就是要防止这种"愚劣性"故伎重演。

1995年，村上在同后来出任日本文化厅长官的著名心理学家河合隼雄对谈时明确表达过这方面的担忧："我渐渐明白，珍珠港也好，诺门罕也好，这类五花八门的东西都存在于自身内部。与此同时，我开始觉察，现在的日本社会，尽管战后进行了各种各样的重建，但本质上没有任何改变。这也是我想在《奇鸟行状录》中写诺门罕的一个缘由。"同时他还指出："归根结底，日本最大的问题，就是战争结束后没有把那场战争的压倒性暴力相对化。人人都以受害者的面目出现，明里暗里以非常暧昧的言辞说'再不重复这一错误了'，而没有哪个人对那个暴力装置负内在责任。……我所以花费如此漫长的岁月最后着眼于暴力性，也是因为觉得这大概是对于那种暧昧东西的决算。所以，说到底，往后我的课题就是把应该在历史中均衡的暴力性带往何处，这恐怕也是我们这代人的责任。"

毋庸置疑，村上这一责任感和战斗姿态是促成《刺杀骑士团长》诞生的原因之一。据日本《每日新闻》2017年4月2日报道，村上就此接受媒体采访，当记者问他对题为《刺杀骑士团长》这幅画的背景投有纳粹大屠杀和南京大屠杀的历史阴影这点怀有怎样的想法时，村上回答："历史乃是之于国家的集体记忆。所以，将其作为过去的东西忘记或偷梁换柱是非常错误的。必须（同历史修正主义动向）抗争下去。小说家所能做的固然有限，但以故事这一形式抗争下去是可能的。"

而这必然涉及"恶"的问题。村上在前面提到的《猫头鹰在黄昏起飞》那本访谈录中，结合二十多年前写的《奇鸟行状录》指出："拽出个体层面的'恶'的，是军队那个体制（system）。国家这个体制制造了军队这个从属体制，拽出个体层面的'恶'。那么，若问体制是什么，说到底，那不是我们构筑的东西吗？在那一体制的连锁中，谁是施害者谁是受害者就变得模糊起来。我经常感到这种类似双重性三重性的东西。"

可以断言，即使在写完《刺杀骑士团长》之后，村上春树仍未能从恶的这种双重性和三重性的连环阵中破城突围，仍为之纠结和苦恼。进一步说来，这既是当代知识分子共通的苦恼，也未尝不是鲁迅当年的苦恼。村上曾在《为了年轻读者的短篇小说导读》中从另一角度提及鲁迅苦恼的双重性："在结构上，鲁迅的《阿Q正传》通过精确描写和作者本人截然不同的阿Q这一人物形象，使得鲁迅本身的痛苦和悲哀浮现出来。这种双重性赋予故事以深刻的底蕴。"同时，他认为鲁迅笔下的阿Q具有"活生生的现实性"。其实，这种双重性未尝不是体制之"恶"与国民性（个体层面的"恶"）之关联性的反映。在某种意义上，鲁迅的确终生为之苦恼。也就是说，鲁迅可能始终在"铁屋子"和阿Q之间或往来徘徊或奔走呼号。

作为《猫头鹰在黄昏起飞》这本访谈录的活生生的现实性，村上谈"恶"的时候谈到了特朗普："说到底，希拉里·克林顿那个人，因为只说通用于房子一楼部分的事，结果败了；特朗普只抓住人们的地下室说个没完，结果胜了。"村上进而解释说："尽管不能说是政治煽动者，但感觉上至少像是古代的祭司——特朗普是熟知煽动人们无意识的诀窍的。于是，仿佛高音喇叭的个人电子线路就成了有力武器。在这个意义上，尽管他的逻辑和语汇是相当反知性的，但也因之从战略上十分巧妙地掬取了人们在地下拥有的部分。"这也进一步说明，村上不仅仅是经营个人心灵后花园的"都市隐士"，而且是敢于以故事或小说为武器进行政治抗争的斗士。他的小说，不仅有所谓"小资"情调，而且有政治诉求。在这个意义上，他不仅是美国当代的菲茨杰拉德，而且可能是沙俄时期的陀思妥耶夫斯基。

# 第三节
# 《刺杀骑士团长》有何突破

这部长篇较村上以往作品的第二个不同之处，就是在对尊严和悲悯的关系的认识上有所突破。这点尤其表现在小说的结尾部分。以第一人称出现的男主人公画家对妻子的外遇过失概不追究，主动回到妻子身边，同妻子和尚未出生的孩子一起生活。问题是，这个孩子有可能不是画家的孩子——在时间上明显是妻子外遇的结果。然而他绝口不提妻子外遇的对象或孩子的父亲到底是谁。孩子出生甚至上幼儿园后，他仍然不知道也不追问小女儿是谁的孩子。书在最后这样写道："如果正式做 DNA 检验，应该可以明白。但我不想知道那种检验结果。或许迟早有一天我会因为什么得以知道——她是以谁为父亲的孩子，真相大白那一天有可能到来。然而，那样的'真相'又有多大意义呢？室（孩子的名字）在法律上正式是我的孩子，我深深疼爱着这个小小的女儿，珍惜和她在一起的时光。至于她生物学上的父亲是谁或不是谁，对于我怎么都无所谓。那是不值一提的琐事，并不意味着将有什么因此发生变更。"不过对一般男人甚至任何男人来说，接受生物学上的父亲不知是谁的孩子，都不大可能是无所谓的不值一提的琐事，至少这关乎男人的尊严。

而村上一向把个人尊严看得高于一切。例如：他在《高墙与鸡蛋》那次著名的演讲中就曾明确表示："我写小说的理由，归根结底只有一个，那就是为了让个人灵魂的尊严浮现出来，将光线投在上面。经常投以光线，敲响警钟，以免我们的灵魂被体制纠缠和贬损。这正是故事的职责，对此我深信不疑。"那么村上为什么在这里让男主人公做出明显有损个人尊严、男人尊严的选择，而且做得那么心甘情愿、那么义无反顾呢？经过一番冥思苦想之后，一片混沌的脑海中忽然透进了一丝亮光：村上发现了比尊严更重要更宝贵的东西，那就是爱与悲悯。或者说，村上开始认为，只有把爱与悲悯作为情感以至灵魂的底色，才能使个人——无论男人还是女人——获得真正的尊严。回到刚才的话题，在这个意义上，知道孩子身世的真相又有多大意义呢！悲悯大于尊严，爱超越尊严——我想这是村上文学主题的又一次跨越，又一次升华。

而这一跨越以至升华，显然是主人公冒着生命危险通过地下迷宫，尤其是钻过那条又黑又窄的地下隧道的结果。主人公因此战胜、刺杀了由双重隐喻和"白色斯巴鲁男子"象征的"本源恶"，刺杀了由骑士团长所表象化的亦善亦恶的理念，从而终结了恶，进而超越了善恶，使人性获得了升华。是的，尊严本身没有超越善恶。这是因为，要获取、要保持尊严，在某些情况下必须行恶甚至诉诸暴力，比如，跟踪妻子及其情人，甚至在梦中紧勒妻子的脖颈和强暴她。而爱与悲悯则对此一笑置之。进一步说来，这也为村上一向担忧的日本和东亚邻国关系的困局指明了出口：爱与悲悯。"相互仇视没有任何好处"（いがみあっていても何もいいことはありません）。夫妻之间相互仇视没有任何好处，民族与民族、国家与国家之间相互仇视也没有任何好处。换言之，村上以夫妻言归于好、化恨为爱这样的闭合式结尾，为东亚关系以至世界性悲剧的不重新上演提供了一种启示性、一个走向再生的理念、隐喻和祈愿。这里需要补充一句的是，村上始终认为日本最大的问题是封闭性体制带来的国家暴力性，强调"暴力是打开日本的钥匙"！

还有一点，是不是新意不大好说，但肯定是媒体最早报道和关注的一点，那就是性描写。村上小说读得较多的读者可能知道，村上 1987 年写《挪威的森林》之前，无论是《且听风吟》《一九七三年的弹子球》《寻羊冒险记》这所谓的"青春三部曲"，还是艺术评价很高的《世界尽头与冷酷仙境》，都几乎没有写性，没有性描写。而到了出道八年后写《挪威的森林》的时候，他发誓要"就性和死一吐为快"。不过再怎么一吐为快，村上也还是守住了一条底线，底线就是写性也大多写婚前性。只是到了这本《刺杀骑士团长》才开始写婚外性。妻子红杏出墙，男主人公"我"也很快另觅新欢。不过前者的性具体如何倒是几乎只字未提。而后者和两位有夫之妇的婚外性则写得相当具体，说有色情之嫌怕也并不为过。

2018 年 12 月 5 日，《中华读书报》国际版刊载了"村上春树入围第二十五届《文学评论》劣性奖"的文章。劣性奖由英国 1993 年创办的《文学评论》评审，旨在奖励"现代小说中文笔拙劣、草率或多余的性描写段落"，以此提醒读者和作者对此保持警惕。村上入围对象作品是《刺杀骑士团长》，具体引用的是第二部第四十三章的一段："……就算想中途停下，我也不知所措，以致我担心再这么倾泻下去，自己说不定直接沦为空壳。……那是四月十九日天亮时分做的奇异的梦。"无独有偶，2018 年夏天香港书展期间，港府淫秽物品审裁处将《刺杀骑士团长》定为二类不雅物品，与老牌色情杂志《龙虎豹》同级，意为虽可发布，但不得向未成年人销售。

入围"劣性奖"的有八位作家，均为男性。其中一位名叫朱利安·高夫的爱尔兰小说家兴奋地告诉《卫报》："我很高兴进入劣性小说奖的决选，尤其是与伟大的村上春树结伴，而我希望能赢。……能够加入约翰·厄普代克、汤姆·沃尔夫和本·奥克里等往届获奖者的行列必定是一项巨大的荣誉。"虽然村上入围了，但最后落选，不知他是应该为之庆幸而载歌载舞，还是应该为之懊恼或气急败坏。落选原因，当然是其性描写并不那么拙劣。至于是否真不那么拙劣，我不敢妄加评论，也没有评论的资格。

较之入围"劣性奖"的性描写，我倒觉得这部长篇中的女性描写要优秀得多，试举几例：

> 秋川真理惠的姑母说话方式非常安详，长相好看。并非漂亮得顾盼生辉，但端庄秀美，清新脱俗。自然而然的笑容如黎明时分的白月在嘴角谦恭地浮现出来。

> 目睹她（十三岁美少女真理惠）面带笑容，这时大约是第一次。就好像厚厚的云层裂开了，一线阳光从那里流溢下来，把大地特选的区间照得一片灿烂——便是这样的微笑。

> 年轻的姑母和少女侄女。固然有年龄之差和成熟程度之别，但哪一位都是美丽女性。我从窗帘空隙观察她们的风姿举止。两人并肩而行，感觉世界多少增加了亮色，好比圣诞节和新年总是联翩而至。

> （她的耳朵）让我想起秋雨初霁的清晨树林从一层层落叶间忽一下子冒出的活泼的蘑菇。

性描写的优劣不敢妄议，也不宜公开讨论，但同一本书中的女性描写可谓只优不劣。将成熟女性的笑容比为月而有别于传统的闭月羞花，将十三岁女孩的笑容比为阳光而不同于常说的阳光女孩。至于圣诞节和新年联翩而至以及蘑菇之类比，更是不落俗套，让人思绪稍事迂回之后会心一笑。

美国文学理论家、批评家哈罗德·布鲁姆在《史诗》前言中说道："关于想象性文学的伟大这一问题，我只认可三大标准：审美光芒、认知力量、智慧。"我当然也认可。审美光芒，关乎美，关乎艺术；认知力量，关于主题、内容和思想穿透力；智慧，关于聪明、好玩、创意与修辞。对于译者和大部分读者，后者可能更是使之忘倦的魅力。

至于这部大长篇是不是集大成之作，作为学术性结论，我倾向于持慎重态度。不错，其中有不少元素早已有之。例如：虚实两界或"穿越"这一小说结构自《世界尽头与冷酷仙境》以来屡见不鲜，被妻子抛弃的孤独的主人公"我"大体一以贯之，具有特异功能的十三岁美少女令人想起《舞！舞！舞！》中的雪，走下画幅的骑士团长同《海边的卡夫卡》中的山德士上校两相仿佛，"井"和井下穿行的情节设计在《奇鸟行状录》已然出现……说严重些，未尝没有自我复制的嫌疑。

不过村上对此有自己的说法。他在《猫头鹰在黄昏起飞》中解答对方类似的疑问时以博尔赫斯为例说道：

> 博尔赫斯这个人，一次写了诗在朋友面前朗读，有人指出"喂喂，你写的和五年前一模一样嘛！"可是博尔赫斯本人完全忘了曾经写过那回事。对此，博尔赫斯这样说道："诗人想写的东西，一生当中只有五六种。我们仅仅是以不同的形式重复罢了！"

> 那么说来，或许果真是那样。说到底，我们有可能至死都在重复五六个模式。只是，在每隔几年重复一次的过程中，其形式和品质都有日新月异的变化。广度和深度也有所不同。

　　实际也真可能有所"变化"、有所"不同"——即使跟过去最成功的大长篇《奇鸟行状录》相比，《刺杀骑士团长》的可读性也不相形见绌，故事同样引人入胜，耐人寻味，同样让人看完了久久缓不过劲儿来。

## 第四节

## 《刺杀骑士团长》是如何翻译的

回想起来，就村上的长篇来说，《挪威的森林》是我翻译的第一部，时值 1989 年，人在广州；《天黑以后》则是我翻译出版的最后一部，时值 2004 年，人在青岛。也就是说，我已有十几年没有跟踪翻译村上长篇新作了。十几年间，幸亏我有大学教师这个固定职业，并不以翻译维持生计，一日三餐姑且不成问题。而且课余得以专注于学术研究和散文创作，出了一两本所谓的学术专著和五六本散文集，客观上促成了一个未必像样的学者兼作家。同时我还翻译了川端康成、太宰治、谷崎润一郎、东山魁夷、渡边淳一和片山恭一等人的作品，译笔总算没有日久生锈。但不管怎么说，"林家铺子"的主打产品是村上译作。所以连续无缘于村上新作的翻译，这让我深感遗憾和寂寞。尽管我知道遗憾和寂寞也是人生不可或缺的组成部分，但遗憾毕竟是遗憾，寂寞终归是寂寞——世界上又有谁会为遗憾和寂寞欢天喜地、手舞足蹈呢？即使对于《刺杀骑士团长》里边的骑士团长也不至于！

就在我躲在青岛海边一个极普通的公寓套间里独自品尝遗憾和寂寞的朝晖夕阴之间，村上的新长篇小说《刺杀骑士团长》在东京轰轰烈烈地出版了。或许上天要在一个人的苦乐得失之间保持某种平衡吧，结果天遂人愿，上海译文出版社吴洪副总编 2017 年 5 月 4 日特意飞来青岛，当面告知上海译文出版社以势在必得的雄心一路斩关夺隘，终于以"天价"险获《刺杀骑士团长》大陆版权，当然更关键的是决定请我翻译。"暌违十载，

'译文'东山再起；宝刀未老，林译重出江湖"——吴副总编似乎连广告词都拟了出来。这个消息正中下怀，这个场景正是我十几年来朝思暮想梦寐以求的场景。

说起来，我这人也没有别的特长。既不能从政，经世济民、治国安邦，又不能从军，带甲百万、醉卧沙场，更不能从商，腰缠万贯、造福一方，只能在摇唇鼓舌当教书匠之余从事咬文嚼字的工作。表现在翻译上，恰好碰上了村上春树这个文字风格相近或者说文字投缘的日本作家。文学译作是作者之作和译者之译一见钟情或两情相悦的产物。按余光中的说法，"翻译如婚姻，是一种两相妥协的艺术"。大千世界，茫茫人海，一个译者遇上正合脾性的作者，或一个作者遇上正合脾性的译者，未尝不可以说是天作之合。这种概率，借用村上式比喻，堪比百分之百的男孩碰上百分之百的女孩，实乃偶然中的偶然。

然而人世间也存在另一种偶然。至少自 2008 年以来，村上的新作接连与"林家铺子"无缘。打个有失斯文的比方，就好像自己正闷头吃得津津有味的一碗"味千拉面"忽然被人一把端走，致使我目瞪口呆地面对空荡荡的桌面，手中的筷子不知就那么举着好还是放下好，嘴巴不知就那么张着好还是姑且闭上好。而今，这碗"味千拉面"又被上海译文出版社重新端回摆在我的面前："どうぞ（请）"。说得夸张些，十年所有的日子仿佛就是为了等候这一时刻。

下面我介绍一下这本书的翻译过程。说来可能令人啼笑皆非，村上是地地道道的城里人，写的也都是城里人、城市题材，这部《刺杀骑士团长》更是。而我是道道地地的乡下人，进了城也总是迫不及待地返回乡下。这本《刺杀骑士团长》的绝大部分就是我在 2018 年夏天 7 月初回乡躲进村头一座农家院落"闭关"翻译的。而且有不少是我趴在土炕矮脚桌上翻译的。大部分人可能有所不知，东北昔日乡民的人生最高理想是：两亩地一头牛，老婆孩子热炕头。如今，孩子进城或上学或务工或嫁人，横竖不回来了。老婆进城看孩子的孩子也不回来了。作为一家之主的老农只好把牛卖给麦当劳，把地"流转"给吃不惯麦当劳的远房亲戚，也随后进城了。房子呢，就连同热炕头外加院子、园子卖给了我。说实话，这可把我乐坏了，乐的程度说不定仅次于接受《刺杀骑士团长》的翻译任务。

房子坐落在镇郊村庄的村头，西村头。从村头再往西走二里多，是我近半个世纪前就读的初中母校，往东走不出一里，就是镇里老街，即当年的人民公社机关和供销社所在地。也就是说，当年我上初中期间去供销社买书和后来在生产大队（村）当民兵连长去公社开会，都要经过这个村头。而几十年过后的现在，我在村头翻译村上，当年的民兵连长在此"刺杀骑士团长"——幽默、荒诞，还是命运的偶然或不确定性？

翻译期间的时间安排是，五点到五点半之间起床，六点或六点半开工，中午小睡一个小时，晚间十一点前后收笔歇息。每天慢则译十页，稿纸上得五千言；快则译二十页，得万言上下。平均每天大约译七千五百字。如此晓行夜宿，风雨兼程，9月中旬一天清晨终于全部完工。手写稿纸一千六百多页，近五十万言，前后历时八十五天。译罢最后一行，掷笔"出关"。但见晴空丽日，白云悠悠，花草树木，粲然生辉。心情好得都不像是自己的了。再次借用村上君的说法，心情好得就好像夏日阳光下的奶油蛋糕。

或问译得这么快，会不会不认真？那可不会。虽说我一向自信审美忠实原著，但在语义语法层面也还是如履薄冰。翻译当中我尤其看重文体，看重文体的节奏和韵味。舍此，无非翻译一个故事罢了——花天价版权费单单买来一个故事，值得吗？肯定不值得。而若买来的是一种独特的语言风格或文体，一种独特的审美体验，就可能给中国文学语言的艺术表达带来新的可能性和启示性。果真如此，那么花多少钱都有其价值。而这种价值的体现，应该说在很大程度上取决于翻译：一般翻译转述内容或故事，非一般翻译重构文体之美。说到底，这也是文学翻译的妙趣和乐趣所在，否则翻译这件事岂不活活成了专门跟自己过不去的苦役？

另外我想强调的一点是，哪怕译得再好，所谓"百分之百的村上春树"也是不可能存在的。原因有两个。其一，任何翻译都是基于译者个人理解的语言转换，而理解总是因人而异，并无精确秩序可循——理解性无秩序。其二，文学语言乃是不具有日常自明性的歧义横生甚或意在言外的语言，审美是其核心。而对审美意蕴的把握和再现更是因人而异——审美性无秩序。据村上春树在《终究悲哀的外国语》中的说法，"翻译这东西原本就是将一种语言'姑且'置换成另一种语言，即使再认真再巧妙，也不可能原封不动。翻译当中必须舍弃什么方能留取保住什么。所谓'取舍选择'是翻译工作的根本概念"。既要取舍，势必改变原文秩序，百分之百等值翻译也就成了问号。不妨说，文学翻译的最大特点恐怕就在于它的模糊性、无秩序性、不确定性。

且以"にっこり"（smile）的汉译为例。辞典确定性释义为"微笑"，但在翻译实践中则有无数选项：微微一笑、轻轻一笑、浅浅一笑、淡淡一笑、莞尔一笑、嫣然一笑、粲然一笑、妩媚地一笑、动人地一笑、好看地一笑，或者笑眯眯、笑吟吟、笑盈盈、笑嘻嘻，甚至嬉皮笑脸亦可偶一为之。而另一方面，特定语境中的最佳选项则唯此一个。译者的任务，就是找出那个唯一，那个十几分之一、几十分之一甚至百分之一，通过数个百分之一向"百分之百"逼近。问题是，再逼近也很难精准抵达。换言之，翻译永远在路上。

再者，村上文学在中国、在汉语世界中的第二次生命是汉语赋予的。所以严格说来，它已不再是外国文学意义上或日语语境中的村上文学，而是作为翻译文学成为中国文学、汉语文学的一个特殊组成部分。或者不妨这样说，村上原作是第一文本，中文译作是第二文本，受众过程是第三文本。如此一而再再而三的转化中，源语信息必然有所变异或流失，同时有新的信息融进来——原作文本在得失之间获得新生。

最后，我要向乡间房前屋后的树和花们致以谢意。南窗有一株杏树，北窗正对着两棵海棠。7 月初刚回来的时候，杏才小拇指大小，羞答答躲在绿叶里，要像查辞典那样查找才能找到；海棠就更小了，圆圆的小脑袋拖着细细的小尾巴在枝叶间探头探脑，活像脑海里赶来代替日语的一串串汉语字眼。及至翻译过半，南窗不时传来熟杏落地的"啪嗒"声，平添缱绻而安谧的秋思。北窗成熟的海棠果往往让人联想到小说中漂亮的秋川姑母，催生纯粹属于审美意义上的激情。如此之间，蓦然回神，南北树下的野菊花已经不动声色地绽开星星般的小脸——秋天了。秋天是收获的季节。果然，书译完了。人生快事，莫过于此。

最后，我要向上海译文出版社和无数读者表示感谢。感谢出版社一掷千金的决断和对我一以贯之的信任，感谢读者朋友对"林译村上"毅然决然的支持和耐心之至的期待。

# 世界名著

THE MASTER CLASS

**喜马拉雅年度付费精品课程**

## 大师课

莫言推荐，顶尖翻译家、一流高校权威学科带头人
从上万部作品中遴选出100部传世经典名著

## 课程介绍

　　这是一门时间跨度大、地域涵盖广、内容丰富的精品课程，邀请了世界文学领域48位名家作为引领人，他们分别来自北京大学、清华大学、北京外国语大学、北京师范大学、中国人民大学、复旦大学、中国社会科学院、浙江大学、南京大学、厦门大学、武汉大学等20所名校的外国文学、中文院系，包括获鲁迅文学奖文学翻译奖的翻译家、各类文学研究奖获得者。这门课程中，每位大师都会带着听众一同阅读自己的"一生之书"——是他最喜爱、研究最深入，或者是浸淫其中一生的经典作品，其中的许多作品本就是他们的译作——《荷马史诗》《叶甫盖尼·奥涅金》《安娜·卡列尼娜》《红与黑》《悲惨世界》《茶花女》《局外人》《小王子》《老人与海》《汤姆·索亚历险记》《神曲》《不能承受的生命之轻》《变形记》……在课程中，他们会像医生操作手术刀一般地剖析经典，为你搭起通往外国文学名著的桥梁。相信这一档课程，不是阅读经典的终点，而是阅读经典的序幕。

### 欢迎收听更多精彩有声书

《汴京之围》
一部惊心动魄的帝国衰亡史

《天下刀宗》
一部百万人追更的武侠故事

《进击的律师》
一部硬核的法律题材长篇小说

# 双语彩蛋

名家亲自朗诵，扫码免费试听